»Sylt? Ist das nicht ein bisschen zu schickimicki?«, sagt Nadine Andres zu ihrem Kollegen, der sie im Namen seiner Mutter dorthin einladen will. Endlich Ruhe, ausspannen und nichts tun, denkt sie. Ausgerechnet dann, wo sie keinen Urlaub mehr hat, diesen aber dringend bräuchte. Hätte sie geahnt, dass sie drei Tage später neben einem Toten erwacht, sie hätte das Rad der Zeit zurückgedreht. Zu allem Übel bleiben die Erinnerungen aus, die helfen würden, sich aus der misslichen Lage zu befreien. Nur bruchstückhaft kehren sie zurück und offenbaren eine Welt, die Nadine bislang nicht kannte. Erst als ihr Vorgesetzter, Daniel Selzer, auf der Insel erscheint und undercover ermittelt, kann das Gespinst aus Geld, Macht und Kunsthandel entflochten werden. Wird er ihre Unschuld beweisen können, oder sieht er sich einer Mörderin gegenüberstehen?

Von Janette John bisher erschienen:

Mit mörderischem Kalkül (Kripo Bodensee 1)
Per Deadline Mord (Kripo Bodensee 2)
Sein anderes Ich (Kripo Bodensee 3)
Kaum 24 Stunden (Kripo Bodensee 4)
Zeit voller Zorn (Kripo Bodensee 5)
Kein Mord verjährt (Kripo Bodensee 6)
Der 14. Februar (Kripo Bodensee 7)
Wenn Hoffnung stirbt (Kripo Bodensee 8)
Brief ohne Absender (Kripo Bodensee 9)
Undercover auf Sylt (Kripo Bodensee 10)

JANETTE JOHN

UNDERCOVER AUF SYLT

BODENSEE-KRIMI

1. Auflage, Mai 2019
auch als E-Book erhältlich

Cover: © Shutterstock, © Thorsten Schier
© Adobe Stock, © Andrzej Gryczkowski, © daboost
Grittany Design: www.grit-bomhauer.com
Lektorat: Svenja Heinemann
Korrektorat: www.sks-heinen.de
Janette John
c/o AutorenServices.de
Birkenallee 24
36037 Fulda

Taschenbuch: ISBN 9781098874797
Imprint: Independently published

Alle Personen und Handlungen im folgenden Werk sind frei erfunden. Jegliche Ähnlichkeiten mit lebenden oder verstorbenen Personen sind zufällig. Einige Schauplätze wurden aufgrund von spannungsrelevanten Aspekten verfremdet. Sehen Sie mir dies bitte als künstlerische Freiheit nach.

Mehr Infos zur Autorin unter
www.janettejohn.de

Eine Reise ist wie eine unbekannte Frucht,
man weiß nie, wie sie einem schmeckt.
Janette John

Könntest **DU** in die Zukunft schauen,
würdest **DU** es tun?

1. Sylt, auch das noch

»Ach, bevor ich es vergesse. Ich soll Ihnen liebe Grüße von meiner Mutter ausrichten und fragen, ob Sie nicht Lust hätten, mit ihr ein paar Tage an die Nordsee zu fahren. Ein ehemaliger Studienfreund besitzt ein Haus auf Sylt. Sie lädt Sie dorthin ein und würde Ihnen eine der Ferienwohnungen kostenlos zur Verfügung stellen. Mutter meinte, Sie bräuchten eine Auszeit.«

»Sylt? Ist das nicht ein bisschen zu schickimicki? Umsonst? Sagen Sie Charlotte bitte lieben Dank, dass sie an mich gedacht hat. Aber ich kann das nicht annehmen. Außerdem habe ich nicht mehr genug Urlaubstage.«

Noch immer klangen der jungen Frau die harmlosen Worte im Ohr, die sie bewogen hatten, nach Sylt zu reisen. »Nimm dir die Woche Auszeit«, hatte Daniel gesagt und wollte die fehlenden Tage mit Überstunden verrechnen. Wieso sollte sie das Angebot auch ablehnen? Immerhin hatte man ihr eine Villa im Nobelort Kampen in Aussicht gestellt, die das Jahr über leer stand und von der man nur Gebrauch machte, wenn sich die Prominenz dort traf.

***

»Hätte ich nur auf Daniel gehört und wäre wie Charlotte mit dem Zug gefahren. Stattdessen sitze ich seit mehr als zehn Stunden hinter dem Steuer und kämpfe mich durch ganz Deutschland. Nichts als Pampa, Kühe und Flachland. Und dabei kenne ich den Norden zur Genüge«, sprach Nadine leise vor sich hin, während sie im Radio nach einem anderen Sender suchte. Um nicht einzuschlafen, brauchte es eine bessere Musik, die sie schließlich summte: »An Tagen wie diesen wünscht man sich Unendlichkeit

…« *Gott sei Dank hat Daniel den Autozug vorab gebucht, sodass ich nicht lange warten muss*, dachte sie, während sie das Fahrzeug langsam auf das Verladeterminal in Niebüll zusteuerte. *Den blauen Zug soll ich nehmen, hat er gemeint und dass das Ticket flexibel sei, mit dem man einen Tag lang fahren könne. Wann ist eigentlich Abfahrt? Mhm, laut Infotafel in einer halben Stunde. Besser ich stelle den Motor aus und begebe mich an die frische Luft.*

Nadine stieg aus dem Auto, schlug die Tür zu und machte Dehnübungen. *Mann, bin ich eingerostet. Kein Wunder bei der langen Autofahrt.* Sie lief um den Wagen herum und schaute auf die näher kommenden Pkws. *Hinten anstellen, wir warten alle,* dachte sie und ging ein paar Schritte in Richtung Zaun, der das Gelände zum Schienenverkehr hin sicherte. Zu ihrer Rechten blickte sie auf eine Treppe, die hinüber zur anderen Seite führte, während links eine umzäunte Fläche von etwa zehn Quadratmetern und dem Hinweis *Hundetoilette – kein Spielplatz* ihr ein Schmunzeln entlockte. *Hundetoilette?* Ungläubig schüttelte sie den Kopf und entdeckte eine ältere Dame, welche ihren Dackel dorthin entließ.

Noch zehn Minuten, grübelte Nadine und vernahm auch schon die Ansage aus dem Lautsprecher, dass man in Kürze den Autozug befahren dürfe. *Endlich.* Sie sah zum schwarzen Porsche direkt hinter sich, der wohl zur Dame mit dem Hund gehörte. Laut Nummernschild kam sie aus dem Lörracher Raum, was Nadine zum Anlass nahm, mit ihr ein paar Worte zu wechseln. »Na, Sie wohnen auch nicht gerade um die Ecke«, meinte sie mit einem einnehmenden Lächeln.

Die Frau sah auf ihren Hund und dann zu ihr. »Ja, das ist wahr. Früher bin ich die Strecke in einem Rutsch gefahren. Heute lege ich lieber einen Zwischenstopp ein. Dennoch fahre ich jedes Jahr nach Sylt. Die Insel ist zu meiner zweiten Heimat geworden. Und Sie, was führt Sie hierher?« Die Dame bückte sich und nahm ihren Vierbeiner auf den Arm, um ihn ins Auto zu verladen. »So Waldemar, jetzt gehts weiter.«

Waldemar? Der Name ist Programm. »Ich mache ein paar Tage Urlaub. Mal alles hinter mir lassen und den Wind genießen«, gab Nadine zur Antwort und blickte zu den anderen Fahrzeugen vor ihr, die sich langsam in Bewegung setzten. »Oh, ich glaube, es geht los. Na dann, wünsche ich Ihnen eine schöne Zeit«, rief sie und vernahm ähnliche Worte aus dem Mund der Frau, die allerdings im Türschließen untergingen. Kurz darauf startete sie den Motor und lenkte den Wagen im Schritttempo auf die Laderampe zu.

Ein freundlicher Mann winkte ihr zu und forderte sie auf, sich dem vorausfahrenden Auto bis auf wenige Zentimeter zu nähern. Das reicht! Oder soll ich den beiden alten Hühnern im Crossfire auf das Heck fahren? Mich würde mal interessieren, wie das Brummifahrer machen. Die Auffahrt ist viel zu schmal. Hoffentlich ist der Albtraum bald vorbei.

Nach weiteren zehn Minuten setzte sich der Autozug in Bewegung.

Das ist also der berühmte Hindenburgdamm, der die Insel mit dem Festland verbindet. Nadine genoss die halbstündige Zugfahrt und blickte durch die Fensterscheibe auf das Wattenmeer, das der Himmel am Horizont begrenzte. Mit dezent gleichmäßigem Ruckeln fuhr der Zug an den Ortsteilen Morsum, Keitum und Tinnum vorbei und erreichte schließlich Westerland als Endstation. Die Absperrung wurde geöffnet und der Tross von Pkws setzte sich langsam in Bewegung.

Am Ziel angekommen, sehnte sich die Blondine zunächst einer Dusche entgegen. Oder gehe ich besser an den Strand? Fahr los!, forderte ihre innere Stimme. Jaja, ich muss sowieso erst ins Ferienhaus, den beiden alten Damen Hallo sagen. Wie sieht das sonst aus? Immerhin habe ich Charlotte mein Hiersein zu verdanken. Wieso hält man da vorne an? Ich will endlich von diesem Zug runter.

Nadine drückte auf die Hupe, was sogleich von der Fahrerin vor ihr mit einem Stinkefinger aus dem Fenster geahndet wurde. »Na, das sind mir ja feine Leute, einen teuren Wagen fahren und dann so was«, schimpfte sie und hätte sich am liebsten genauso verhalten. Stattdessen übte sie sich in Geduld. Nachdem sie das Fahrzeug wieder gestartet hatte, fuhr sie dem anderen Auto eine Weile unfreiwillig hinterher, bis sich die Wege an der nächsten Kreuzung trennten. Wie es schien, führte es die Herrschaften nach Westerland, wohingegen Nadine rechts ab in Richtung Kampen bog. *Na dann, auf Nimmerwiedersehen.*

2. Wie man sich bettet

Drei Tage später

Nadine blinzelte und spürte, wie sie langsam erwachte. Es war bereits taghell. Sie vernahm das Vogelgezwitscher aus der Ferne und vermutete ebenso das Rauschen der Nordsee. Ihre Augen öffneten sich und sahen geradewegs zum Fenster, während sie darüber nachdachte, was sie heute unternehmen sollte. *Frühstücken – Duschen – am Meer spazieren. Autsch? Wieso brummt mein Schädel so?*

Das Strecken ihres Leibes verursachte ein Knacksen, auf das sie mit einem Schmunzeln reagierte. *Gib Ruhe, ich drehe mich noch einmal um, döse kurz und stehe dann auf. Einverstanden? Dass ich dem immer gut zureden muss,* dachte sie und meinte ihren Körper, mit dem sie von Zeit zu Zeit auf Kriegsfuß stand.

Sie drehte sich zur anderen Bettseite.

Ein Knarren war zu hören und das Laken raschelte. *Typisch Seide.*

Sie streckte die Arme aus. Berührte etwas, bis sie plötzlich erstarrte, weil jemand neben ihr lag.

Ein Mann?

Hä, wie das?

Ein kurzes Reflektieren folgte. Wie war es dazu gekommen? Unter angenehmeren Umständen wäre daran nichts Verwerfliches gewesen, allerdings war sie in ihren Chef verliebt und die Beziehung hatte gerade erst wieder begonnen zu lodern. Und noch etwas störte sie maßlos. Ihre Erinnerung, die, wie es schien, nicht existierte. *So ein Mist. Was mache ich nur? Den Typ wecken und rausschmeißen?*

Vorsichtig berührte sie den Mann, dessen Rücken sie nur sah. Er war in das Laken gehüllt, während seine durchtrainierten Arme zu sehen waren. Nadine schaute müde über ihn hinweg und hoffte, dass es nicht zum Äußeren gekommen war. *Haben wir etwa …? Unmöglich. Besser ich frag ihn.*

Sie berührte seine Schulter, doch nichts geschah.

Ausgezeichneter Schlaf. »He, aufwachen. Hallo??? AUFWACHEN!« Sie rüttelte heftiger. Ohne Erfolg, bis sie sich über ihn beugte. »Ach du Scheiße. Der ist voller Blut. He, Sie!« Ihr Flehen wurde energischer und bekam eine Note aus Entsetzen und Hilflosigkeit. »Bitte!«

Panisch fühlte Nadine seinen Puls.

»Oh mein Gott. Der ist tot. Nur …?« Der Fragenkatalog in ihrem Inneren wurde in Sekundenschnelle geschrieben. *Wer war der Mann? Wie kam er hierher? Und was hatte sie mit ihm zu tun?* Und noch eine Frage zeichnete sich vor ihrem geistigen Auge ab, die sie gerne kurz und knapp beantwortet gewusst hätte. *Wer hat ihn getötet?* Denn eines wusste sie sofort. Aufgrund der Blutlache und dem Messer, welches augenscheinlich in seinem Bauch steckte, war er nicht eines natürlichen Todes gestorben. *Sag, dass es nur ein Traum ist! Bitte!*

Die junge Frau schloss die Augen, kniff sich in den Arm und wartete ein paar Sekunden. Doch der Wunsch vom Alleinsein ging nicht in Erfüllung. Stattdessen sah sie sich ihrer größten Herausforderung gegenüberliegen. Einem Toten, den sie nicht einmal kannte, und dabei ahnte sie, dass das Kommende zu einem Albtraum mutieren würde. Als Kriminalistin war ihr bewusst, dass die Beweislage, wie sie sich ihr darstellte, alles andere als glaubhaft erschien. Denn auch ein Polizist war imstande zu morden. Bloß, wie sollte sie reagieren? Die Polizei rufen? Oder zunächst Charlotte und Maria in Kenntnis setzen? Beziehungsweise Daniel anrufen?

Behalte einen kühlen Kopf!

Tue nichts Unüberlegtes!

Denk nach!

Vorsichtig erhob sich Nadine vom Bett und lief auf die andere Seite, um den Fremden zu betrachten. Es schien, als würde er nur schlafen. Aufgrund seiner kurz geschorenen Haare und der osteuropäisch wirkenden Nase kam sie zum Schluss, dass er offenbar aus Russland stammte. Sie hob das Laken an und schaute darunter hinweg. *Mist, der ist nackt. Und wenn wir doch? Aber ich erinnere mich an nichts. Wie komme ich aus diesem Schlamassel wieder raus? Das glaubt mir eh keiner. So wie sich das hier darstellt, war ich die Letzte, die ihn lebend gesehen hat, und gelte somit als tatverdächtig.*

Fass ja nichts an!

Du musst die Beweise sichern!

Nur welche? Zunächst das Messer. Geht nicht! Und die Klamotten? Wo sind sie? Die müssen doch hier irgendwo sein. Immerhin ist er nackt. Verdammt.

Hektisch schaute sie sich im Zimmer um, hastete zu ihrer Tasche, griff nach ihr und zog die Latexhandschuhe heraus, die sie stets bei sich trug, um sie zitternd über die Finger zu stülpen. *Sicher ist sicher. Wo soll ich mit der Suche beginnen?*

Angst durchströmte sie.

Nadine wog ihre Möglichkeiten ab, wenn es denn welche gab.

Ihr Schicksal hing von einem Typ ab, den sie nicht einmal kannte.

Sie zog sämtliche Schubladen auf, entdeckte aber nur ihre persönlichen Sachen. Ebenso fand sie im Kleiderschrank ihre Blusen, Hosen und Pullover vor, die sie vor drei Tagen eingeräumt hatte. Sie schloss ihn wieder und drehte sich einmal im Kreis, um auf die Kommode zuzusteuern. Auch hier stieß sie auf keinerlei Beweise, die auf eine Herkunft des Unbekannten wiesen. *Wie ist er hierhergekommen? Ich muss die Polizei rufen. Noch nicht,* suggerierte ihre innere Stimme. *Gut, dann telefoniere ich mit Daniel.* Gleichzeitig nahm sie ihr Handy von der Kommode und wählte seine Nummer, der sich nach zweimaligem Klingelton meldete.

»Na, wie ergeht es dir so weit weg von der Heimat? Hast du schon Sehnsucht nach mir?«, scherzte er auch gleich los. Seine Stimme war wie immer einnehmend und freundlich.

Nadine blies Luft durch die Nase. »Ach Daniel. Mir ist etwas Schlimmes passiert«, schnaufte sie leise in den Hörer, während sie sich auf die Bettkante setzte.

»Na so wild kann es nicht sein. Erholst du dich? Bei uns ist es Gott sei Dank ruhig. Läuft alles noch langsam nach den Ferien. Besser so, als gleich wieder einen Mord aufklären zu müssen. Erzähl, was hast du bisher getrieben? Die Insel unsicher gemacht?«

Schön wär's, ging es ihr durch den *Kopf. Was soll die blöde Fragerei?* »Hörst du mir überhaupt zu? MIR IST ETWAS FURCHTBARES PASSIERT!«

»Jetzt komm. Okay, ich höre«, sagte er und war längst mit den Gedanken woanders. Die Worte »Bei mir liegt ein Toter im Bett« hörte er zwar, maß ihnen aber zunächst keinerlei Bedeutung bei. Erst als Nadine sich wiederholte, registrierte er den Inhalt. »Mal langsam zum Mitschreiben. Du hast die vergangene Nacht mit einem Mann verbracht, der jetzt tot neben dir liegt? Habe ich das richtig verstanden?«

Nadine schnaufte laut und begann zu schreien: »Nein, das hast du nicht. Ich erinnere mich an nichts mehr und schon gar nicht an einen Kerl, den ich mitgenommen habe. Daniel, ich stecke metertief in der Scheiße. Was soll ich machen? Die Polizei rufen?«

»Okay klar, aber bevor du das tust, müssen wir uns unterhalten. Du sagst, er sei tot? Wie ist er gestorben?«, fragte Selzer besonnen nach und fühlte, dass er zu schwitzen begann.

Nadine pustete wie ein Walross. »Ich gehe bei einem Messer im Bauch mal von Mord aus«, bemerkte sie ironisch.

»Den du hoffentlich nicht begangen hast?«, meinte Selzer bissig.

»Nein, natürlich nicht. *Ich* bin Polizistin. Du solltest mich kennen.«

»Okay, lassen wir das. Weißt du wenigstens, wer der Typ ist?« Daniel hatte sich inzwischen vom Stuhl erhoben und lief mit dem Handy am Ohr quer durch das Büro. »Was steht in seinem Personalausweis?«

Nadine zögerte, dann holte sie tief Luft und legte los: »Das ist ja das Problem. Er besitzt keinerlei Papiere. Als wäre er geradewegs nackt vom Himmel gefallen.«

»Nackt?«, wiederholte Daniel mit deutlichem Unterton, der Skepsis signalisierte. Dennoch versuchte er, sachlich zu bleiben und Privates von Beruflichem zu trennen. »Ist dir etwas Ungewöhnliches an ihm aufgefallen? Beschreib ihn mir!«

Es raschelte. Nadine hob das Laken. »Ich schick dir gleich ein paar Fotos. Ich würde ihn auf Mitte, Ende vierzig schätzen. Gepflegt – ohne Brustbehaarung und sportlich. Wenn du mich fragst, ist er osteuropäischer Abstammung. Möglicherweise Russe.«

»Aha, und wie kommst du da drauf?«

»Nun, er besitzt diese typisch hohen Wangenknochen, ist fast kahl geschoren und hat die charakteristische Nase eines Sowjets.«

Daniel setzte sich und nahm einen Schluck aus seiner Kaffeetasse, deren Inhalt inzwischen kühl geworden war.

»Äh, kalt«, schimpfte er, sodass Nadine es mitbekam und dementsprechend reagierte. »Was hast du gesagt?«

»Ach vergiss es und weiter?«

»Mehr kann ich dir nicht sagen, sonst müsste ich ihn bewegen. Ich vergewissere mich aber noch mal.«

Während sie das tat, dachte Selzer nach, wie er ihr beistehen konnte. Fest stand, Nadine sollte sich der Polizei stellen. Obwohl es weder einen Hinweis auf die Identität des Toten gab noch ein Beweisstück, das helfen würde, den Mord zu klären, entschied Daniel, die Sache selbst in die Hand zu nehmen. Er wusste um die missliche Lage, in der sie sich befand. Auf sich gestellt und womöglich ohne Zeugen stand es für sie nicht gerade zum Besten. Aufgrund seiner langjährigen Erfahrung als Profiler ging er davon aus, dass der Mord weder im Affekt noch wegen einer Beziehungstat begangen worden war. Stattdessen wirkte er inszeniert. Die Frage war, von wem und vor allem warum? Und ein weiterer Punkt ergab keinen Sinn. Wieso war seine Kollegin in dieses Dilemma geraten, zumal sie auf Sylt ihren Urlaub verbrachte und ihn vor drei Tagen erst angetreten hatte.

»Ich kann auf den ersten Blick nichts entdecken. Wobei? Er könnte am Hals tätowiert sein. Nur dafür müsste ich den Kopf drehen.«

»Lass es! Schick mir die Fotos und ich schaue, was ich machen kann. Darf ich bei euch übernachten?«, fragte er und machte sich dabei Notizen.

Nadine schluckte. »Wie, du kommst nach Sylt?«

»Ja, besser ist es. So einfach schlittert man nicht in einen Mordfall rein. Ich muss herausfinden, was passiert ist, und wenn ich inoffiziell ermittle. Man wird dich als Erstes verdächtigen. Hoffen wir, dass auf der Mordwaffe keine Fingerabdrücke von dir sind«, meinte er mit belegter Stimme und schaute ungläubig hinüber zu Hufnagel, der inzwischen das Büro betreten hatte und sofort bemerkte, dass etwas mit seinem Vorgesetzten nicht stimmte. Dementsprechend neugierig lauschte er dessen Worten.

»Für wie bescheuert hältst du mich? Ich habe Handschuhe übergezogen. Ich liefere mich doch nicht freiwillig ans Messer. Nach meiner Meinung wurde der Mord geplant. Fragt sich nur von wem.«

»Gut. Verständige bitte als Erstes die Mutter von Herrn Hufnagel. Vielleicht ist ihr etwas Verdächtiges aufgefallen. Ihr wohnt doch in einem Haus, oder?«, hinterfragte Selzer den Blick zu seinem Mitarbeiter gerichtet.

»Jaja, wir bewohnen ein Doppelhaus. Jedem gehört quasi eine Hälfte. Ganz schön protzig, sag ich dir. Alles vom Feinsten. Bis wann kannst du hier sein?«

Selzer schaute auf die Uhr. »Packen – Tanken. Ich denke irgendwann in der Nacht.«

Nadine schnaufte tief durch. »Danke für deine Hilfe«, sagte sie erleichtert und presste sich gegen die Rückenlehne vom Bett.

Man legte auf.

Nadine kam sich an jenem Morgen verloren vor. Sie fühlte sich schwach, angreifbar und zerbrechlich. Ein Zustand, der ihr Angst bereitete und den sie hasste. Gleichermaßen lähmte das Gefühl und ließ falsche Entscheidungen zu. Sie fragte sich, was passieren würde, wenn sie das Anwesen verließe, um nach Hause zu fahren. *Ich werde verhaftet, dann suspendiert und danach …?* Also hieß es Zähne zusammenbeißen und sich dem Albtraum stellen. Wegrennen erschien ihr als die schlechteste Lösung.

Sie erinnerte sich noch gut daran, wie sie den Wagen ihres Vaters leicht demoliert und ihm dann den Schaden verschwiegen hatte. Erst als er sie zur Rede gestellt hatte, gab sie das Malheur zu. Die Lüge lag ihr später schwer im

Magen und sie schämte sich dafür. Zudem war ein Gefüge aus Unwahrheiten irgendwann nicht mehr zu durchschauen.

Voller Tatendrang erhob sie sich und marschierte schnurstracks aus dem Zimmer. Es ging treppabwärts, weiter nach rechts bis zur gegenüberliegenden Tür der anderen Haushälfte. Zitternd betätigte sie die Klingel und klopfte ungeduldig gegen das Mauerwerk, in der Hoffnung, dass man ihr öffnete. In diesen Sekunden, die wie Minuten wirkten, verfluchte sie die Langsamkeit alter Menschen. *Ein bisschen Tempo, meine Damen. Hoffentlich ist jemand daheim.*

Schritte näherten sich der Tür, die eher an ein Schlurfen erinnerten statt einem Gehen. Man betätigte die Klinke und schob die schwere Eingangstür auf.

»Morjen. Na schon so früh uf den Benen?«, wollte Maria Schulz, eine der beiden Ferienhausbewohnerinnen, wissen. Die rüstige Berlinerin hatte ihren fülligen Körper in einen viel zu kleinen, noch dazu pinkfarbenen Jogginganzug gezwängt, der zudem ihre Schwimmringe um den Bauch hervorquellen ließ.

Nadine trat von einem Fuß auf den anderen. »Kann ich reinkommen?«

Maria verzog das Gesicht und bejahte.

»Ist Charlotte da?«, erkundigte sich Nadine nach ihr suchend.

Die Rentnerin wies mit der Hand geradeaus. »Sie ist in der Küche. Vorne links. Aber ufpassen, die Fliesen sind echt rutschig. Mich hat es fast schon uf die Gosche jehauen.«

»Danke!«, sagte Nadine verunsichert und folgte dem Hinweis. Dass Maria hinter ihr herging, war hilfreich, denn sie hätte gerne die Flucht ergriffen und sich unsichtbar gemacht. Lediglich der Umstand, dass die Seniorin ihr nachlief, gab ihr Kraft, sich vorwärts zu bewegen und sich dem Folgenden zu stellen.

Charlotte, die Nadine herannahen sah, rief ihr entgegen: »Ah, du kommst gerade richtig. Wir wollten frühstücken. Setz dich doch!«

Nadine winkte ab. »Ne lass mal. Mir ist der Appetit vergangen.«

Charlotte horchte auf. »Wie? Keinen Hunger? Also ich verspüre hier mehr Lust auf Essen als zu Hause«, sprach sie überzeugt und goss Orangensaft in zwei Gläser.

Maria stimmte ihr mit einem Kopfnicken zu.

Nachdem Charlotte reflektiert hatte, dass es Nadine offensichtlich nicht gut ging, fragte sie in mütterlichem Ton weiter: »Fühlst du dich unpässlich? Sollen wir dir einen Arzt rufen? Etwas blass im Gesicht bist du ja schon. Oder darf ich dir einen Tee kochen?« Die Seniorin feuerte die Fragen nur so ab und ließ der jungen Frau keine Zeit zum Antworten. »Ich mach dir jetzt einen Kamillentee. Der hilft immer.«

»Charlotte! Ich bin gesund!«, fuhr Nadine genervt dazwischen. »Ich habe ein Problem, bei dem ich deine Hilfe benötige. Bei mir liegt ein Toter im Bett«, sprach sie, ohne Luft zu holen.

Die Rentnerinnen trauten ihren Ohren kaum. Maria schluckte heftig, wohingegen Charlotte sich setzen musste. »Sag das noch mal!«, forderte diese.

»Dit is'n Scherz, oder?«, tat Maria überrascht.

»Leider nein«, meinte Nadine kleinlaut.

»Dann muss ick mich och niederpflanzen.« Maria schaute Nadine von oben bis unten an. »Wat haben Sie jetan? Und ick dachte immer, Sie wären ene von den Juten.«

Obwohl Nadine ihre Worte nicht ernst nahm, trafen sie sie dennoch. Immerhin kannte man sich seit Jahren, hatte den einen oder anderen Mordfall miteinander gelöst, und jetzt lag dieses Misstrauen in der Luft. »Was glauben Sie von mir? Ich bin keine Mörderin. Ich kann mir nicht erklären, wie es dazu kam«, meinte sie weinerlich. »Charly, was soll ich tun? Daniel, ich meine Herr Selzer ist informiert. Er wird gegen Mitternacht hier sein.«

Charlotte war längst in Gedanken versunken. *Ein Mord? Hier, auf Sylt?* »Mhm, da muss ich nachdenken. Setz dich bitte, du machst mich mit deinem Herumgestehe ganz nervös. Vielleicht sollten wir statt Tee Schnaps trinken, was meint ihr?«

Maria schüttelte unmissverständlich den Kopf. »Wat? Sind Sie irre? Ne, jetzt kieken wir uns dit Schlamassel erst mal an. Danach können wir immer noch enen heben. Wer ist die Witwe eines Kommissars? Sie oder ick?« Sie schaute ihre Bekannte entrüstet an und unterstrich ihren Unmut mit einer deutlichen Handbewegung.

Charlotte schwieg, das war Antwort genug. *Wir sollten die Polizei anrufen.* Sie schaute Maria an und öffnete den Mund, als wollte sie etwas sagen. »Gut, Sie haben sicher recht«, pflichtete sie ihr bei.

***

Etwa zur selben Zeit im Konstanzer Büro der Kriminalpolizei

Selzer wollte gerade Hufnagel antworten, der ihn nach dem Telefonat mit einem Schwall Fragen bombardiert hatte, als sich die Tür öffnete. Kurz darauf sah er sich Tilo Hübner gegenüberstehen.

»Guten Morgen. Ist was passiert? Sie schauen, als wäre Ihnen der Leibhaftige begegnet.« Während er sprach, entledigte er sich der leichten Jacke, die aufgrund der morgendlichen Frische inzwischen nötig geworden war.

Dass Stunden später die Sonne scheinen würde, konnte man in diesem Moment noch nicht ahnen. Der Altweibersommer zeigte sich derzeit in seiner vollen Pracht – braune Blätter, die zuhauf auf dem Boden lagen – stundenlanger Sonnenschein, verbunden mit wohlig warmen Temperaturen.

Hübner öffnete den Kleiderschrank und hängte die Jacke auf einen Bügel.

»So könnte man es auch sagen. Wir haben ein Problem«, begann Selzer und sorgte mit seinem Satz für Verwunderung. »Gießen Sie sich bitte Kaffee ein und nehmen Sie Platz.«

Man nickte ihm zu und versuchte, nicht allzu neugierig zu wirken, was in Anbetracht der merkwürdigen Information schwerfiel. Wenig später hatte man sich an den Besprechungstisch gesetzt und schaute Selzer erwartungsvoll an.

Er blickte erst Hufnagel an, dann Hübner. »Was ich Ihnen nun sage, sollte unter uns bleiben. Also, ich will nicht lange um den heißen Brei herumreden. Wir haben einen Mord aufzuklären, der nicht in unser Ressort fällt. Dafür benötige ich Ihre Hilfe.«

Hübner griff sich mit der Hand durch sein lockiges Haar, während Hufnagel auf dem Stuhl hin und her rutschte und den Bierbauch streichelte, als hätte er Hunger.

Selzer fuhr fort: »Unsere Kollegin befindet sich in einer verzwickten Situation. Sie hat die letzte Nacht mit einem Mann verbracht.« Er machte eine kurze Pause. »Die Angelegenheit gestaltet sich allerdings anders, als sie zunächst erscheint. Dieser Kerl liegt nun tot in ihrem Bett. Laut den Fotos, die ich per WhatsApp erhalten habe, ist anzunehmen, dass er ermordet wurde. Und nun wird es mysteriös. Nadine, ich meine Frau Andres, kann sich an nichts erinnern. Sie spricht von einem Filmriss. Daher reise ich heute noch nach Sylt. Ich will vor Ort sein, um herauszufinden, was passiert ist. Offiziell nehme ich mir ein paar Tage frei und verbringe sie in Berlin. Im Moment ist bei uns wenig los, sodass der Alte«, er sprach von Harald Amans, dem obersten Chef, »nichts dagegen haben wird. Ich mach es dringlich, dann wird er mir den Urlaubsantrag nicht abschlagen können.«

Hübner schaute seinen Vorgesetzten an. »Und Sie glauben die Geschichte?«

Selzer schluckte. »Habe ich eine Wahl? Ich kann Frau Andres damit nicht alleine lassen, zumal es keine Hinweise auf die Identität des Opfers gibt. Sobald die Polizei informiert ist, gilt sie als tatverdächtig. Somit nimmt man ihr die Möglichkeit zum Ermitteln.«

»Darf ich Sie begleiten? Immerhin wohnt Frau Andres bei meiner Mutter«, sagte Hufnagel mit kritischem Blick.

Selzer nickte ihm zu, schüttelte dann den Kopf. »Danke, das ist nett, aber was macht das für einen Eindruck, wenn sich zwei aus der Abteilung plötzlich beurlauben lassen? Sie bleiben in Konstanz und arbeiten mir zu. Ich brauche jemanden vor Ort.«

Hufnagel stimmte zwar zu, doch sein Unmut war ihm anzusehen.

»Wie lange werden Sie weg sein?«, wollte Hübner wissen.

»Vorerst eine Woche. Dann sehen wir weiter.«

Hübner zeigte sich einverstanden. »Die Kollegin soll die Polizei informieren, sonst bekommt sie riesigen Ärger, denn von nun ab hängt ihr Job an einem seidenen Faden. Sagen Sie ihr das bitte, falls noch nicht geschehen.«

Selzer pflichtete ihm bei.

»Okay, wir halten die Stellung und schweigen wie ein Grab.« Hübner schaute zu Hufnagel und holte sich von ihm ein kurzes Nicken, welches seine Aussage bekräftigte.

Ein Jahr zuvor

3. Ein verloren geglaubtes Bild

Es hatte Jahre gedauert, um aus einem anonymen Gemälde, das im Jahr 1958 für 45 Pfund Sterling erworben wurde und dann lange Zeit ein Treppenhaus schmückte, ein Original von Leonardo da Vinci zu machen. Und weitere 19 Minuten, um es zum teuersten Kunstwerk aller Zeiten zu deklarieren.

15. November 2017 im Auktionssaal von Christie's im Rockefeller Center, New York

Der Saal war gefüllt mit Leuten, die weder Sammler alter Meister noch Museumskuratoren waren. Diese hier waren reich und verstanden weniger von zeitgenössischer Kunst als vielmehr vom Geldausgeben und -anlegen. Und wo konnte man das besser tun als im gegenwärtigen Kunstmarkt. Man musste sich in dem Metier nicht einmal auskennen, um traumhaft hoch in diese Zeiterscheinung zu investieren.

Bereits nach 19 Minuten ereignete sich das Unfassbare.

Bei 400 Millionen Dollar fiel der Hammer – einschließlich Gebühren kostete das Bild *Salvator Mundi* 450,3 Millionen Dollar. Am nächsten Tag erschien das Foto des Gemäldes auf den Titelseiten der Zeitungen und die Welt stand vor einem Rätsel. Wer war derart verrückt, eine solche Summe für ein Kunstwerk zu bezahlen?

Jedoch kurz nach der Auktion verschwand das Bild spurlos. Man kannte weder den neuen Besitzer noch den Gegenspieler, der bis 370 Millionen Dollar mitgeboten hatte. War es womöglich jener zum Milliardär avancierte Taxifahrer aus China, der für 170 Millionen einen Frauenakt von Modigliani ersteigert hatte, oder war es ein

Scheich aus Saudi-Arabien beziehungsweise einer von Russlands Oligarchen? Man wusste es nicht und der Raum für Spekulationen tat sich auf. Die Frage, warum das Gemälde derart horrend gehandelt wurde und was es damit auf sich hatte, geisterte von nun ab durch die Köpfe.

Dabei war das Ölgemälde mit seinen 65 x 45 Zentimetern stark übermalt worden, während die Tafel uneben war und einen deutlichen Riss aufwies, gleichfalls auf der Rückseite ein Gerüst die Platte zusammenhielt. Weiß Gott, so sah kein Kunstwerk eines alten Meisters aus und dennoch wies es ein paar Stellen auf, die darauf hinwiesen. Wie die außerordentlich schöne Hand sowie ein Teil vom Haar. Lediglich die Augen waren glanzlos und der Mund war eigenwillig übermalt worden. Trotz allem sah der Kunsthändler, dem das Bild im Frühjahr 2005 per UPS-Bote zuschickt worden war, welches er im Onlinekatalog eines lokalen Versteigerers in Louisiana entdeckt hatte, mehr als eine unscharfe Abbildung eines Christusporträts. Gemeinsam mit einem Kollegen hatte er das Gemälde telefonisch für sage und schreibe 10.000 Dollar erworben und hielt es jetzt in den Händen. Wem das Bild zuvor gehört hatte, durfte er nicht preisgeben. Man wusste, dass es aus einem Nachlass eines Verstorbenen war, der keinen Kontakt zur Kunstszene unterhalten hatte. Vermutlich besaß er es aus religiösen Gründen.

Der Kunsthändler steckte das Gemälde in einen Müllsack, stieg in ein Taxi und fuhr ein paar Blocks Uptown, in die 96. Straße, wo er eine frühere Kollegin und Kunstprofessorin sowie deren Mann, Experte für Restaurierung italienischer Renaissancemalerei, aufsuchte. Nachdem er die Wohnung wieder verlassen und das Kunstwerk zur Begutachtung dem Kenner überlassen hatte, stellte dieser eine erste Vermutung über die

Herkunft des Gemäldes in den Raum. Er schätzte es um die Zeit Norditaliens, 16. Jahrhundert, was mit der Generation von Leonardo da Vinci einherging. Hielt er tatsächlich ein Bild dieses genialen Künstlers in der Hand?

Um die Aussage des Profis zu bekräftigen, reiste der Kunsthändler des Öfteren nach England, um die Herkunft des Kunstwerkes zu recherchieren. Zeichnungen aus den Jahren um 1500 aus der Royal Library in Windsor belegten, dass Leonardo da Vinci an der Komposition eines *Salvator Mundi* gearbeitet hatte. Man vermutete als Auftraggeber König Ludwig XII, für den Leonardo als Hofmaler und Ingenieur in der Zeit zwischen 1507 und 1512 in Mailand tätig gewesen war.

Als der Kunsthändler dann in der Book Library des Courtauld-Instituts in London in der Sammlung des englischen Textilhändlers Sir Frederick Cook stöberte, machte er eine folgenschwere Entdeckung. Die darin enthaltende und 1912 entstandene Fotoreproduktion eines *Salvator Mundi* war mit der *Nr. 106, Boltraffio, Giovanni Antonio, after* verzeichnet. Ebenso das Gemälde. Er ging von einer Übereinstimmung aus. Denn Boltraffio galt als Leonardos begabtester Schüler.

Währenddessen hatte die befreundete Kunstprofessorin Partikel für Partikel vom Bild entfernt und war dem Urheber auf den Grund gerückt. Am Daumen der segnenden Hand hatte sie einen Schatten feststellen können, der sich als Übermalung, einem sogenannten Pentimento, erwies. Gleichzeitig legte er eine Spur zum Künstler, der auf diese Weise sein Kunstwerk angelegt und auch korrigiert hatte. Handelte es sich tatsächlich um einen da Vinci?

Den letzten Hinweis, den der Kunsthändler in den englischen Archiven zu *Salvator Mundi* fand, wies darauf hin, dass Cooks Nachfahren die Kunstsammlung 1958 versteigert hatten. Das als Kopie einer Kopie geltende

Christusgemälde wurde zu jener Zeit für 45 Pfund Sterling von einer Person namens Kunz erworben.

Die Zeit verging, bis im Jahr 2008 das Bild technischen Analysen im Metropolitan Museum von New York unterzogen wurde. Inzwischen wurde es mit 25 Millionen Euro versichert. Erst als ein weiterer Kunstmäzen den *Salvator Mundi* in seiner für 2011 geplanten Leonardo-Ausstellung zeigen wollte, wähnte sich der Kunsthändler am Ziel. Nichts davon durfte an die Öffentlichkeit dringen und ein Tuch des Schweigens legte sich über die Mitwisser. Doch vier Monate vor der Eröffnung erfuhr die Presse vom wiederentdeckten Leonardo und veröffentlichte ein Foto, das das Bild in seinem ursprünglichen Zustand zeigte. Es war stümperhaft übermalt worden. Jedoch die Gegendarstellung vom gereinigten Gemälde blieb erfolglos, da anerkannte Da-Vinci-Experten, die Zuschreibung infrage gestellt hatten. Sollte am Ende alles für die Katz gewesen sein?

Danach stand das Bild monatelang auf einer Staffelei in einem Hinterzimmer und wartete auf solvente Kundschaft. Doch ein Geschäft nach dem anderen platzte, bis das Auktionshaus Sotheby's im Namen eines privaten Klienten Interesse bekundete. Ein russischer Milliardär kaufte es schließlich für 127,5 Millionen, während sein Mittelsmann, der den Deal eingefädelt hatte, satte 47,5 Millionen von der Kaufsumme erhielt, ohne dass sein Auftraggeber davon erfuhr.

Am Abend des 15. Novembers 2017 tauchte dann das Bild im New Yorker Auktionshaus Christie's wieder auf. Unter den Gästen war auch jener Kunsthändler, der das Gemälde entdeckt hatte und der nun befürchtete, dass es in einem Freeport, einem sogenannten Zollfreilager, gebunkert werden sollte. Was nichts anderes bedeutete, als dass es für Kunstinteressierte von der Bildfläche verschwand. Ein solches Arsenal befand sich in Genf. Dort lagerten circa 120.000 Kunstwerke im Wert von mehreren Millionen Euro und dienten als Geldanlage, die diskret wie ein Schweizer Nummernkonto fungierte.

Dass die Auktion bei 400 Millionen Dollar endete, glich einem Wunder, über das sich der Verkäufer sowie das Auktionshaus freute, obwohl das Gemälde wenig später verschwand. Doch wer war der unbekannte Mitbieter, dessen Spur sich über Nacht in Luft auflöste und der damit den größten Kunstkrimi der Welt heraufbeschwor? Schien das teuerste Bild aller Zeiten für immer verschwunden?

4. Sylt, Sonntag, 23. September

»Setzen Sie sich bitte! Was ich Ihnen jetzt präsentieren werde, gehört wohl zu den größten Meisterwerken unserer Zeit.« Der Mann in tadellos sitzendem dunkelblauem Zwirn und passenden Schuhen schaute in den kleinen Kreis erlesener Kunden. Er hatte nach ihnen gerufen und sie waren ihm hierher nach Sylt gefolgt. Seit Jahren war dieser Treff unter den Kunstinteressierten ein Highlight, wusste man doch, dass der Kunsthändler mit wohlklingendem Namen schon so manchen Deal in der Kunstszene eingefädelt hatte. Charles Moblier kannte die Szene wie kein anderer und verstand sich bestens auf das Akquirieren von Kunstwerken, um sie dann mit teils 50-prozentigem Aufschlag weiterzuveräußern. Moblier wusste, wer von den Klienten dringend Geld nötig hatte oder es in Kunst ummünzen wollte. Sein Credo: *Ableben – Ehescheidung – Ruin* sorgten dafür, dass der Kunstmarkt in ständiger Bewegung blieb. Zu seiner Freude. Immerhin verdiente er sich damit eine goldene Nase. Die Homeevents, wie er sie nannte, dienten den meisten zur Geldwäsche. Wer allerdings an einem solchen Event teilnehmen durfte, entschied er.

Sein keckes Lächeln war das eines Jungen, der sich bestens mit dem, was er tat, auskannte und der sich seinem Mitspieler überlegen fühlte. Er ließ den Blick über sein Publikum schweifen, bevor er zur Fensterfront mit Sicht auf die Nordsee schaute. Erst dann sah er es an. Nervosität hatte sich inzwischen breitgemacht. Wahrlich, der Mann mit hoher Stirn und rotblondem Haar machte es spannend und lief ein paar Schritte um die Staffelei herum, die mit einem Tuch verhüllt worden war. »Ich bin immer wieder gerne in meinem Haus, das ich leider nur einmal im Jahr bewohne«, begann er in vornehmem Englisch, der Sprache, die er neben Französisch und fünf weiteren fließend beherrschte. Moblier war weltgewandt und trat nicht nur als Kunsthändler auf. Vielmehr konzentrierte er sich auf das Lagern, Bewegen und Aufheben von Kunstwerken in der Schweiz, dem asiatischen Raum und wohlhabenden Länder mit Triple-A-Status.

Langsam wurde es still und man schaute auf ihn.

»Wie eingangs erwähnt, werde ich Ihnen heute Abend ein Meisterwerk präsentieren, dem ein außergewöhnlicher Ruf vorauseilt«, sagte Moblier und konnte einen leisen Unterton des Triumphes nicht verbergen. »Es freut mich, einen von mir hochgeschätzten Hollywoodschauspieler unter uns zu wissen. Michael Hard, vielen Dank für Ihr Kommen.« Er ging auf Hard zu, schüttelte ihm die Hand und klopfte auf dessen Schulter.

Der Schauspieler lächelte ein wenig genannt, weil er den Trubel um seine Person nicht mochte. Dass er bislang einen Oskar als bester Hauptdarsteller erhalten hatte und diverse Male dafür nominiert worden war, ließ ihn zwar stolz sein, allerdings nicht abgehoben reagieren. Viel lieber nutzte er die Prominenz, indem er sich für den Umweltschutz engagierte und sich gegen die globale Erwärmung einsetzte. Dass er Vegetarier war, machte aus ihm noch keinen besseren Menschen, aber zumindest einen, der sich sorgte.

Danach rückte Moblier von Hard ab und wandte sich einer älteren Dame mit blond gefärbtem Pagenschnitt zu. Ihr edles Kleid, in dem sie steckte, ließ sie elegant erscheinen. Liebevoll nannte er sie Gräfin Lydia, dass ihr Nachname *von Hardenberg* war, teilte er nicht mit.

»Heute ist Sonntag«, sagte Moblier. »Und morgen wird einer von Ihnen im Besitz dieses Bildes sein. Ich erwähnte in der Einladung bewusst nichts über den Maler und dennoch sind Sie mir gefolgt. Glauben Sie mir, ich kann versichern, dass es nicht zu Ihrem Schaden sein wird.« Er schaute auf seine Uhr. Zehn vor fünf – noch zehn Minuten, dann sollte er sein Geheimnis lüften und die Schar der Interessierten würde sich auf sein Heiligtum stürzen. Doch bis dahin galt es, jeden persönlich zu begrüßen. »Gräfin«, er schenkte ihr ein Lächeln, nahm die Hand, die sie ihm bereits entgegenstreckte, und deutete einen Kuss an. Danach begrüßte er die Dame rechts daneben, mit der die Adelige ein paar Worte gewechselt hatte.

Alina Tschekow gehörte wohl zu den bedeutendsten Kunsthistorikerinnen ihrer Zeit. Die zierliche Frau in schwarzem Anzug und androgynem Aussehen machte nie viele Worte um ihre Arbeit. Tat sie es, zollte ihr die Fachwelt höchste Anerkennung. Die gebürtige Russin mit dem wohlklingenden Namen, der nicht nur wie einer der bekanntesten Schriftsteller Russlands klang, war sogar mit diesem verwandt. Tschekow hatte Anwesen auf der ganzen Welt und verfügte über ein beachtliches Vermögen, das sie in Kunst investierte. Ihre Meinung war in der Kunstszene so bedeutend wie der Ritterschlag der Queen. Sie galt als unnahbar und man wusste wenig von ihrem Privatleben, nur so viel, dass sie Verhältnisse mit Frauen wie auch Männern hatte. Ihr Handeln war kalt, berechenbar und knallhart kalkuliert, was dem Wachsen ihres Vermögens nicht schadete.

Moblier nickte ihr kurz zu, was für die Fünfzigjährige gleichbedeutend war wie eine flüchtige Umarmung.

Direkt hinter den Frauen saß das Ehepaar Blomberg. Mark Blomberg gehörte einst zu den besten Tennisspielern der Welt, während Kate Blomberg einer dieser englischen Popgruppen angehört hatte, die Teenager scharenweise aus voller Kehle kreischen ließ. Doch zu richtigem Vermögen, wie Mark Blomberg es gerne nannte, hatten sie es erst durch ein Gütesiegel für Sportprodukte gebracht. Moblier mochte das Ehepaar, weil sie trotz Geldes bodenständig geblieben waren und es auch zeigten. Blomberg trug Jeans und Turnschuhe während seine Gattin in Minirock und hochhackigen schwarzen Pumps aufwartete. Die Begrüßung seitens Mobliers fiel mehr als herzlich aus, worauf dem ein dreimaliges Küssen rechts und links auf Kates Wange folgte. Nach einem kurzen Flüstern, wovon niemand Kenntnis nahm außer Mark Blomberg, schritt der Hausherr weiter zum Nächsten.

Kein geringerer als Oleg Koppolew, ein russischer Oligarch, der innerhalb kürzester Zeit zu Einfluss, Geld und Ansehen gekommen war, war Mobliers Einladung gefolgt. Koppolew hatte sich Ende der Neunzigerjahre mit Immobilien selbstständig gemacht, diese saniert und gewinnbringend weiter veräußert. Allerdings wer seine Liegenschaft nicht verkaufen wollte, verschwand auf Nimmerwiedersehen. Sein bubenhaftes Gesicht ließ andere glauben, er könnte keiner Fliege etwas zuleide tun, was der durchtrainierte Körper revidierte. Koppolew trug kurz geschorenes Haar sowie eine schwarz gerahmte Brille. Er stammte aus bescheidenen Verhältnissen, hatte es aber dennoch zu einem Universitätsabschluss gebracht und als Jahrgangsbester abgeschlossen. Allerdings machte er sich wenig aus Büchern, stattdessen präsentierte er seinen Reichtum in etlichen Anwesen und einer übergroßen Jacht. Auf Reisen zeigte er sich meist in Begleitung männlicher Gesellschaft, die man kaum zu Gesicht bekam.

Und dann war da noch Mila Nilström, ein schwedisches Model, gertenschlank von 1,80 m Größe. Ihre weißblonden Haare hatte sie zu einem Zopf gebunden und wirkte selbst in einem Wollpullover und schwarz glänzenden Leggings wie aus dem Ei gepellt. Man sagte ihr etliche Verhältnisse mit hochkarätigen Politikern nach. Dass sie einmal verheiratet war und eine Tochter hatte, wussten nur wenige. Ihr Kind lebte bei ihrem Exmann und hatte sich inzwischen von der Mutter entfremdet, was für Mila Nilström schwer zu ertragen war und sie daher ihren Kummer mit Tabletten und Alkohol zu betäuben versuchte. Sie war unvermögend, und dennoch hatte Moblier sie eingeladen, was auf ein Verhältnis der beiden schließen ließ. Zumindest war sie die Einzige der Anwesenden, die er auf den Mund geküsst hatte.

Nachdem die Formalitäten erledigt waren, reichte eine Dame vom Service jedem ein Glas Champagner.

Danach erhob der Gastgeber sein Trinkglas und schaute mit einem wohlwollenden Blick auf die Staffelei. »Vielen Dank für Ihr Kommen«, sagte er in akzentfreiem Deutsch. »Falls jemand der Sprache nicht mächtig ist, sagen Sie es bitte.« Doch Moblier kannte jeden und wusste es besser. »Dann wollen wir mal«, meinte er energisch. Es war ihm anzusehen, dass er den Leuten seinen Schatz zeigen wollte, dem ein zwielichtiger Ruf vorauseilte. Allerdings war von einer Fälschung nicht auszugehen.

Moblier trat dicht an die Staffelei heran, sodass keiner einen Blick darauf erhaschen konnte. Sein hinterlistiges Lächeln war eine Mischung aus Gier und Arroganz. Mit Daumen und Zeigefinger zog er behutsam das Tuch vom Gemälde und legte es auf einem Beistelltisch ab. Erst dann ging er beiseite und ließ die staunenden Blicke seiner Gäste zum Bild wandern. Dass jemand ein kurzes, aber schrilles »Wow« von sich gab, blieb nicht ungehört.

»Und habe ich Ihnen zu viel versprochen?«, wollte er wissen und schaute sich jeden Einzelnen an. *Wer wird es haben wollen? Ich sehe doch eure gierigen Augen.*

»Denkst du, was ich denke?«, fragte Blomberg seine

Frau leise, gleichfalls er den Blick nicht vom Gemälde ließ.

Kate Blomberg starrte zunächst geradeaus, bis sie ihm eine Antwort gab. »Ein da Vinci?« Sie sah ihren Mann an, der begonnen hatte, unaufhörlich zu nicken.

Während der nächsten Minuten war es im Salon still, welcher die Größe einer Einzimmerwohnung besaß und in dem teure Designermöbel in Weiß, Beige und Mokka standen.

Tschekow, die Kates Frage mitbekommen hatte, schaute skeptisch auf das Bild. »Ich habe das Gemälde in New York gesehen«, sagte sie nachdenklich. »Christus, ein Mannsbild und ein Gott zugleich, menschlich und übermenschlich, Frau sowie Mann. Es macht betroffen, andererseits wirkt es auf mich unwiderstehlich. Aber ich bin zwiegespalten, ob ich es mögen soll.«

Moblier nahm einen Schluck aus seinem erneut befüllten Champagnerglas.

»Ich stimme Ihnen zu. Damit sollten Sie doch am wenigsten Probleme haben«, sprach er mit spitzer Zunge, was durchaus beabsichtigt war. Man machte kein Geheimnis daraus, dass man sich nicht mochte. Mobliers Einschätzung in der Kunstwelt hatte aus der Tschekow eine strittige Gegnerin gemacht, weil sie dessen Expertisen zeitweise für gewagt hielt. Er war es auch, der ein Madonnenbild von da Vinci als echt ausgewiesen hatte, und das seinen Platz in der National Gallery of Art in Washington fand und das nach wie vor als umstritten galt. Alina Tschekow glaubte zu wissen, dass es von Lorenzo di Credi gemalt worden war.

»Moblier, ich warne Sie! Das tut hier nichts zur Sache«, erklärte sie streng und schlug das rechte Bein über das linke. Ihr wütender Blick blieb von ihm nicht unbeobachtet.

Er beließ es dabei, obgleich er Gefallen an seinem Tun

gefunden hatte. Ihre Meinung war von großer Bedeutung, da sie die Echtheit des Bildes anzweifeln würde und gleichzeitig die anderen darauf neugierig machte. Die Tatsache, dass das Gemälde erst kürzlich in aller Munde gewesen war und sämtliche in- und ausländische Zeitungen darüber berichtet hatten, ließen es in der Kunstwelt zu einer Gottheit aufsteigen. Nun war es Mobliers Geschick, es zu veräußern.

Die Russin stand auf und ging zur Tür. »Ich gehe eine Zigarette rauchen. Wenn ich wiederkomme, erwarte ich von Ihnen eine Entschuldigung.«

Mila Nilström, die sich ebenfalls erhob, rief ihr nach: »Moment, ich begleite Sie!«

Moblier stöhnte innerlich und ließ sich mit der Antwort Zeit, bevor er sagte: »Gut, machen wir eine Pause.« Nervös zog er sich am Kragen, als brauchte er Luft und schritt zum Fenster, das er gerne geöffnet hätte. Aber das Gemälde durfte keinen Schaden nehmen. Er presste die Hand gegen die Scheibe und sah in die Dunkelheit, um nachzudenken. Jedoch sein Spiegelbild verhieß nichts Gutes.

»Sie sehen müde aus«, sagte Mila Nilström und schaute Alina Tschekow an, die genüsslich an ihrer Zigarette zog, um wenig später den Qualm auszupusten.

»Kein Wunder. Ich war gestern noch in St. Petersburg auf einer Vernissage. Das viele Reisen strengt an. Langsam bin ich es leid.« Sie leckte über ihre Lippe und starrte auf die Brüste von Mila, deren Brustwarzen sich unbemerkt aufgestellt hatten. »Sie frieren? Lassen Sie uns wieder zu den anderen gehen.«

Die Schwedin stimmte ihr zu.

Inzwischen wirkte die Stimmung gelöster. Moblier hatte sich zu den Blombergs gesellt und unterhielt sich mit ihnen, während Koppolew mit Hard zu diskutieren schien. Über was die beiden sprachen, bekam man nicht mit. Lediglich die Gräfin hatte sich abgesondert und tippte etwas in ihr Handy, bis sie erschrocken aufsah, weil Moblier die Hand auf ihren Arm gelegt hatte. »Na, meine Liebe. Was machen die Hunde?«

Sie seufzte. »Es geht Ihnen gut, Charles. Emilie ist trächtig.«

Moblier schmunzelte. »Die gute Emilie. Du solltest sie kastrieren lassen.«

»Ja, das sollte ich«, schnaufte die Gräfin und war froh, dass er sich wieder den anderen zuwandte, da sie ungern über ihre Hundedame sprach.

Der Kunsthändler schaute auf die Uhr, weil er sich für den ersten Tag mehr Interesse erhofft hatte. Stattdessen herrschte Unruhe, indem man Lappalien austauschte, als sich mit dem Kunstwerk zu befassen. Andererseits war ein Millionendeal nicht in kurzer Zeit zu bewältigen. Kurzerhand gab er der Hausangestellten einen diskreten Hinweis, die Häppchen zu reichen, statt das für eine Stunde später geplante Fünf-Gänge-Menü.

Nach dem Essen prostete Moblier allen zu und betonte seine Freude, denn endlich hatte er die Meute wieder im Griff. Jeder saß auf seinem angestammten Platz.

Zunächst wechselte er die Blicke mit den Blombergs, blinzelte dann der Gräfin zu und gab Alina Tschekow mit einem kurzen Nicken ein Zeichen, dass er gewillt war, die Kunstauktion fortzusetzen. Mobliers Miene wirkte versteinert, fast so als hätte er schlechte Laune, die er sich allerdings nicht leisten konnte. »Verehrteste«, begann er und schaute zu Tschekow, »vergessen wir doch unsere kleine Fehde von vorhin und widmen uns stattdessen da Vincis genialem Werk. Ich muss Ihnen wohl nicht sagen, wie wertvoll es ist. Sie, meine lieben Gäste, gehören zu der erlesenen Klientel mit dem Vorrecht, es zu erwerben.«

Die Russin schaute grimmig. »Lassen Sie das! Jeder von uns weiß, warum er hier ist. Gewiss sitzen wir aus unterschiedlichen Gründen auf unseren Stühlen. Wie immer geht es ums Geld. Ich wage zu bezweifeln, dass Sie«, Alina Tschekow sah provokant in den Kreis der Anwesenden, »auch nur über ein bisschen Kunstverstand verfügen, während ich die Geschichte des Gemäldes genau kenne.«

Ein Murren machte die Runde.

»Das ist eine Unverschämtheit«, meinte Kate Blomberg und wartete nicht einmal eine Rechtfertigung ab. Stattdessen fuchtelte sie mit der flachen Hand durch die Luft, was ihr Ehemann mit einem sanften »Bitte Schatz!« zu unterbinden versuchte. Kate fluchte innerlich, weil sie es hasste, dass man sie mit ihrem Vermögen auf eine Stufe stellte. Immerhin hatte man ihr nichts geschenkt. Der Ruhm war zwar über Nacht gekommen, mit ihm aber der Neid sowie die Angst, dass einem etwas zustoßen konnte. Nicht selten sehnte sie sich in jene Zeit zurück, als sie mit ihren Freundinnen die Musikkneipen von Harlow, im Südosten Englands, unsicher gemacht hatte. Kate Blomberg schluckte trocken und fühlte sich außerstande zu reden. Was gut war, ansonsten hätte sie sich aufgeregt.

»Kate, Kunst hat ihren Preis. Das weiß hier jeder«, sagte Moblier in väterlichem Ton.

»Jaja«, krächzte die junge Frau und würgte Luft die Kehle hinab, dem ein gequältes Lächeln folgte. Nervös ließ sie den rechten Fuß, den sie über das linke Bein gelegt hatte, wippen.

Moblier erwiderte ihren Gesichtsausdruck und versuchte, das Grinsen in ein strahlendes Lächeln zu verändern. *Kate, du versaust mir noch das Geschäft*, dachte er und hätte sie gerne unter vier Augen gesprochen, doch ein

Handy klingelte mit dem Ton eines amerikanischen Telefons und ließ die Meute aufhorchen. Er nahm den Anruf entgegen und antwortete dem Teilnehmer, dass er später zurückrufen werde. Im Anschluss bat er, die Störung zu entschuldigen, und widmete sich wieder den Gästen, indem er fragte: »Wo war ich stehen geblieben?« Was den sichtlich genervten Koppolew zu einem Kommentar bewog: »Wir Russen haben ein Sprichwort. Dénezhki schjot ljúbjat. Was so viel bedeutet wie: Geld lässt sich gern zählen. Also worauf warten Sie? Kommen Sie zum Punkt! Was soll das Bild kosten?« Er war ein Freund der schnellen Geschäfte und keiner von vielen Worten.

Moblier schwitzte. Ende September war es abends bereits frisch. Er hatte die Heizung anstellen lassen, die seiner Meinung nach auf Hochtouren lief und den Raum inzwischen erhitzte. Er roch den Achselschweiß und spürte Schweißtropfen auf der Stirn, die jedoch nicht nur von der Wärme herrührten. Nervosität hatte sich breitgemacht, wie so oft, wenn es um erhebliche Geldbeträge ging. Er tat ein paar Schritte auf und ab, um der inneren Unruhe zu entfliehen. Insgeheim brodelte es in ihm. Wenn er die Summe zu hoch ansetzte, bekämen die ersten kalte Füße, und war sie zu gering, fühlte er sich unwohl. Diplomatie war jetzt gefragt. »Nun, ich denke, ich muss Ihnen nicht sagen, was ein da Vinci wert ist. Nach meiner Meinung gehört ein solches Bild ins Museum. Die Realität ist leider eine andere. Sie, verehrte Damen und Herren, haben die Chance, es zu kaufen.«

Hard, der die ganze Zeit geschwiegen hatte und es auch gerne weiter getan hätte, äußerte sich verhalten: »Das wissen wir. Ich habe stundenlang in New York angestanden, um es zu sehen. Inklusive mir waren es 27.000 Schaulustige in Hongkong, London, San Francisco und New York.«

Mila Nilström stieß einen kurzen grellen Schrei aus. »Wow, so viele? Dann muss es wertvoll sein«, was den anderen Personen ein müdes Lächeln abverlangte. Sie bemerkte die Blicke, schluckte und entschuldigte sich mit einem »Es kann sich ja nicht jeder mit Kunst auskennen«. Spätestens jetzt dachte man darüber nach, warum sie hier zu Gast war. Dass Moblier sie bewusst eingeladen hatte und ein bestimmtes Ziel damit verfolgte, ahnte hier noch niemand.

Koppolew warf ihr einen hasserfüllten Blick zu, starrte wieder nach vorne und gab dem Kunsthändler ein Zeichen, endlich mit der Auktion fortzufahren. Zeit war immerhin Geld.

5. Merkwürdige Umstände

Dienstag, 25. September

»Ist dit allet Blut? Äh, ick habe noch nie sone tote Leiche jesehen. Hat der wirklich dit Zeitliche jesegnet?«, wollte Maria aufgebracht wissen.

Charlotte war das Lachen vergangen. *Tote Leiche?* Neugierig besah sie den Mann. »Nadine, du weißt aber schon, dass das hier nicht gerade gut für dich aussieht«, während sie sprach, schaute sie sich um, als befürchtete sie, belauscht zu werden. »Hast du wenigstens eine Idee, wer das ist?«, fragte sie und wandte sich Maria zu: »Ja, der ist tot.«

»Nein. Aber ich rufe jetzt die Polizei«, meinte Nadine mit klarer Stimme.

»Hast du dir das auch gut überlegt? So wie ich die Sache einschätze, wurde der Mann ermordet. Wenn du es nicht warst, wer dann? Du dürftest ihn ja wohl kaum ins Bett getragen haben. Sprich, er war noch am Leben, als du ihm nähergekommen bist.«

Maria, die den beiden lauschte, mischte sich ein. »Sie meinen, die zwei hatten wat miteinander?«, was bei Nadine einen stechenden Schmerz in der Magengegend hervorrief, der mit rasenden Kopfschmerzen einherging. Ein Fremder lag auf ihrem Bett, mit dem es anscheinend zum Äußersten gekommen war. Sie hörte in sich hinein und fand die Überlegung absurd. Aber wie war es dazu gekommen? War Marias Idee womöglich zutreffend? *Eine Frau spürt, ob sie Sex hatte. Und ich fühle definitiv nichts. Außerdem hätte ich mich nie auf einen One-Night-Stand eingelassen, jetzt wo ich wieder mit Daniel …* Sie unterbrach ihren Gedankengang, weil das Handy klingelte.

»Hi«, sagte sie zu Daniel und fragte, wo er sei.

»Ich fahre gleich los. Hast du schon die Kripo informiert?«

»Nein, wollte ich aber tun, sobald Charlotte sich den Tatort angesehen hat.«

Selzer traute seinen Ohren kaum. »Nadine! Bist du von allen guten Geistern verlassen, dich vom Handeln einer alten Dame abhängig zu machen?«, schrie er ins Telefon, was von den anderen nicht ungehört blieb. Dementsprechend waren ihre Blicke.

Was sollte sie antworten? Er hatte recht. »Okay, leg auf, ich erledige es.«

»Tu das. Ich melde mich von unterwegs aus.«

Nach dem Gespräch atmete Nadine zunächst tief durch und suchte dann im Handy die Telefonnummer der Sylter Polizei. Es klingelte dreimal, bevor jemand abnahm.

»Steinmann, Polizeirevier Sylt«, meldete sich ein Mann und griff nach seinem dampfenden Becher Kaffee, um einen Schluck zu trinken.

Nadine schaute die Seniorinnen an und erntete ihr zustimmendes Nicken, was sie als Aufmunterung deutete. »Ich möchte einen Mord melden«, erklärte sie trocken, wie sie es gewohnt war.

»Bitte was?« Steinmann verschluckte sich, begann zu husten und kippte Kaffee auf sein helles Hemd. Schon jetzt verfluchte er den Tag, der alles andere als angenehm begonnen hatte. »Und wer wurde ermordet?«, fragte er und bedauerte, den Anruf entgegengenommen zu haben. *Mist, das gibt Arbeit.*

Nadine rollte mit den Augen. »Das kann ich Ihnen leider nicht sagen. Vermutlich ein Osteuropäer. Der Physiognomie nach ein Russe.«

»Aha und das können Sie so präzise bestimmen?«,

wollte der Mann am Telefon wissen.

»Nein, kann ich nicht«, antwortete Nadine barsch.

»Und was haben Sie damit zu tun? Sind Sie die Mörderin?« Steinmann lächelte, weil seine Fragestellung nicht ernst zu nehmen war, währenddessen die junge Frau die Schultern durchstreckte, um zu antworten: »Wenn ich das wüsste, würde ich es Ihnen sagen.«

Dem Polizisten klappte die Kinnlade herunter und ließ ihn ziemlich dumm schauen. »Wie jetzt? Man weiß doch, ob man jemanden ermordet hat. Haben Sie oder haben Sie nicht?« Er machte eine kurze Pause. »Ach lassen wir das, das führt zu nichts. Wie ist Ihr Name und wo befindet sich die Leiche?«

Nadine erteilte ihm bereitwillig Auskunft.

»Fassen Sie nichts an! Ich bin gleich bei Ihnen.« *Und wenn die sich aus dem Staub macht? Ein Mord, ausgerechnet jetzt. Ist schon eine Weile her, dass ich mit einem Tötungsdelikt konfrontiert worden bin.*

Ein diebisches Grinsen huschte über Nadines Mundwinkel. Mit einem Mal verspürte sie keine Angst mehr. Möglicherweise war es Steinmanns unbeholfene Art, die sie hatte ruhiger werden lassen. Allerdings, um das herauszufinden, musste sie sich dem Kommenden stellen, egal wie unangenehm es sein würde.

Für einen kurzen Moment wurde es still.

»Sie hauen aber nicht ab«, sprach Steinmann verunsichert ins Telefon und hoffte auf eine Verneinung.

»Quatsch, ich weiß doch, was sich gehört. Ich bin Polizistin«, sagte sie und erntete das zustimmende Kopfnicken der beiden Rentnerinnen.

Steinmann verschlug es die Sprache. »Sie sind …« Nadine unterbrach ihn, indem sie seinen Satz beendete und er seinerseits antwortete: »Interessant. Da kennen Sie sich ja aus«, meinte er gelassen und atmete tief durch.

»Aber eines wüsste ich schon noch gerne. Wenn Sie eine von uns sind und ich an unsere Besoldung denke, wie kommt es, dass Sie in Kampen Urlaub machen können? Dazu im Hans-Hansen-Wai, einem der hochpreisigsten Flecken überhaupt.«

Nadine zog die rechte Hand durch die Luft. »Das ist eine längere Geschichte, die ich Ihnen gerne erzähle, wenn Sie hier sind. Doch zuvor sollten Sie sich den Tatort ansehen. Ich kann es als Befangene ja kaum tun.« Sie blickte hinaus aus dem Fenster geradewegs auf die Nordsee. Wind war aufgekommen und blies kräftig ums Haus. *Na, das Wetter deckt sich prompt mit meiner Verfassung. Ob ich Zeit haben werde, den Urlaub zu genießen? Hoffentlich wird Daniel den Mord klären helfen. Ansonsten, ach daran will ich gar nicht erst denken.*

Steinmann nickte stumm. »Also nix anfassen, ruhig bleiben und warten«, beendete er das Gespräch und fühlte, wie dumm das klang.

Nadine antwortete nicht, weil es unnötig war.

»Du hast richtig gehandelt. Man wird den Mord aufklären«, gab Charlotte von sich, während Maria einen merkwürdigen Gesichtsausdruck besaß. »Vielleicht sollten wir die Wohnung auf den Kopp stellen. Irgendwo muss es doch Papiere von dem Kerl jeben. Wer mehr weiß, ist eindeutig im Vorteil.«

***

Nur ein paar Kilometer entfernt dachte jemand in ähnliche Richtung und überlegte, ob es einen Hinweis gab, der ihn belasten würde. *Wie soll ich mich verhalten? Auf der Insel bleiben und so tun, als wäre nichts passiert oder abreisen? Fahre ich, mache ich mich verdächtig. Wenn nicht, gelte ich als Urlauber. Besser ich warte und lese die Tagespresse. Ob man ihn inzwischen gefunden hat? Die Kleine hat sicher nichts bemerkt, so voll wie die war. Habe ich irgendetwas im Haus hinterlassen, was auf mich schließen könnte? Mhm? Ich hoffe nicht.*

Das Schwein hat es verdient. Niemand kann nachvollziehen, wie es mir geht. Niemand. Geld macht nicht glücklich, aber dass es einen Menschen so widerwärtig werden lässt, hätte ich nie für möglich gehalten. Es wird Zeit für einen Spaziergang.

***

»Um Gottes willen, bloß nicht. Hier darf nichts kontaminiert werden. Am Ende werden wichtige Spuren verwischt. Es schadet mehr, als dass es nützt.«

Maria wirkte verstört. »Konta, wat? Hab ick noch nie jehört.«

Charlotte schmunzelte und wollte gerade das Wort ergreifen, als Nadine ihr zuvorkam. »Das bedeutet, nichts anfassen, Maria!«

»Nichts?«, wiederholte die Rentnerin äußerlich ungerührt und beschloss, die Ferienwohnung zu verlassen. Immerhin ging sie das alles nichts an. Wenn man etwas von ihr wollte, würde man sich melden. Außerdem hasste sie den Tumult. Am Ende stand sie sowieso nur im Weg. »Ick fürchte, ick kann Ihnen nicht helfen, besser ick verschwinde. Kommse mit?«, fragte sie Charlotte, die sich ihrerseits einverstanden erklärte. Doch zuvor gab sie Nadine den Hinweis in das Apartment unter dem Dach zu ziehen, da sie wohl nicht in der Wohnung bleiben könne. Immerhin handelte es sich um einen Tatort.

Nachdem die alten Damen das Haus verlassen hatten und Nadine auf die Kriminalpolizei wartete, nahm sie auf der Sitzgruppe vis-à-vis vom Toten Platz. Der Instinkt sagte ihr, dass etwas an dem Fall nicht stimmte, was ihr wiederum der Magen mit einem lauten Grummeln bescheinigte. Den Toilettengang schob sie besser auf. Erstens weil es ihr peinlich war und zweitens, weil sie nicht wusste, wie lange er dauern würde. Man hatte den Kerl ermordet, das konnte sie mit Bestimmtheit sagen. Fragte sich nur wieso, und vor allem warum die Tat in ihrem Bett geschehen war? Außer dem Messer im Bauch des Toten hatte sie nichts gefunden, was ihre Vermutung bekräftigte. Und genau das gab ihr zu denken, denn sie vermisste die Geschichte davor, die klären würde, wie es zu der Tat gekommen war. Nichts war schlimmer als das. Und wenn sie am Ende zu einem Mord fähig war? Unmöglich. Vielmehr musste sie die Zeit zurückdrehen, die ihr gedanklich fehlte. Etwas hatte ihre Erinnerungen gelöscht.

Sie schob die Überlegung beiseite, erhob sich und ging zum Fenster, um zu sehen, ob sich der Wind inzwischen gelegt hatte. Nadine starrte hinaus, hoffend, dass der Albtraum bald enden würde. Anscheinend tickten die Uhren auf Sylt anders, denn die Polizei ließ auf sich warten.

Die verrücktesten Geschichten schossen ihr durch den Kopf. Trug sie die passende Kleidung? Sollte sie sich umziehen? Und was wäre, wenn man sie sofort verhaften würde? All die Fragen konnte sie nicht mit einem eindeutigen Ja oder Nein beantworten. Für sie stand fest, dass der beziehungsweise die Täterin im Affekt gehandelt hatte, da man eine Todesart gewählt hatte, die spontan auszuführen war. Der Griff zum Messer war stets möglich, sofern eines greifbar war. *Demnach muss es in der Küche entwendet worden sein?*, schoss es Nadine durch den Kopf. *Wenn ich nachsehe, macht es die Sache auch nicht besser.* »In mir dreht sich alles. Ich schließe jetzt die Augen und zähle bis drei. Dann ist der Spuk vorbei und ich erwache in meinem Bett. Alleine«, suggerierte sie sich leise, bis sie vom

Klingeln am Weiterreden gehindert wurde. *Sie sind da. Du musst dich den bösen Geistern stellen. Denk daran, du bist Polizistin und keine Mörderin! Sonst macht es dich kaputt. »Sie dürfen den Fall nicht an sich heranlassen.«* Wie oft hatte sie diese Worte von ihrem ehemaligen Chef Klaus Kaltbrunn schon gehört? Unzählige Male. Doch sie hatte seinen Hinweis missachtet, weil sie meinte, es besser zu wissen.

Mit wachsweichen Beinen öffnete sie die Tür und sah auf einen Mann mit einem Coffee-to-go-Becher. *Der soll von der Kripo sein? Der sieht aus wie ein Hilfskoch aus einem dieser Billiglokale.* »Hallo, treten Sie bitte näher! Wo ist der Rest?«, wollte sie wissen und tat überrascht.

Steinmann ging an Nadine vorbei, stellte den Kaffee im Flur ab und schaute sich skeptisch um. »Junge Frau, wer sagt mir denn, dass Sie mich nicht verarschen?«, sprach er brummig und fügte hinzu: »Gerade die reichen Schnösel machen sich gerne mal einen Scherz mit der Polizei. Das Bußgeld nehmen die dann lächelnd hin. Also wo befindet sich *Ihre* Leiche?«

»Sie schläft«, meinte sie ironisch und bat den Polizisten, ihr ins Schlafzimmer zu folgen. *Na, das geht ja gut los.*

Während sie voranlief, polterte er ihr nach. Steinmann war ein kleiner gedrungener Mann mit mächtigem Bauchumfang und speckigem Haar. Er wirkte ungepflegt, was die abgewetzt graubraune Cordhose noch unterstrich. Er war nicht gerade gesprächig, doch als er die Leiche in ihrem Bett liegen sah, schrie er laut »Scheiße«.

»Ja, so könnte man es auch ausdrücken«, pflichtete Nadine ihm bei. »Besser Sie rufen jetzt die Spurensicherung und Ihre Kollegen.«

Steinmann schaute sie mürrisch an, schwieg kurz und antwortete: »Lassen Sie das mal meine Sorge sein. Welche Kollegen? Wir sind hier auf einer Insel, da gibt es kein riesiges Morddezernat, wie dort, wo Sie herkommen.

Wissen Sie, wie lange wir hier keinen Mord mehr hatten?«

Nadine schüttelte ungläubig den Kopf.

»Sehen Sie, ich auch nicht. Für mich ist es der Erste auf Sylt.« *Mann, ich habe mich doch nicht auf die Stelle beworben, um jetzt Stress zu haben. Immerhin war der Job seit einem Jahr ausgeschrieben und niemand wollte ihn. Wieso wohl? Er war anderen zu ruhig, daher für mich bestens geeignet. Ich brauche Zeit fürs Pendeln. Sylt – Flensburg ist nur am Wochenende zu bewältigen. Wie sollte ich sonst Beruf und Familie unter einen Hut bringen? Und nun habe ich einen Mord am Hals.* »Gut dann schildern Sie mal, wie es dazu kam«, sagte Steinmann fast gleichgültig.

Nadine zuckte mit den Schultern. »Wenn ich das wüsste, ginge es mir besser. Als ich heute Morgen erwacht bin, lag der Mann neben mir.«

Steinmann stöhnte leise. »Wollen Sie damit sagen, dass Sie ihn nicht kennen?«

»Genau das.«

»Und das soll ich glauben? In der Regel weiß man, wen man mit aufs Zimmer nimmt, geschweige denn …« Er stoppte plötzlich, weil er merkte, mit seiner Behauptung zu weit zu gehen. Steinmann schaute den Toten skeptisch an. »Ziemlich kräftig der Kerl«, gleichzeitig sah er an sich hinab und zog den Bauch ein, um vor der jungen Frau besser da zu stehen. »Kampfsportler? Auf alle Fälle kein Insulaner, solche Typen verkehren nicht auf Sylt. Und wie ein Urlauber sieht der auch nicht gerade aus. Eher wie einer, der gerne Leute zusammenschlägt. Security würde ich mal tippen. Wo sind seine Sachen?«, fragte er, ohne Luft zu holen, und für ein Nordlicht ausgesprochen viel.

Nadine schluckte schwer. »Ich habe nichts gefunden, was Aufschluss auf seine Identität geben würde.«

»Wieder so ein merkwürdiger Umstand, den ich nicht ganz nachvollziehen kann. Und die Kleidung? Oder wollen

Sie mir jetzt auch noch weismachen, dass der Wunderknabe vom Himmel gefallen ist? Er hat doch welche?« Steinmann runzelte die Stirn.

Nadine schüttelte den Kopf und schwieg.

»Dann interpretiere ich Ihr Schweigen mal als ein Nein.«

Sie nickte traurig.

Der Mann von der Kripo schaute skeptisch. »Nicht gut, nicht gut.« Er biss sich nachdenklich auf die Unterlippe. »Dann werde ich entscheiden müssen, was mit ihm passiert. Irgendwelche Vorschläge, Frau Kollegin?«

»Wie wäre es mit Rechtsmedizin und Spurensicherung?«

Jetzt nickte auch Steinmann. Er griff zum Smartphone und wählte die Nummer von Dr. Übermuth, der hiesigen Ärztin. Mit ihr hatte er bislang beste Erfahrungen als Hausärztin gemacht und meinte, dass sie die Richtige sei, um die Todesursache festzustellen. Bis der Rechtsmediziner aus Kiel da wäre, konnte es dauern. Außerdem wollte Steinmann den Mord, wenn es denn einer war, nicht an die große Glocke hängen. »Moin, Frau Doktor, Steinmann am Apparat«, sagte er, als die Ärztin das Gespräch entgegengenommen hatte.

»Moin.«

»Haben Sie ein paar Minuten für mich?«, fragte er und vernahm ihre Zustimmung. Danach erklärte er die Situation und hörte sich genervt an.

Dr. Übermuth schnaufte leise. »Ich habe die Praxis voll. Geben Sie mir eine halbe Stunde Zeit, die Termine zu verschieben, anschließend schaue ich mir die Leiche an.«

»Gut, wenn's nicht anders geht. Ich warte hier.« Steinmann schaute auf die Uhr, während Nadine mit den Augen rollte. »Tja, hier mahlen die Mühlen langsamer als auf dem Festland. Wie wär's inzwischen mit Tee?«, fragte er sich umschauend.

Zehn Minuten später saßen die beiden am Küchentresen und versuchten sich im Small Talk.

»Kommen Sie von hier?«, wollte Nadine wissen.

»Nein, meine Familie wohnt in Flensburg.«

»Aha, und seit wann arbeiten Sie auf Sylt?«

»Ungefähr ein Jahr. Ich habe mich auf die Stelle beworben, nachdem sie Monate vakant war.«

»Wollt wohl keiner auf die Insel. Zu einsam?«, meinte Nadine schmunzelnd.

»Wenn Sie es in dieser Weise ausdrücken wollen. Ihrem Dialekt zufolge stammen Sie aber nicht aus dem Süden«, stellte Steinmann fest.

»Stimmt. Ich bin auf Fehmarn aufgewachsen. Dann kam Berlin und später die Konstanzer Kripo.«

»Ich könnte das nicht, so weit weg von der Heimat.«

»Mich stört es kaum. Immerhin bin ich der See treu geblieben. Die Süddeutschen sind weniger maulfaul als die Nordlichter. Manchmal tut ein Tapetenwechsel eben gut.«

»Tapetenwechsel also? War bestimmt wegen eines Mannes. Ihr Frauen könnt das ja gut.« Plötzlich schwankte Steinmann um und erkundigte sich nach Zeugen.

»Tut mir leid, die kann ich Ihnen nicht auf einem Silbertablett liefern, ebenso wenig einen Mörder. Im Nebengebäude wohnen zwei ältere Damen, die sollten Sie fragen. Ich wünschte, sie hätten jemand gesehen, dann ginge es mir besser.«

»Das werde ich. Warten wir ab, was die Ärztin meint. Danach sehen wir weiter.« Langsam taute Steinmann auf. »Noch wissen wir nicht, ob der Mann ermordet worden ist.«

Nadine hatte den Eindruck, als störte ihn der Tatbestand einer Tötung. Dass es ein Unfall war, schloss sie bereits aus. Nur wollte sie ihm das nicht sagen, weil sie davon ausging, dass er sowieso nicht auf sie hörte.

Es klingelte.

Nadine erhob sich rasch vom Drehstuhl und ging zur Tür. »Hallo, Sie sind sicher die Ärztin? Kommen Sie bitte herein!«

Dr. Übermuth machte einen sympathischen Eindruck. Nadine schätzte sie auf Ende vierzig. Ihr dunkles Haar wirkte gepflegt und fiel in sanften Wellen über die Schulter. Während der Oberkörper schmal erschien, erinnerte der Po an den von Jennifer Lopez.

Steinmann war inzwischen aufgestanden und hinter Nadine hergelaufen.

»Guten Tag Frau Doktor. Kommen Sie, ich zeige Ihnen die Leiche.«

Der Polizist ging voran, während die Damen folgten.

Die Ärztin stellte ihre Tasche auf den Beistelltisch rechts neben dem Bett und schaute auf den Verstorbenen hinab. Dass der Mann tot war, erkannte sie gleich. Sie streifte sich Latexhandschuhe über und zog die Bettdecke ein Stück herunter. Noch immer steckte das Messer im Bauch. »Die Leiche muss sofort in die Rechtsmedizin. Ich gehe von einem Tötungsdelikt aus.«

So weit war ich auch schon, dachte Nadine.

»Wie heißt er?«, fragte Dr. Übermuth nach.

»Wissen wir nicht«, gab Steinmann zur Antwort.

»Gut, attestiere ich einen *nichtnatürlichen Tod* im Totenschein sowie *Name unbekannt*. Soll sich die Gerichtsmedizin darum kümmern.« Sie wandte sich Nadine zu. »Freut mich, Sie kennengelernt zu haben, Frau …?«

»Andres«, fügte sie hinzu.

»Kennen wir uns?«, fragte die Ärztin nach.

»Nein«, winkte Nadine ab.

»Gut, dann gehe ich wieder zu meinen Patienten.«

Nachdem Steinmann sie zur Tür gebracht hatte, alarmierte er die Kollegen von der Spurensicherung. »Was mache ich jetzt mit Ihnen? Ich werde Sie mitnehmen müssen. Packen Sie bitte ein paar Sachen zusammen«, erklärte er. »Nur wo soll ich Sie unterbringen? In der Arrestzelle stehen alte Schreibtische und einen anderen Platz habe ich nicht. Und wenn Sie hierbleiben? Sie hauen mir doch nicht ab, oder?«

Nadine konnte nicht glauben, was sie gehört hatte, und machte demzufolge ein nachdenkliches Gesicht. »Okay. Sie sind der Chef.« Einen Einwand wagte sie nicht.

6. Geister im Kopf

Wahrheit oder Lüge waren für Nadine Frageworte, die sie sich ständig stellte und die sie ebenso hinterfragte. Sie konnte verstehen, wie man sich fühlte, wenn die Antwort einem schwammig vorkam. War sie am anderen Ufer von Recht und Ordnung gestrandet, also dem des Verbrechens? Für einen Moment glaubte sie, eine Mörderin zu sein. Der Filmriss hatte ihr die Geschehnisse der letzten Nacht genommen. Was blieb, war ihr Rechtsempfinden, das sie zweifeln ließ.

Sie erinnerte sich an ein Telefonat mit ihrem Vater, dem sie ihr Leid über ihre geringe Bezahlung geklagt hatte. Unter anderem hatte sie erwähnt, dass ihr eine Gehaltserhöhung zustünde, es aber nicht wagte, darum zu bitten. Wen wunderte es, dass es Menschen gab, die keine Lust verspürten, für wenig Geld arbeiten zu gehen, wenn man als Hartz-IV-Empfänger eben so viel bekam. Doch die entscheidende Frage war nicht die, wer mehr verdiente, sondern die, wie man sich damit fühlte. Die Erklärung, die ihr Vater ihr gegeben hatte, war einleuchtend. Immerhin hatte sie es nicht anders von ihm gelernt. Arbeit war für sie die normalste Sache der Welt. Genauso wie die innere Stimme ihr suggerierte, nichts Unrechtes getan zu haben. Jetzt war der Moment gekommen, der sie zweifeln ließ, eine Mörderin zu sein. Nur welchem Umstand hatte sie es zu verdanken, einen Blackout erlitten zu haben? Sollte Alkohol schuld gewesen sein? Eher nicht, denn sie trank wenig. Und wenn man nachgeholfen hatte?

»Frau Andres?«, vernahm sie wie aus der Ferne ihren Namen und kehrte gedanklich in das Hier und Jetzt zurück. Nadine schluckte und fühlte sich unwohl. Für das

Kommende musste sie stark sein. Also sprach sie sich Mut zu. Zudem war sie eine gute Polizistin und ließ sich von diesem Halunken, den sie nicht einmal kannte, das Leben ruinieren. *Mit mir nicht,* beschloss sie. »Die Kollegen von der SpuSi sind da«, sagte Steinmann und legte fürsorglich die rechte Hand auf ihre Schulter, was bei Nadine ein Zucken verursachte sowie ein überraschtes Umschauen geradewegs in seine blaustechenden Augen.

»Danke. Dann werde ich mich in die Küche verziehen. Sagen Sie mir, wenn Sie mich benötigen. Übrigens, das mit dem Verhaften würde ich mir überlegen. Nicht dass Sie am Ende noch Ärger bekommen. Immerhin bin ich tatverdächtig«, murmelte sie.

Steinmann nickte langsam. »Lassen Sie das mal meine Sorge sein. Oder besteht Gefahr im Verzug?«, fragte er in ruhigem Ton.

Nadine lächelte ihn an und gab ihm eine verneinende Antwort.

»Sehen Sie, dann belassen wir es dabei. Allerdings dürfen Sie die Insel nicht verlassen. Machen Sie das Beste daraus. Erholen Sie sich!«

Na, der hat gut reden. Wie soll ich mich in dieser Situation entspannen können? Es wird Zeit, dass Daniel kommt. Die Kriminalistin schaute auf die Uhr. *Das kann ja noch Stunden dauern.* Plötzlich sah sich Nadine umringt von weiß gekleideten Frauen sowie Männern und hatte den Eindruck, am Boden festzukleben. Nicht sie gab heute Anweisungen oder führte ein Gespräch mit den Kollegen, nein vielmehr tat es Steinmann. Nadine spürte, wie sich ein mulmiges Gefühl in ihrer Magengegend breitmachte, und vernahm gleichzeitig das Knipsen eines Fotoapparates.

Ein Mitarbeiter der Spurensicherung fotografierte den Toten und konzentrierte sich dabei auf dessen Gesicht. »Was hat das zu bedeuten?«, hörte man ihn stirnrunzelnd fragen und blickte mit ihm auf ein kleines Tattoo am Hals.

Steinmann trat hinzu. »Das sieht aus wie ein Blitz.«

Jemand stimmte ihm brummend zu, bis eine Frauenstimme meinte: »Möglich. In manchen Kulturen wird der Blitz als eine vom Himmel herunterstoßende Schlange angesehen.« Sie kehrte den beiden den Rücken zu und konzentrierte sich auf die umliegenden Möbel, die sie nach verwertbaren Fingerabdrücken absuchte.

Schlange, dachte Nadine. *Mist, mit Geschichte kenne ich mich zu wenig aus.* Krampfhaft durchkämmte sie ihr Gedächtnis nach einer Erklärung. Schemenhaft tauchten Bilder auf, die sofort wieder verschwanden, denn noch hatte sie mit den Folgen der vergangenen Nacht zu kämpfen.

Der Mediziner, dessen Namen Nadine vergessen hatte, teilte seiner Assistentin mit, dass er mit der Sichtung fertig war und dass man die Leiche in die Rechtsmedizin bringen könnte. Währenddessen machte sich die Frau Notizen. Nadine schätzte sie auf Mitte zwanzig und als unerfahren ein. Zumindest wirkte sie ein wenig unbeholfen, was die Erwähnung seitens des Arztes unterstrich, indem er meinte, dass sie erst am Anfang ihres Berufslebens stünde. Irgendwie ähnelte sich doch alles, egal, in welcher Ecke von Deutschland man lebte.

Mitten in Nadines Gedanken hinein klingelte das Handy.

Ihre Miene hellte sich auf.

Es war Daniel, der ihr erfreut mitteilte, dass er gut vorankäme und wie angekündigt gegen Mitternacht die Insel erreichen würde.

»Ihr Freund?«, fragte Steinmann neugierig nach.

»Nö, mein Chef«, entgegnete Nadine knapp.

»Kommt er her?«

»Ja.«

»Gut, vielleicht kann er Sie unterstützen.«

»Ich hoff's. Wenn ich daran denke, dass der Mörder frei herumläuft und ich für ihn den Kopf hinhalten soll, könnte ich kotzen«, schimpfte Nadine und stöhnte geräuschvoll.

»Sie reden von einem Täter. Also ein ER? Und wenn es eine Frau war? Sie könnte genauso gut ein Messer in den Leib eines Mannes rammen.« Womit man wieder am Anfang war.

Was sollte sie ihm antworten? Er hatte recht.

»Haben Sie eine Möglichkeit, wo Sie den Rest Ihres Urlaubs verbringen können?«, wollte Steinmann wissen und hörte Nadine sagen: »Ja, im Nachbargebäude. Frau Kaufmann überlässt mir ein Apartment unter dem Dach.«

»Sie reden von der besagten Zeugin?«

»Na ja, als solche würde ich sie nicht gerade bezeichnen«, sagte sie und fügte traurig an: »Leider.«

Steinmann beendete das Gespräch und war fest entschlossen, den Damen einen Besuch abzustatten.

Wenig später saß er mit einer Tasse Kaffee sowie einem Stück Kuchen im benachbarten Haus. Aufgrund seiner Leibesfülle hätte er den Pflaumenkuchen vom Blech samt Schlagsahne gerne abgelehnt, doch er konnte nicht widerstehen.

»Na, ick sehe schon, dit schmeckt Ihnen«, platzte es aus Maria heraus und starrte ihn an, während Charlotte über ihren Nasenrücken strich. »Haben Sie bereits einen Hinweis auf den Mörder?«, wollte sie wissen und schenkte Nadine einen traurigen Blick, die ebenfalls mit am Tisch saß.

Der Mann schüttelte langsam den Kopf. Nachdem er aufgegessen hatte, begann er zu fragen. »Ist Ihnen gestern Abend irgendetwas aufgefallen?«, erkundigte er sich und schlug gleichzeitig ein winziges Notizbuch auf, das bereits bessere Tage erlebt hatte. Die Eselsohren waren unübersehbar.

»Nö«, antwortete Maria schnoddrig und wandte sich Charlotte zu. »Ihnen?«

Die Rentnerin verneinte. »Merkwürdig ist die Sache schon, finden Sie nicht? Kein Mensch spaziert in ein Haus, bringt jemanden um und verlässt es ungesehen, noch dazu wenn die Bewohnerin eine Kripobeamtin ist.« Mit bekümmerter Miene stand sie auf und ging ein paar Schritte durch die Landhausküche, bis sie langsam wieder zurückkehrte und die Lehne ihres Stuhls umfasste. »Mir ist das ein Rätsel.«

Steinmann machte sich Notizen. »Kennen Sie jemanden auf der Insel?«, fragte er und rollte nervös am Papier.

»Nee, wir machen hier nur einige Tage blau«, knurrte Maria und schaute auf seine Finger, deren Nägel unsauber geschnitten waren, während er zu Nadine sah. »Irgendwelche Feinde?«, fragte er emotionslos.

»Nein«, antwortete Nadine mit einem unmissverständlichen Kopfdrehen.

»Haben Sie im Laufe der Nacht etwas gehört?«, sprach er weiter.

Nadine schwieg ein paar Sekunden, dann sagte sie: »Wie oft soll ich das noch erklären, ich hatte einen Filmriss. Ich entsinne mich an nichts mehr.«

Steinmann warf einen Blick auf sein Notizbuch. »Gut, jetzt mal der Reihe nach. Was genau haben Sie gestern getan, ich meine, an was erinnern Sie sich?«

Sie überlegte. »Nun, ich habe einen ausgiebigen Strandspaziergang gemacht und die Abendsonne genossen. Danach setzte ich mich in einen Strandkorb. Der Sand war herrlich warm und ich spielte darin mit den Füßen.«

»Und wann war das?«, erkundigte sich Steinmann.

»So gegen sieben.«

»Gut und weiter.«

»Dann hatte ich Hunger und bin zu Gosch.«

»Es gibt drei auf Sylt. Den in List schließe ich mal aus.«

»Ich habe keine Ahnung, wo das war«, entgegnete Nadine und fügte an: »Ich entsinne mich an ein merkwürdiges Dach, auf dem ein Mann Rasen gemäht hat. So etwas sieht man nicht alle Tage. Zumindest nicht im Süden der Republik.«

Steinmann schrieb ein paar Worte in sein Heft und fragte, ohne aufzuschauen: »Viele Leute? Großes Lokal?«

Nadine nickte, was er nicht mitbekam und demzufolge hochsah. »Dann kann es nur das in Wenningstedt gewesen sein. Mächtig überlaufen, zig Menschen und laut. Aber der Fisch ist erstklassig. Wenn man bedenkt, dass der Inhaber ganz klein angefangen hat und heute bundesweit über diverse Fischrestaurants verfügt. Dort haben Sie also gegessen?«

Die junge Frau bejahte erneut.

»Und weiter? Jetzt lassen Sie sich nicht alles aus der Nase ziehen.«

Nadine zog die Stirn in angestrengte Falten. »Dann saßen da plötzlich ein Mann und eine Frau«, sagte sie. »Sie müssen von links, vom Eingang her gekommen sein, während ich zum Fenster heraus schaute. Die Sonne blendete mich, daher habe ich sie nicht kommen sehen.«

»Mann und Frau also? Wie alt?«

»Sie war jünger als er. Ich glaube mich zu erinnern, dass sie ein Tuch um den Hals trug. So genau habe ich darauf nicht geachtet. Ich hatte mit den Gräten meines Fisches zu tun, dazu die Sonne, das war Anstrengung genug.«

»Haben die beiden gegessen?«

»Nein, das nicht, aber sie tranken Wein, Weißwein glaube ich.«

»Und dann sind Sie gegangen?«, fragte Steinmann und

nippte an seiner Kaffeetasse, deren Inhalt längst kalt geworden war und ihm demzufolge ein unfreiwilliges Schlucken abverlangte.

»Nein.«

Steinmann schwieg kurz. »Wieso nicht?«

»Weil sie mich auf ein Gläschen eingeladen haben.«

»Interessant. Aber danach sind Sie gegangen.«

Nadine überlegte. »Nein«, kam es zögerlich, »ich glaube nicht. Zumindest erinnere ich mich nicht mehr.«

Charlotte, die die ganze Zeit aufmerksam dem Gespräch gelauscht hatte, sagte: »Dann sollten wir hier ansetzen. Wir müssen dieses Pärchen finden. Vielleicht können sie uns weiterhelfen.«

Steinmann schaute die Seniorin entsetzt an. »Wir?«

Charlotte biss sich auf die Lippe und tat ebenso überrascht, indem sie sagte: »Ach Sie wissen doch, alte Leute erzählen manchmal komisches Zeug. Was haben wir schon mit der Polizei zu tun? Frau Andres ist eine liebe Bekannte von uns, zudem fühle ich mich für sie verantwortlich. Immerhin hat sie ihr Hiersein mir zu verdanken«, sagte sie und schenkte ihm ein gezwungenes Lächeln.

»Verstehe«, antwortete Steinmann knapp und wandte den Blick in Richtung Nadine. »Sonst noch was?«

»Nein, nichts«, bemerkte sie stockend.

»Gut, wenn Ihnen mehr dazu einfällt, lassen Sie es mich wissen.« Er übergab Nadine eine Visitenkarte mit den Worten, dass sie die Insel nicht verlassen dürfe und sie ihn am Abend anzurufen habe.

Nachdem Steinmann gegangen war, griff Charlotte zum Telefon und bestellte ein Taxi. »So Herrschaften«, begann sie, »jetzt statten wir diesem Lokal mal einen Besuch ab. Wir benötigen Klarheit in dem Gespinst aus Zufällen und sonderbaren Begebenheiten.« Ihre Augen wanderten zur Uhr, die unmittelbar rechts über dem Herd hing. *16:00 Uhr.*

Wat? Sie will noch mal vor die Tür bei dem beschissenen Wetter. »Ach, jehen Sie ruhig. Ick fühle mich nicht so jut. Irjendwie spinnt mein Magen«, flunkerte Maria und unterstrich ihr Kranksein mit einem Händereiben über dem Bauch.

Charlotte blickte sie besorgt an. »Gut, wie Sie mögen. Kurieren Sie sich aus.«

Maria setzte noch eins drauf, indem sie wie ein kleines Mädchen betroffen zu Boden sah, dann den Kopf hob, um zu sagen: »Tut mir leid. Aber ick hätte wohl nicht so ville Kuchen essen sollen«, was den anderen ein Lächeln abverlangte. Immerhin war Charlotte froh, Zeit mit Nadine zu verbringen.

»Fahren Sie uns bitte zum Fischlokal Gosch am Kliff«, sprach Charlotte zum Taxifahrer, der zehn Minuten auf die Frauen gewartet hatte.

Der Mann brummte etwas, was sie nicht verstand, und startete dann den Motor. Die Fahrt währte nur kurz, bis er wieder stoppte und zu einem Lokal direkt am Strand zeigte. »Sehen Sie das futuristische Gebäude? Das ist es. Übrigens, falls Sie mal Lust auf Fahrradfahren haben, hier gibt es tolle Radwege, die auch gut von Älteren zu meistern sind«, meinte der Mann mit Schiffermütze.

Man stieg aus dem Auto und steuerte in Richtung Strand, an dessen Ufer das Gebäude lag.

»Was glaubst du, hier zu finden?«, fragte Nadine auf dem Weg ihre Bekannte.

Charlotte blieb abrupt stehen. »Natürlich die Wahrheit. Du warst erst gestern hier. Da wird sich doch einer an dich erinnern.«

Nadine legte die Stirn in tiefe Falten. *Der Laden war brechend voll. Na ja, ein Versuch ist es wert. Habe ich eine Wahl?* »Wie du meinst.«

Zielgerichtet steuerte die alte Dame auf das Haus zu und stieg Stufe um Stufe hinauf, dicht gefolgt von ihrer Begleitung.

Eine Glastür gab den Weg ins Innere frei.

»Und jetzt machst du das Gleiche wie gestern«, forderte Charlotte den Blick gerichtet auf Nadine. Danach sah sie sich kurz um. Zu ihrer Linken standen lange Holztische und direkt vor ihr die Getränketheke, an der sich eine Menschentraube gebildet hatte. Weiter links war der Tresen mit Speisen, hinter dem das Personal hektisch agierte. Es roch nach gebratenem Fisch, zudem war es laut und man verstand kaum sein eigenes Wort.

»Gut, gehen wir zur Theke.«

Nach zehn Minuten des Anstehens konnte Nadine ihre Bestellung abgeben. »Bitte zwei Mal das Lister Matjesfilet nach nordischer Art«, sagte sie, was bei Charlotte ein tiefes Durchatmen erzeugte, weil sie lieber Muscheln gegessen hätte.

Weitere Minuten vergingen, bis man sich samt Teller zu einem der freien Plätze aufmachte.

»Und? Erkennst du jemanden wieder?«, fragte Charlotte die Freundin, nach dem Setzen.

»Mhm, nein, nicht dass ich wüsste«, murmelte Nadine verhalten und stocherte im Essen, als sie ein etwa dreißigjähriger türkischstämmiger Mann in weißem Hemd und roter Kochschürze ansprach: »Schmeckt es Ihnen nicht?«

Erschrocken blickte Nadine sich um und schaute hinauf in die dunklen Augen des Mannes.

»Gestern haben Sie auch schon wie ein Spatz gegessen, aber getrunken wie ein … wie sagt man?«, fragte er in gebrochenem Deutsch und hörte mitten im Satz auf.

»… wie ein Loch?«, ergänzte Charlotte schmunzelnd.

»Ja, wie ein Loch«, wiederholte er. »Kein Wunder, Ihre Freunde Ihnen viel zu viel zu trinken gegeben.«

»Sie meinen, man hat das Glas immer wieder gefüllt?«, erkundigte sich Charlotte nachdenklich.

Der Mann nickte heftig und war gerade im Begriff, die anderen Tische von Unrat zu befreien, als Nadine ihm eine weitere Frage stellte. »Meine Freunde? Zwei Männer?«

Er fasste sich an sein stoppeliges Kinn und schien darüber nachzudenken. »Nein, ein Paar. Waren schon mal hier.«

»Heute auch?«, wollte Nadine wissen.

»Heute? Keine Ahnung. Bin erst eine Stunde da. Möglich früher.«

Mist, damit kann ich nichts anfangen, dachte Nadine. »Habe ich mit ihnen das Lokal verlassen? Ich weiß es leider nicht mehr«, versuchte sie, sich zu entschuldigen, und erhoffte sich eine Antwort.

»Mhm, mal überlegen … Ja, glaub schon. Schickes Auto hatten die. Porsche. Toller Sound. Nix Deutsche.«

Nicht schlecht, damit lässt sich arbeiten, dachte Charlotte und kam aus dem Nicken nicht mehr heraus. »Vielen Dank, Sie haben uns sehr geholfen«, während sie sprach, drückte sie ihm einen Zwanzigeuroschein in die Hand, den sie kurz zuvor ihrem Portemonnaie entnommen hatte.

Er bedankte sich, lächelte und ging wieder an die Arbeit.

»Komm, lass uns essen, sonst wird es kalt«, forderte Charlotte und genoss zudem den Blick auf die Nordsee, deren Wellen immerzu ans Land geschleudert wurden. Dabei kam ihr ein Gedanke, dem sie nachgehen wollte. Sie stand auf und suchte nach dem Türken, um mit ihm erneut zu sprechen. Als sie sich wieder zu Nadine setzte und das Wissen mit ihr teilte, wurde sie von ihr gelobt.

Die Rückfahrt verlief schweigend.

Ein jeder dachte nach.

Nadine blickte rechts aus dem Fenster, während es Charlotte auf der anderen Seite tat.

Obwohl die Kriminalistin sich große Mühe gab, über die Worte der Aushilfskraft nachzudenken, gelang ihr das nicht. Stattdessen ging ihr Sylt durch den Kopf, die größte nordfriesische Insel, die sich in Nord-Süd-Richtung vor der Nordseeküste Schleswig-Holsteins und Dänemarks erstreckte. Denn viel gesehen hatte sie davon noch nicht. Dass die Insel für ihre langen Strände, Ferienorte und das Schlickwatt des Wattenmeers auf der östlichen Seite bekannt war, wusste sie. Auch dass sich im Norden List und im Süden Hörnum befanden und dazwischen Kampen. Ebenso dass das Eiland 38 Kilometer Länge maß und an der breitesten Stelle von Westerland im Westen bis Morsum im Osten 12,6 Kilometer aufwies.

Obwohl die Fahrt von kurzer Dauer war, meinte Nadine, sich zu erinnern, dass sie am Tag zuvor eine größere Strecke gefahren war. Möglicherweise ging es in den Süden der Insel. Nur wohin? Wenngleich sie sich Mühe gab, ihrer Gedächtnislücke Abhilfe zu verschaffen, kehrten die Erinnerungen nicht zurück.

»Hörst du mir überhaupt zu?«, vernahm sie plötzlich Charlottes Stimme, die sie bat, aus dem Auto zu steigen, weil man das Feriendomizil erreicht hatte. Gerade jetzt, wo es sich Nadine auf dem Sitz gemütlich gemacht hatte, und über das *Hörst du* nachdachte, da es ähnlich klang wie *Hörnum.* Sie meinte, es in irgendeinem Zusammenhang schon einmal vernommen zu haben. Die Frage war nur wann und vor allem aus welchem Grund?

Nachdenklich stieg sie aus dem Auto und vernahm die Worte der Freundin, die zu ihr sagte, sie solle sich hinlegen, jedoch nicht ohne sich bei der Kripo in Sylt gemeldet zu haben. Was sie im Anschluss auch tat, und somit Steinmann zufrieden stimmte.

7. Sansibar

Nadine schreckte hoch, weil sie ein dumpfes Klingeln hörte. Sie drehte sich zur anderen Seite, zog die Decke bis unter die Nase und versuchte, wieder zu schlafen, als erneut der Ton erklang. *Mann, ich bin erst eingeschlafen.* Sie richtete sich auf, gab ein Seufzen von sich und schaute auf den Wecker neben sich. *Mitternacht. Wer klingelt denn um diese Zeit?*, wollte sie schimpfen, als ihr die Antwort in den Sinn kam. *Daniel!* Ihr Kopf schmerzte, als hätte sie die Nacht zuvor zu viel getrunken. Sie wälzte sich aus dem Bett und fühlte sich wie benommen. Ihre Beine waren weich wie Pudding und schienen den nächsten Augenblick nicht standzuhalten. Müde zog sie ihre Hand durch das zerzauste Haar und versuchte, ihrem Aussehen eine weniger erschöpfte Note zu verleihen. Doch in der Kürze war es unmöglich. Andererseits schlief man für gewöhnlich um diese Zeit und konnte demzufolge nicht wie aus dem Ei gepellt die Tür öffnen. Mit leichter Baumwollhose und legerem Shirt erschien sie an dieser, gähnte und erfreute sich Daniels Anwesenheit. »Moin, schön dass du da bist«, versuchte Nadine, mit Mühe zu formulieren. »Wie war die Fahrt?« Gleichzeitig zog sie die Tür weiter auf und bat ihn mit einer einladenden Handbewegung hinein. »Hast du Hunger? Ich glaube, Charlotte hat dir etwas aufgehoben.«

Selzer, der seine Reisetasche geschultert hatte, nickte lächelnd und gab ihr verstohlen einen Wangenkuss.

»Dermaßen zurückhaltend habe ich dich gar nicht in Erinnerung«, scherzte sie verschlafen und spürte einen stechenden Schmerz in der Magengegend. War es, weil sie sich mies fühlte, mit einem anderen im Bett gelegen zu haben, oder weil Daniel reserviert wirkte? Sie hatte keine

Antwort parat. Die Tatsache, dass er hier war, half zumindest darüber hinweg, wenngleich die kommenden Tage nicht einfach werden würden.

Selzer stellte seine Tasche auf den Boden und schaute sich neugierig im Hausgang um, der mit kühler Eleganz eingerichtet worden war. Steingraue Marmorfliesen zogen sich durch den Flur und erinnerten ihn an den berühmten Carrara-Marmor, von dem er wusste, dass man ihn in der Toskana abbaute. »Nobel, nobel«, bemerkte er zusammenfassend und folgte Nadine in die Küche.

»Setz dich doch! Bist du gut vorangekommen?«, fragte sie und schaute Daniel beim Hinsetzen zu, der ihrem Blick entnehmen konnte, dass er genauso aussah, wie er sich fühlte. Erschöpft und unrasiert.

Nadine befüllte ihrem Gast einen Teller mit Kartoffelsuppe, stellte ihn in die Mikrowelle, um ihn ein paar Minuten später Selzer zu reichen. Sein Schlürfen war ein Zeichen, dass es ihm schmeckte.

»Und wo darf ich heute schlafen?«, fragte er zwischendurch, während sie lächelte und froh war, ihn hier zu wissen. »Wo du willst. Ne im Ernst, das Haus ist groß genug für uns alle. Es gibt reichlich Gästezimmer. Eins davon habe ich dir gerichtet. Es liegt direkt neben meinem. Nach dem Essen zeige ich es dir. Du bist sicher müde.«

Selzer nickte. »Echt lecker die Suppe mit Kartoffeln und Kokos, wer kann denn so gut kochen?«

»Na wer schon? Charlotte, die Alleskönnerin.«

Er verzog das Gesicht. »Scheint so. Die Schärfe ist perfekt ausgelotet. Ganz nach meinem Geschmack«, meinte er und leckte über seinen Mund.

»Ach sieh mal einer an. So kenne ich dich gar nicht.«

»Dann wird es Zeit, dass wir unsere kleinen Geheimnisse einander preisgeben.«

Preisgeben? Wozu? Ein Geheimnis hat jeder. Wäre doch

langweilig, wenn man alles voneinander wüsste, grübelte Nadine.

Die beiden erhoben sich und gingen eine Etage höher, dorthin, wo die Zimmer lagen.

Selzer hatte so tief und fest geschlafen wie noch nie. Anscheinend tat ihm die Seeluft gut. Nachdem man gemeinsam gefrühstückt hatte, beschloss er, mit allen Anwesenden zu sprechen. Er musste sich ein Bild von der Lage verschaffen, um zu wissen, wie es um Nadine stand.

Zunächst befragte er die Tatverdächtige, von deren Aussage er sich viel erhoffte. Immerhin sollte er sie entlasten und das ging nur mit einem ehrlichen Geständnis, wenn es denn eines gab.

»Beginnen wir von Anfang an«, eröffnete Selzer sein Verhör. »Wie hast du das Opfer kennengelernt?«

Nadine stellte die Ellenbogen auf den Tisch, faltete die Hände ineinander und berührte mit dem rechten Finger ihre Lippen. »Wenn ich das bloß wüsste. Ich entsinne mich nicht mehr, außer …«

»… außer?«, hakte er nach und beugte sich interessiert vor.

Nadine ließ sich mit der Antwort Zeit. »Als wir gestern bei Gosch waren, erinnerte sich ein Mann vom Personal an mich und auch daran, dass ich mit einem Pärchen das Lokal verlassen habe. Er meinte, sie wären wohlhabend gewesen. Was dann folgte, kann ich dir nicht sagen. Nur …«

»Nur was?«

»Ich bin mir nicht sicher, aber wir saßen danach längere Zeit im Auto. Irgendwie kursiert der Begriff Hörnum in meinem Schädel.«

»Du sprichst von der Gemeinde?«, erkundigte sich Selzer.

Sie nickte bejahend mit dem Kopf.

Charlotte, die dem Gespräch gelauscht hatte, mischte sich ein: »Wenn man bedenkt, dass man von Westerland nach Hörnum circa zwanzig Minuten benötigt, und die gesamte Insel von Norden nach Süden in einer Dreiviertelstunde bewältigen kann, dann lässt es sich durchaus von einer längeren Zeit sprechen.«

»Mal angenommen es war so, dann stellt sich mir die Frage, wo du mit den Leuten warst? Kannst du dich an sie erinnern? Wie sahen sie aus? Alter – Haarfarbe – Nationalität?«

Nadine dachte nach, jedoch für Selzer dauerte es zu lange. »Jetzt lass dir nicht alles aus der Nase ziehen. Du bist Polizistin und weißt, was wir in solch einem Fall für Infos benötigen. Reiß dich zusammen! Wie soll ich dir helfen, wenn du dich an nichts erinnerst?« Er stoppte kurz und sagte entschlossen: »Entweder hast du wie ein Loch gesoffen oder jemand hat dir K.-o.-Tropfen ins Glas getan. Wurdest du daraufhin getestet?«

Nadine schüttelte den Kopf.

»Nicht? Gott, was sind das nur für Dilettanten? Dann hoffen wir, dass es Benzodiazepine oder Ketamin war. Die sind in Blut und Urin mehrere Tage nachweisbar. Bei Liquid Ecstasy bleiben uns nur ein paar Stunden. Und sonst?«

Sie hustete. »Und sonst, was? Du meinst, ob mich jemand vergewaltigt hat?«

»Wäre doch möglich«, mischte sich Maria ein, die, wie sollte es anders sein, gerne ihre Meinung kundgetan hätte. Inzwischen kannte sie Selzer als angenehmen, allerdings resoluten Mann von der Mordkommission. Daher hielt sie sich vorerst zurück.

Nadine verneinte vehement. »Mir geht es gut, ich habe keine Schmerzen. Glaube mir«, sie schaute Daniel mit festem Blick an, »ich hatte nichts mit einem anderen.«

Ihre Entschlossenheit schien ihm zu imponieren und mit einem liebevollen Nicken reagieren. »Wer hat den Totenschein ausgestellt?«, fragte er weiter und bekam dementsprechend eine Antwort. »Gut, dann fahren wir zu dieser Ärztin und lassen dir Blut abnehmen. Ich muss wissen, wie man dich Schachmatt gesetzt hat.«

Eine halbe Stunde später schaute Nadine auf die Spritze, deren Nadel ihr das Blut aus der Vene sog. Normalerweise machte ihr das nichts aus, doch jetzt sollte dieser kleine Akt, über den man nur selten nachdachte, ihr weiteres Leben bestimmen.

Die Ärztin klebte ein Pflaster auf die Einstichstelle und sah die junge Frau an. »Aufgrund der Symptome bekam ich den Eindruck, dass Sie zu viel getrunken hatten. Der Verdacht, dass man Ihnen K.-o.-Tropfen verabreicht hat, kam mir nicht. Ansonsten hätte ich sofort Blut entnommen«, versuchte sie, ihr Tun zu rechtfertigen.

Nadine schwieg und blickte auf das grau marmorierte Linoleum in der modern eingerichteten Praxis. »Hätte ich nicht anders gemacht. Als ich am nächsten Morgen erwachte, konnte ich mich an nichts mehr erinnern. Ich wusste weder, wo ich den Abend verbracht hatte, noch, dass ich einen Mann mit zu mir nahm. Dennoch glaube ich nicht, dass es zum Äußersten gekommen ist.«

Dr. Übermuth nickte verständnisvoll. »Demnach keine Schmerzen im Unterleib?«

»Nein, keine.«

»Gut. Ich lasse das Blut sofort untersuchen und melde mich.«

Als Daniel Nadine aus dem Praxiszimmer laufen sah, zeigte er sich zufrieden. »In ein paar Stunden wissen wir mehr.« Er atmete tief durch, stieß noch ein »Komm!« aus und lief raschen Schrittes in Richtung Ausgang. Ohne sich umzusehen, zog er die Tür auf und stürmte nach draußen. Dort blinzelte er in die Septembersonne, die er gerne am Strand genossen hätte. Jedoch an Urlaub war im Moment nicht zu denken, weil Nadine nicht einfach nur einen Schnupfen hatte, den sie eben mal mit Tee und Wärmflasche auskurieren konnte. Er betätigte den Funkschlüssel seines Wagens, einem silbergrauen Audi, vernahm das Öffnen und steuerte darauf zu.

»Musst du so rennen?«, schimpfte sie ihm nach und hatte Mühe, seinen Schritten zu folgen. Wenig später saß man bei laufendem Motor im Auto.

Selzer fuhr los, bog in die nächstfolgende Straße rechts ein und lenkte den Wagen weiter geradeaus.

Nach einer Weile erkundigte sich Nadine, wohin es gehe.

»Wir machen eine Fahrt über die Insel. Wollen doch mal sehen, ob du dich an irgendetwas erinnerst. Beginnen werden wir mit Hörnum, dem Ort, der dir geläufig ist.«

»Und was soll das bringen, Daniel? Wir verschwenden nur unsere Zeit.«

Selzer trat aufs Gas.

»Geht's noch? Fahr langsam«, maulte sie und wurde plötzlich ruhig. »Ich erinnere mich«, begann sie weniger energisch, »am Meer gewesen zu sein. Ich hörte Stimmen – mir unbekannte – und blickte auf blau-weiße Strandkörbe.«

Daniel schaute kurz zu ihr, anschließend wieder auf die gut ausgebaute Straße. »Damit kommen wir nicht weit. Ganz Sylt hat blau-weiße Strandkörbe. Aber sie sind nummeriert. Versuch dich, an eine der Nummern zu erinnern, dann ließe sich wenigstens der Standort ermitteln.«

Nadine starrte aus dem Fenster geradewegs zur Dünenlandschaft. *So muss das Ende der Welt aussehen. Keine*

Menschenseele weit und breit. Nur Sand, bizarre Landschaften und drumherum das Meer. Postkartenidylle für Aussteiger oder Besserverdienende. Und überall diese Reetdach-Häuser, die niemand bezahlen kann. »Moment, da waren drei Strandkörbe, die irgendwie nicht zu den anderen passten. Ohne Nummern, aber in Schwarz, wenn ich mich recht entsinne.«

Selzer schöpfte Hoffnung. »Na, das ist doch schon mal was. Schau mal im Handy nach, ob du was dazu findest.«

»Und was?«

»Einen möglichen Standort. Wenn du ihn siehst, fällt er dir vielleicht wieder ein.«

Nadine grinste Selzer an. »Verstanden Chef.«

Selzer strich sich über das Kinn und sah den vorausfahrenden Mercedes rechts blinken, was ihn bewog auf das Hinweisschild zu achten. *Sansibar. Ach, die ist hier? So abseits vom Schuss?*

Er steuerte das Auto auf einen Parkplatz zu, auf dem schwarze Fahnen mit der Aufschrift *Sansibar* sowie dem Logo eines deutschen Automobilkonzerns im Wind wehten. »Und ich dachte immer, die Sansibar sei irgendwo anders«, zeigte sich Selzer überrascht.

»Tja, so kann man sich täuschen. Was wollen wir hier? Sieh an, die haben sogar einen Shuttleservice. Demnach muss das Lokal etwas abseits liegen.«

Er knallte die Tür zu und schaute Nadine über das Autodach hinweg an. »Hast du eine bessere Idee? Sehen wir uns den Laden mal an.«

Nach ein paar Minuten Fußweg hatten sie ihr Ziel erreicht und sahen erstaunt auf eine Bretterbude, wie Selzer sie scherzhaft nannte. Als man sich ihr näherte, wimmelte es davor nur so von Gästen. Man ging ins Lokal. Auch hier zeigte sich das gleiche Bild wie draußen. Alle Tische waren besetzt, daher verließ man es wieder.

»Und nun?«, fragte Nadine beim Hinausgehen.

»Verstehe einer die Leute. Was finden die an dem Laden?«

Selzer schüttelte ungläubig den Kopf. »Kann ich dir nicht sagen. Man trifft sich eben hier. Das Teil ist Kult. Die Betreiber haben ein gutes Händchen für das, was die Gäste mögen. Essen, Trinken, Kleidung. Sie vermarkten das geschickt, und davor ziehe ich den Hut. Schade, ich hätte gerne eine Kleinigkeit gegessen. Lass uns dann wenigstens ans Meer gehen.«

Gott sei Dank ist die Gaststätte voll. Daniel hat wohl vergessen, was wir verdienen, dachte sie. *Obwohl Hunger hätte ich.*

Je näher man der Nordsee kam, desto windiger wurde es.

Nadine fror und zog sich den Reißverschluss ihrer Kapuzenjacke bis unter das Kinn.

Der Horizont teilte sich in drei Farbabschnitte. Oben das Dunkelblau des Himmels, dazwischen das Flaschengrün der Nordsee und darunter das Beige vom Strand. Ein paar Läufer, die ihn barfüßig passierten, warfen ihren Hunden Stöckchen zu, die ihrerseits bellten. Längst hatte die Badesaison ihr Ende gefunden. Dennoch versprühte die See einen besonderen Charme, dem die Gäste der Sansibar wohl auch im Herbst erlegen waren.

Mitten in ihren Gedanken hörte Nadine Daniel rufen.

»Hast du nicht von schwarzen Strandkörben gesprochen? Schau mal!« Er zeigte nach links, dorthin, wo sich drei von ihnen befanden. Auf deren Rückseite warb man mit gelbem Schriftzug für einen ortsansässigen Optiker.

Nadine starrte wie gebannt in die genannte Richtung und freute sich wie ein Kind, wenn es schneite. »Weißt du, was das bedeutet? Meine Erinnerungen kehren zurück.«

Selzer, der sich dessen ebenso bewusst war, hielt es für das Beste, nun doch die Sansibar aufzusuchen, da Nadine hier gewesen sein musste. Stellte sich die Frage, wann und vor allem mit wem. Nachdem er sie von seiner Idee überzeugt hatte, ging es zurück ins Restaurant. Dieses Mal mit mehr Glück. Ein Pärchen hatte bezahlt und war im Begriff zu gehen.

Kurz nach dem Setzen brachte der Kellner die Speisekarte mit den zwei typisch gekreuzten Seeräuberklingen, die bei vielen als Symbol für Sommerfrische galt.

»Such dir was aus, du bist eingeladen«, bemerkte Selzer sich im Lokal umschauend und dann erneut auf die Karte blickend.

Eine Rothaarige kam an den Tisch und nahm die Bestellung auf. Als sie alles notiert hatte, musterte sie Nadine in einer Art, dass man hätte meinen können, sie war ihr bekannt. »Schön, dass Sie wieder da sind.« Sie war etwa zwanzig, hatte die Lippen knallrot geschminkt, was sie älter aussehen ließ.

Unwillkürlich war Nadines Blick zu ihr gewandert. »Ja, mir gefällt es hier«, begann sie zu flunkern. »Es war Montag, stimmt's?« *Es muss Montag gewesen sein, wenn der Typ am Dienstagmorgen tot neben mir lag.*

»Ja. Übrigens interessanter Typ Ihr Freund. Bei uns verkehren zwar viele mit Geld, aber selten ein Milliardär aus Russland.« Sie beugte sich ein wenig zu Nadine hinab. »Und schon keiner, dem eine Fußballmannschaft gehört.«

Nadine winkte diskret ab. »Im Vertrauen, das war nicht mein Partner. Ich bin Journalistin. Das war ein Geschäftsessen mit Herrn …« Sie hustete absichtlich.

»… Koppolew.«

»Richtig.« *Koppolew, geisterte es auch schon in ihrem Kopf. Etwa der Oleg Koppolew? Einer von den ganz Reichen? Und mit dem soll ich hier gegessen haben? Das ergibt keinen Sinn. Was kann der von mir gewollt haben? Und der ist auf der Insel? Aber wieso?* »Wie ich höre, kennen Sie Herrn Koppolew«, versuchte Nadine, die Kellnerin aus der Reserve zu locken.

»Schön wär's. Nein, mein Chef hat mich auf ihn aufmerksam gemacht. Er kennt die meisten, die bei uns ein und aus gehen. Besonders die Promis. Der Russe war noch nie hier, doch sein Gesicht sei bekannt, sagt der Boss«, sie stockte kurz und fügte an: »So, nun muss ich aber wieder.«

Nadine beugte sich Daniel entgegen. »Was soll ich mit einem Milliardär hier veranstaltet haben? Bitte schön, wo trifft man den? Das macht keinen Sinn.«

Er nippte am Glas, das man ihm inzwischen gebracht hatte. »Das ist zweitrangig. Klar klingt das absurd. Angenommen es stimmt, frage ich mich, wie der Typ dir zugelaufen sein soll. Hast du nicht gesagt, dass der Tote in deinem Bett ein Russe gewesen sein könnte?«, hinterfragte Selzer und drehte den Kopf.

»Ja, das ist richtig. Mhm, der Aushilfskellner im Gosch sprach von einem Pärchen. Hier war ich aber in Begleitung eines Mannes.«

Die Rothaarige brachte das Essen und stellte jedem einen Teller mit Bratwurst auf Karotten-Erbsenrahm samt Kartoffelpüree vor die Nase. »Ehrlich gesagt ist mir das Zünftige auch lieber. Lassen Sie es sich munden.«

Ich muss das noch wissen. »Irina, meine Dolmetscherin war ebenso erstaunt, Herrn Koppolew gegenüberzusitzen«, erwähnte Nadine in der Hoffnung, Antworten auf ihre Fragen zu bekommen.

Die Kellnerin hörte zu. »Das soll eine Russin gewesen sein? Für eine Dolmetscherin war die Blonde ziemlich chic gekleidet. Also dann guten Appetit.«

Bingo!

Selzer ließ es sich schmecken, obwohl ihm viele Dinge durch den Kopf gingen. *Wieso ist der Russe auf Sylt? Eigentlich ist die Insel fest in deutscher Hand. Die Friesen mögen keine Fremden, wobei sich das Fremdsein auf alles bezieht, was nicht von dort kommt. Ich habe mal gelesen, dass die Sylter keine Mundart pflegen, sondern eine Sprache, nicht zu verwechseln mit Plattdeutsch. Zum Beispiel sprechen sie ein kurzes Ö, ein nur angedeutetes I sowie ein rollendes R. Dennoch sind die Gäste auf Sylt meist Deutsche und kaum Osteuropäer. Also was will der hier?*

»Daniel, hörst du mir überhaupt zu?«, hörte er plötzlich Nadine sagen und schweifte von seinen Gedanken ab. »Wir müssen herausfinden, wo sich Koppolew aufhält. Nebenbei finden wir sicher auch dessen Begleitung. Möglicherweise ist er sogar das Opfer.«

Selzer brummte zustimmend.

»Gut, dann rufe ich nach dem Essen Steinmann an. Der wird uns helfen.«

»Tu das.«

***

»Haben Sie sich die Überwachungsbänder angesehen?«, fragte Steinmann seinen Assistenten. »Da muss irgendetwas drauf sein.« Schweiß trat auf dessen Stirn. »Wozu haben diese Leute Kameras, wenn sie am Ende nicht funktionieren? Und wenn man sie manipuliert hat?«, zweifelte er.

Der Mann, den Steinmann *Mücke* nannte, weil er obendrein penetrant war wie eine, noch dazu zartbesaitet, fand die Aussage seines Chefs eher unwahrscheinlich. Zudem ließ er verlauten, dass der Mitschnitt in Echtzeit gelaufen war und man diesen nicht verfälschen könnte.

»Also nicht?«, stellte Steinmann wiederholt klar und vernahm den Klingelton seines Handys. *Kann man nicht einmal in Ruhe arbeiten.* »Was ist denn nun schon wieder?«, schrie er ins Telefon.

Nadine schluckte und hielt das Gerät ein paar Zentimeter von ihrem Ohr entfernt. »Oh, wenn ich störe, rufe ich später an.«

»Ach Sie sind's, Frau Andres? Sorry für meinen Ton, hier geht es drunter und drüber. Ich habe mir inzwischen die Überwachungskamera ihres Nachbarn, einem gewissen Hubertus von Arnstadt angesehen. Er war so freundlich, mir den Mitschnitt von der Todesnacht zur Verfügung zu stellen. Leider ohne Erfolg. Sein Haus liegt zu weit von dem Ihren entfernt. Ein Versuch war es zumindest wert«, fügte er leise an und streckte seine Hand aus, um Mücke zu bitten, das Büro zu verlassen. »Was gibt es denn? Ich bin ganz Ohr.«

Danach hörte er zu und versprach, sich nach Koppolew zu erkundigen, vorausgesetzt sie verhielt sich in der Angelegenheit zurückhaltend.

8. Insel der Reichen

»Mücke«, schrie Steinmann der Tür entgegen und klopfte ungeduldig mit dem Finger auf die Tischplatte.

Die Tür ging leise auf.

»Kommen Sie rein! Niemand hat gesagt, dass Sie verschwinden sollen. Es gibt Arbeit. Finden Sie heraus, ob ein gewisser Koppolew auf der Insel weilt. Vermutlich ist er mit einem Privatjet unterwegs. Und seien Sie diskret. Der Mann ist vermögend und ziemlich einflussreich. Nicht, dass wir am Ende noch Ärger bekommen. Das war's. Sie können gehen.«

Mücke ging in Richtung Bürotür, drehte sich erneut zu Steinmann um, als wollte er etwas sagen.

»Soweit alles klar?«, fuhr sein Chef ihn an und ließ den Wunsch eines weiteren Wortes sterben.

Mücke nickte verhalten.

Zum Glück saß Steinmann am Schreibtisch. Selbst ein starker Kaffee konnte nicht über den Zustand hinweghelfen, dass er mies geschlafen hatte. Erst der Mord an einem Unbekannten, auf den er gerne verzichtet hätte, und dann der Ärger mit seiner Frau wegen irgendwelcher Fotos, die sie angeblich auf seinem Computer gefunden hatte. *Ich habe wohl vergessen, sie zu löschen.*

Er blickte auf das Foto vom Schreibtisch mit Gattin und Kind. Erst im Sommer war es geschossen worden und zeigte alle drei mit Taucherbrille und Schnorcheln am Mittelmeer. Dabei lief es zwischen ihm und Ilka doch ganz gut. Er hatte hier auf Sylt seine Ruhe, und sie endlich Zeit für ihr Hobby. Und dennoch drohte sie, sich von ihm zu trennen, wenn er mit den Weibergeschichten nicht aufhörte. Die ewige Eifersucht ging ihm gehörig auf die

Nerven, wenngleich er sich immer wieder bemühte, ihr zu erklären, dass er mit keiner Frau etwas habe. Die Fotos waren ein Überbleibsel von früher, lange bevor man sich kennengelernt hatte. *Deshalb gleich alles hinschmeißen? Ich muss mich ablenken.* Noch in Gedanken klingelte das Telefon, dessen Hörer er abnahm.

»Übermuth. Ich wollte Sie nur davon in Kenntnis setzen, dass man Frau Andres K.-o.-Tropfen verabreicht hat.«

Steinmann stimmte ihr mit einem Brummen zu. »Weiß sie es?«

»Ja, ich habe Frau Andres soeben informiert. Liegt Ihnen schon der Bericht der Rechtsmedizin vor?«

Gut, dass sie fragt, werde gleich dort anrufen. »Nein, ich lass es Sie wissen, wenn er da ist.« *Habe ich wenigstens was zu tun und komme nicht ins Grübeln. Ohne den aktuellen Stand der Obduktion kann ich keine weiteren Maßnahmen einleiten. Demzufolge scheidet die Andres als Mörderin aus? Hatte ich also den richtigen Riecher.*

Steinmann rief in der Rechtsmedizin an und wurde aufgefordert, die Leiche selbst in Augenschein zu nehmen. Bei der Gelegenheit könne man ihm dann den Bericht übergeben. *Reicht es nicht, einen Mordfall auf dem Tisch liegen zu haben, muss es dann noch eine kalte Leichenhalle sein?* Rausreden ging nicht. Immerhin war er der ermittelnde Kripobeamte und dazu der Chef. Plötzlich kam ihm eine Idee, für die er sich gerne unter die imaginäre Schulterklopfmaschine gestellt hätte, um dem Lob zu huldigen. *Warum soll ich mir das alleine antun? Frau Andres wird mich begleiten. Immerhin arbeitet sie bei der Kripo und hat mit Sicherheit mehr Todesopfer im Jahr zu beklagen als ich.*

Mit einem Anruf war das geklärt. Allerdings musste man nach Kiel in die Rechtsmedizin, weil es auf Sylt keine gab.

Fast vier Stunden später in Kiel

Der Teil des Krankenhauses, den man betrat, wirkte kalt und bizarr. Es war nicht der Keller, wie vermutet, sondern der erste Stock, da hier das Kunstlicht die Verfärbungen, die Aufschluss über eine Todesursache geben konnten, nicht verfremdete. Man blickte auf eine Leichenkühlkombination mit drei Fächern, die Platz für neun Leichen bot und die nach Aussage des Rechtsmediziners ausreichend war. Der Mediziner, den Steinmann mit Doktor Eppendorf ansprach, öffnete eine der Türen und zog die mittlere Bahre heraus. Das metallisch klingende Geräusch ging Nadine durch Mark und Bein und sie bedauerte ihre Anwesenheit schon jetzt. *Wieso muss ich mir das jedes Mal antun? Es hätte gereicht, den Obduktionsbericht zu lesen.* »Können wir?«, hörte sie den Arzt fragen, was sie wiederum mit einem widerwilligen Nicken erwiderte.

Selzer, der Nadine begleitet hatte, schaute auf den Toten, der noch immer zugedeckt war.

Der Arzt zog den Reißverschluss auf und offenbarte die Leiche. »Legen wir los.« Danach musterte er einen nach dem anderen und endete bei Nadine. »Bisschen blass um die Nase. Sind Sie sicher, dass Sie sich das zumuten wollen?«, sprach er in gut verständlichem Hochdeutsch und legte ein zynisches Lächeln nach.

Nadine spürte die kalte Luft, die nicht nur den Leichnam umgab, sondern auch sie. *Wenn der nicht aufhört, werd ich dem was zwitschern.* Sie kochte vor Wut.

»Worauf warten Sie?«, schritt Steinmann ein und hegte den Wunsch, alsbald wieder zu verschwinden.

Eppendorf nahm sich den Obduktionsbericht zur Hand, den er bereitgelegt hatte, überflog die Aufzeichnung und blickte erneut in die Runde. »Also«, begann er langsam, »wie Sie wissen, hat man den Unbekannten mit einem Messer schwer verletzt. Die Bauchdecke wurde perforiert. Der Schnitt ging vom Oberbauch bis in die

Bauchhöhle und zur Leber. Doch diese Verletzung führte letztendlich nicht zum Tod. Sondern …« Nadine unterbrach ihn, indem sie sein »sondern« wiederholte und sich eine Antwort erhoffte. Stattdessen schenkte der Arzt ihr ein hämisches Lächeln. »Geduld, junge Frau, Geduld. Er wurde vergiftet. Und damit Sie nicht gleich mit einer nächsten Frage aufwarten, nur so viel, ich kann Ihnen keine weiteren Auskünfte geben. Wir wissen, dass es ein langsam wirkendes gewesen sein muss.«

Nadine drehte sich Selzer zu. »Vergiftet?«, fragte sie ihn leise. *Dann sind wir genauso weit wie am Anfang. Wie soll ich beweisen, dass ich das Gift nicht verabreicht habe?*

Steinmann dachte wohl in die gleiche Richtung. »Können Sie schon etwas zum Todeszeitpunkt sagen?«

»Anhand der Leichenflecken maximal 48 Stunden, länger ist dieser Mann nicht tot.«

»Was macht Sie da so sicher?«, provozierte ihn Nadine.

»Nun, in einem Zeitraum von bis zu 36 Stunden sind die Livores teilweise unter kräftigem Fingerdruck wegdrückbar, weil noch ein Teil des Blutes in den Adern beweglich ist. Sehen Sie!« Er quetschte auf einen Leichenfleck am Arm, sodass die Haut unter dem Druckpunkt wieder hell aussah. »Wäre er länger tot, wäre das Blut eingedickt und die Totenflecken nicht mehr beiseitezupressen. Darüber hinaus können Livores nur noch punktuell, etwa durch kräftigen Druck mit der Rückseite einer Pinzette weggedrängt werden.«

Klingt überzeugend. Nadine nickte langsam, als verstünde sie, was er sprach, tat aber so, als sei sie skeptisch. »36 Stunden sagten Sie? Demnach müsste der Tod in den frühen Dienstagmorgenstunden eingetreten sein.« *Also genau dann, als dieser Typ neben mir lag. Mist.*

»So in etwa«, stimmte ihr der Rechtsmediziner zu. »Was aber nichts heißen muss. Erst wenn wir die Zusammensetzung des Giftes haben, können wir den Todeszeitpunkt sicher ermitteln. Lassen Sie mir noch etwas Zeit.« Er schaute auf den Leichnam.

Das Wort Zeit ließ Nadine zusammenzucken, als hätte sie gerade einen elektrischen Zaun einer Kuhweide berührt. *Und genau die habe ich nicht.* Jedoch als Kriminalistin wusste sie es besser.

»Und sonst?«, mischte sich Selzer ins Gespräch.

»Sonst?«, musterte Eppendorf den jungen Mann, der ihm wie ein Hippie erschien und ihn daher links liegen ließ. *Wasch dir erst mal die Haare. Dass man so einen Typen auf die Menschheit loslässt. Der soll bei der Kripo sein? Die Sitte oder das Drogendezernat passt besser zu dem. Mit der Mähne.* »Nichts weiter. Finden Sie heraus, wer der Tote ist, und ich besorge den Namen des Giftes«, antwortete der Mediziner überheblich.

Selzer musste ihm unweigerlich recht geben.

Eine Viertelstunde danach stand man vor dem Gebäude der Rechtsmedizin und schaute einander fragend an, bis Steinmann das Wort ergriff: »Was halten Sie davon, in Kiel zu übernachten? Ich kenne ein kleines Hotel nur ein paar Straßen entfernt. Die Zimmer sind gut und günstig. Das Frühstück müssten Sie erst mal sehen.«

Nadine sah Daniel an, bevor sie dem Sylter Kripobeamten antwortete: »Glauben Sie, das ist eine gute Idee? Und wenn ich abhaue?«

Steinmann lächelte. »Was nützt es? Bringt eh nichts, Sie wissen das und ich auch. Also was ist jetzt?«

Man nickte ihm zu und fuhr zum Hotel.

Dort angekommen, schlug Daniel zwei Einzelzimmer vor statt einem Doppelzimmer. Er wollte alleine sein, um die letzten Stunden zu reflektieren. Vor Bitterkeit lächelnd stimmte Nadine ihm zu, obwohl sie lieber mit ihm die

Nacht verbracht hätte. Wie so oft war nicht der passende Moment. Daher beschloss sie, die Flucht nach vorne anzutreten, indem sie vorschlug, wenigstens essen zu gehen.

»Also gut«, gab Selzer gequält zur Antwort.

Ihr Lächeln verschwand. »Du musst nicht, wenn du nicht willst. Das ist doch keine Pflichtveranstaltung. Wir können das auch ohne dich.« Sie drehte sich um, nahm dem Portier den Zimmerschlüssel ab und lief davon.

Schulterzuckend sah Selzer ihr nach und dachte sich seinen Teil. Dass er Zeit für sich benötigte, verstand sie nicht und eine Diskussion darüber war fehl am Platz.

Steinmann war fünfzehn Minuten bis in die Kieler Innenstadt gefahren, in denen er nicht über den Mordfall sprach, dafür aber einiges von den Sehenswürdigkeiten der Stadt erzählte. Er berichtete von der nördlichsten Großstadt Deutschlands, gelegen an der Kieler Förde, und vom Endpunkt der meistbefahrenen künstlichen Wasserstraße der Welt, dem Nord-Ostsee-Kanal, was Nadine nicht unbekannt war. Vielmehr wollte sie speisen und so schnell wie möglich auf ihr Zimmer.

»Was ist mit essen?«, kürzte sie die Sightseeingtour ab.

Steinmann atmete tief durch und lenkte den Wagen in eine Seitengasse, wo er das Auto parkte. »Hier gibt es ein kleines Lokal mit regionaler Küche. Kommen Sie!«

Es war derart unscheinbar, dass man nicht glaubte, in einem Restaurant zu sein, da es kaum größer als ein Wohnzimmer war und darüber hinaus nur Platz für drei Tische bot.

»Ich sagte doch klein. Die Chefin kocht selbst. Es gibt ein Menü, entweder man nimmt es oder man lässt es. Ich habe für uns einen Tisch bestellt. Sie sehen es ja, sonst würde man keinen Sitzplatz bekommen.« Wie recht er hatte, denn die zwei anderen waren belegt. Es gab weder eine Speisekarte noch einen Hinweis auf das Essen, stattdessen rief eine großgewachsene Frau mit Hochsteckfrisur und Schürze den Gästen das Menü zu: »Herrschaften, heute gibt's Labskaus«, was Nadine ihrerseits mit Kartoffelgericht mit Rindfleisch, Roter Bete und Spiegelei übersetzte. *Ausgerechnet. Etwas anderes wäre mir lieber gewesen.*

Während Steinmann mit gutem Appetit aß, kämpfte Nadine mit jedem Bissen.

»Schmeckt Ihnen wohl nicht«, kommentierte er ihre Esslust.

»Na ja, hatte ich als Kind zu oft«, knurrte sie abgehackt und legte schließlich Messer und Gabel auf den Teller als Zeichen einer beendeten Mahlzeit.

»Sagen Sie mal«, fing Steinmann nach dem Essen an, während er sich mit der Serviette den Mund abwischte. »Dieser Selzer ist Ihr Chef? Habe ich das richtig verstanden?«

Nadine nickte.

»Und taugt der was?«

Sie nickte erneut.

»Haben Sie was mit dem?«

»Nein«, antwortete sie knapp, denn was ging das ihn an.

»Okay, ich sehe schon, Sie wollen nicht darüber reden. Verstehe. Er ist da, um Ihnen zu helfen, nehme ich mal an und arbeitet quasi inoffiziell auf Sylt. Vielleicht gar nicht mal so schlecht. Wissen Sie, Frau Andres, ich bin der Letzte, der Sie ins Gefängnis stecken will. Ich glaube Ihnen, nur tun es die anderen auch? Ehrlich gesagt hatte ich gehofft, dass die Spurensicherung weit mehr als die Stichwaffe findet. Mhm, jetzt sieht es wohl nach einem Giftmord aus«, erklärte Steinmann und warf einen vorsichtigen Blick auf seine Armbanduhr. »Demnach suchen wir nach einem lang anhaltenden Gift, eines, was man Stunden vor Ihrem Zusammentreffen verabreicht hat. Mit Sicherheit waren Sie das Bauernopfer, das neben dem Kerl erwachen sollte. Man hat Ihnen die Mordwaffe quasi untergejubelt. Bis man den Täter hätte, wäre der längst über alle Berge.«

»Gewagte Theorie«, fasste Nadine seine Ausführung zusammen. »Jedoch nicht von der Hand zu weisen. Trotzdem muss ich dem Verbrecher begegnet sein. Wie hätte er mir sonst die K.-o.-Tropfen verabreichen sollen? Haben Sie inzwischen etwas über diesen Koppolew in Erfahrung bringen können?«

Oh Schiete, das habe ich Mücke doch glatt vergessen zu fragen. »Nein, mein Assistent kümmert sich aber darum. Ich sage Ihnen dann morgen Bescheid.«

Nadine bedankte sich mit einem unterdrückten Gähnen, was Steinmann zum Anlass nahm, die Rechnung zu verlangen.

Als man im Hotel ankam, hatte sich Nadines Müdigkeit gelegt. Daher beschloss sie, in der Hotelbar einen Absacker zu nehmen. Sie bestellte ein Glas Rotwein, suchte sich einen Platz und fühlte zum ersten Mal Ruhe in sich aufkommen. Die Ereignisse, die sich inzwischen überschlagen hatten und von denen sie nicht glaubte, dass sie der Wahrheit entsprachen, fanden langsam Raum in ihrem Denken. Gestern kam sie sich noch wie hypnotisiert vor, und die Geräusche um sie herum waren weit weg. Als hätte sie einen Schlag auf das Ohr bekommen, woraufhin das Trommelfell geplatzt war.

Eine Stunde später stand sie im Bad ihres Hotelzimmers und stützte sich auf das Waschbecken, um in das müde Gesicht ihres Spiegelbildes zu sehen. *Großer Gott, du bist um zehn Jahre gealtert. Wenn das so weitergeht, werde ich zur Greisin und dann wird mich Daniel keines Blickes mehr würdigen.* Die Reise nach Sylt, verbunden mit den Erlebnissen, die das Schicksal für sie bereithielt, nagten an ihr wie eine Hyäne an einer Gazelle.

Zunächst platzierte sie die Waschtasche auf dem Waschtisch, band ihr Haar zum Zopf und entnahm ihr die elektrische Zahnbürste. Das nachfolgende Duschen wurde zur Hetzjagd, zwischen dem Wunsch des Schnellfertigwerdens und dem darauffolgenden Zubettgehen. Nach dem Abfrottieren zog sie ihren Schlafanzug über, den sie in der kalten Jahreszeit einem Sleepshirt vorzog, und schlüpfte dann unter die Bettdecke, in die sie sich bis zur Nasenspitze verkroch. Doch das Einschlafen wurde zur Qual, da die Gedanken sie nicht in Frieden ließen. Immerzu dachte sie an den Mann, der tot neben ihr gelegen hatte und von dem sie nichts wusste, außer, dass er vermutlich Osteuropäer war. Nur wer hatte ihn dort platziert? Oder hatte sie ihn wissentlich mit ins Haus genommen in der Absicht …? Nein, daran wollte sie nicht denken. Wieso hätte sie mit einem Fremden Sex haben sollen, wenn sie in Daniel verliebt war? Irgendwie ergab alles keinen Sinn. Und noch etwas geisterte durch ihren Kopf. Wer war die Frau, die mit ihr und Koppolew in der Sansibar gesessen hatte? Die beiden mussten sich gekannt haben. Zumindest entnahm sie das den Worten der rothaarigen Kellnerin.

Steinmann hatte unterdessen mit seiner Frau telefoniert und sich mal wieder über sie geärgert. Die Tatsache, dass er beruflich nach Kiel gefahren war, konnte sie nicht nachvollziehen, da eine derartige Reise in der neuen Position bislang noch nicht vorgekommen war. Ein Rechtfertigen empfand er als Schikane. Wieso war sie nicht imstande zu begreifen, dass Dienstfahrten zum Job gehörten? Wie hatte Ilka sich verändert. Ihre ewigen Eifersüchteleien nagten an seinem Nervenkostüm.

Nach dem Telefonat fühlte sich Steinmann unwohl. Waren es die ständigen Streitereien unter den Eheleuten oder der Mordfall auf Sylt? Er wusste es nicht. Für ihn wurde es erst entspannt, wenn er dem Zuhause fernblieb. Nur, so konnte es nicht weitergehen. Selbst eine Mediation, die er vorgeschlagen hatte, lehnte sie ab und nahm ihm die Chance, auf die Probleme einzugehen. Möglicherweise hatte sie Angst, etwas über sich zu erfahren, zu tief saßen die Erinnerungen, als dass sie diese heraufbeschwören wollte. Immerhin hatte sie es als Kind einer bosnischen Einwanderer-Familie nicht leicht gehabt. Als dritter Spross lief sie nur noch nebenher. Während die Erziehungsberechtigten einer Arbeit nachgingen, lungerte die Tochter auf der Straße herum und ließ sich frühzeitig mit Jungen ein. Schnell wurde sie enttäuscht. Erst als sie ihren Mann kennengelernt hatte, sollte sich das ändern. Doch die Eifersucht blieb, da sie sich von ihm jene Zuneigung erhofft hatte, die sie von den Eltern nie bekam. Die Liebe der Mutter wurde von den Geschwistern aufgebraucht und für sie gab es nur noch ein müdes Lächeln, eine warme Mahlzeit und ein Kuss auf die Wange. Niemand hatte sich je um die Hausaufgaben gekümmert. Dass Ilka die Schule mit einem Realschulabschluss beendete hatte, grenzte an ein Wunder. Als ihre Tochter dann geboren wurde, schien erstmalig alles in Ordnung zu sein. Doch das Kind brachte genauso wenig die erhoffte Bestätigung, und das Selbstwertgefühl schwand dahin wie ein Tropfen Wasser in der Sonne.

Steinmann war nach einem Schnaps. Er öffnete die Minibar und entnahm eine kleine Flasche Obstler, die er in einem Zug leerte. Danach schüttelte er sich, weil die Kehle brannte, doch der gewünschte Effekt der seelischen

Besserung blieb aus. Um sich abzulenken, stellte er den Fernseher an. Irgendetwas lief immer.

Eine Stunde später piepste das Handy und der Name seines Assistenten erschien. *Knut Muck. Was will der jetzt noch?*

»Was gibt's denn, Mücke?«, fragte Steinmann mit hochgezogenen Augenbrauen, nachdem er den Anruf entgegengenommen hatte.

»Guten Abend Chef, schlafen Sie schon?«

Steinmann verzog den Mund zu einer Grimasse. »Würde ich sonst abnehmen?«

»Nein«, kam es kleinlaut zurück. »Ich, ich wollte Ihnen bloß sagen, dass dieser Koppolew tatsächlich auf der Insel ist. Er muss mit dem Auto angereist sein. Ich habe mal meine Kontakte spielen lassen und ein Vögelchen hat mir gezwitschert, dass er an irgendeiner großen Sache interessiert sei.«

Steinmann schluckte, weil er es hasste, wenn sein Mitarbeiter derart geschwollen sprach. »Und welcher Piepmatz hat dieses Mal geträllert? Wieder die Bekannte einer Bekannten?«, fragte er ironisch nach, was Mücke nicht verstand und stattdessen antwortete: »Nein, Sie wissen doch, dass meine Schwester Frisöse ist und zu ihren Kunden auch die eine oder andere Haushälterin zählt. Und von einer hat sie es dann. Immerhin gibt es genügend Millionäre auf der Insel, aber kaum Milliardäre.«

»Lassen Sie mich mit dem Promischeiß in Ruhe. Der Mann muss genau wie Sie aufs Klo und macht dabei die gleichen Geräusche. Konzentrieren Sie sich auf das Wesentliche! Ich werde morgen Mittag wieder im Büro sein. Kümmern Sie sich in der Zwischenzeit um die Meldeadresse dieses Geldsacks.«

9. Schrei, wenn du kannst

Etwa zur selben Zeit irgendwo auf Sylt

Ein zerrissenes T-Shirt, so groß wie ein Tischtennisball, steckte in ihrem Mund. Zudem schmerzte ihr Kopf, dem man gewaltsam einen Schlag verpasst hatte, ganz zu schweigen von den Händen, die mit einem Kabelbinder zusammengebunden waren. *Was willst du von mir?*, ging es ihr durch den Kopf, was sie ihn gerne gefragt hätte. Stattdessen starrte sie dem schmalwüchsigen Mann mit dunkler Maske zwischen die Augen, die sie argwöhnisch musterten. *Wieso tust du mir das an, wieso?* Ihr Unterleib schmerzte von den Höllenqualen, die er ihr bereitet hatte, indem er mit unbändiger Kraft immerzu in sie eingedrungen war und sie eine Ewigkeit penetriert hatte. Für einen Augenblick glaubte sie, dass er mit einem Gegenstand zugange gewesen war und noch immer lag der Geruch von menschlichen Ausdünstungen im Raum. Der warme Schwall, den man danach spürte, blieb jedoch aus. Sie fühlte sich erniedrigt. Die Frage, wo sie sich befand, nagte an ihr wie ein Hund am Knochen. Immerhin war sie hierher gereist, um Ferien zu machen. Ein paar Tage, mehr sollten es nicht sein.

Mitten in Gedanken hörte sie plötzlich ihren Namen. Demnach war es kein Zufall, dass man sie gefangen hielt. Er hatte es auf sie abgesehen. Fragte sich nur, warum?

»Und Flittchen, hat es dir gefallen? Du magst doch, wenn man dich hart rannimmt«, stöhnte jemand merkwürdig. Die Stimme klang weder alt noch jung, vielmehr sonderbar. Nur etwas störte. War es das tiefe Brummen oder das Gefühl, dass man sie verstellte? Bis jetzt glaubte sie, dass es eine Aufzeichnung war, die man vorbereitet hatte, bis er sie erneut beschimpfte: »Wärst du nicht gewesen, wären wir heute noch zusammen. Du weißt doch, wie das ist, wenn man verlassen wird. Verdammte Fotze, wir haben uns geliebt. Und dann kommst du und zerstörst alles. Ich werde nun gehen, um dir Bedenkzeit zu lassen. Wiedergutmachen kannst du es sowieso nicht mehr, aber Reue zeigen.« Er starrte sie mit blau funkelnden Augen an und packte ihr Kinn, das er fest zwischen den Fingern hielt. »Hast du mich verstanden?«, setzte er böse nach.

Tränen rannen über ihr Gesicht und sie dachte an ihr Kind, das sie wahrscheinlich nie wiedersah.

Er wiederholte sich.

Und sie nickte.

»Gut, dann lass ich dich jetzt, bevor dein letztes Stündlein geschlagen hat. Soll ich dir zeigen, wie ich dich ins Jenseits befördere? Nicht? Doch, du willst es wissen, das verraten mir deine Augen.« Er atmete tief durch. »Eigentlich sollte ich dir all deine Löcher stopfen und ich meine das so, wie ich es sage. Aber das dauert mir zu lange, wobei ich darüber nachgedacht habe, dir deine Spalte ein für alle Male zuzunähen. Eine winzige Stelle würde ich dir lassen, nur«, er lachte laut auf, »die brauchst du dann nicht mehr. Ich mache mir nicht die Hände dreckig, das überlasse ich besser der Natur. Du wirst leiden und langsam sterben. Sodass das Leben sich noch einmal vor deinem geistigen Auge abspielt und du deine Sünden bereust.« Er gefiel sich in der Rolle des Peinigers, öffnete den Mund und spuckte ihr ins Gesicht. »So du Miststück, das war's, ich gehe.«

Kurz darauf fiel eine Tür ins Schloss, die sie nicht sah, aber von der sie glaubte, dass sie schwer gewesen war, gleich einer Metalltür.

Für einen Moment schnaufte sie erleichtert durch und

nutzte die Gelegenheit, sich umzuschauen. Vermutlich befand sie sich in einer Lagerhalle, nach den herumstehenden Kisten zu urteilen. Die Fenster waren mit Pappe beklebt, sodass man nicht hinaussehen konnte und nicht wusste, ob es Tag oder Nacht war. Gefühlt war es finster. Immerhin hatte man sie in den Mittagsstunden unter einem Vorwand in ein Taxi gelockt und hierhergebracht. Sie erinnerte sich noch an einen Briefumschlag, der auf dem Kopfkissen mit einer Rose sowie einem Stück Schokolade gelegen hatte. Nichts Verwerfliches, wie sie fand, also hatte sie ihn geöffnet und war der Einladung für ein Day Spa gefolgt. Das *Severin*s Resort & Spa* befand sich in Keitum, zu dem sie ein hauseigener Shuttleservice bringen sollte. Zweifel kamen ihr dabei nicht, als sie zu dem netten Herrn mit Jackett und Poloshirt gestiegen war. Danach verlor sie das Bewusstsein, weil sie einen Schlag auf den Hinterkopf erhalten hatte. Später erwachte sie dann in diesem Loch, das entsetzlich nach menschlichen Ausdünstungen stank.

Panisch rüttelte sie an ihren Fesseln, hoffend, dass sie sich lösten. Doch sie schnitten weiter ins Fleisch und bereiteten ihr Schmerzen. Selbst der Versuch eines Schreis erstarb im Baumwollstoff des Knebels. Und dann war da noch das viele Blut, das sie zwischen den Beinen spürte. Sahen so die letzten Minuten ihres Daseins aus?

10. Verwirrungen

Am nächsten Tag

Es war kurz nach eins und die Besprechung mit Mücke beendet, als es auf Steinmanns Apparat klingelte. »Ja, was gibt es denn?«, rief er in den Hörer im Glauben, dass die Zentrale ein Gespräch zu ihm weitervermittelte. Wer Dienst tat, half entweder sofort am Telefon oder stellte den Teilnehmer zu ihm durch. Normalerweise nahm er die Anrufe gerne entgegen, gab es doch sonst nicht viel zu tun. Nur heute nicht. Immerhin hatte er einen dubiosen Mordfall aufzuklären und war noch keinen Schritt weitergekommen.

»Herr Steinmann?«, vergewisserte sich eine piepsige Frauenstimme.

»Ja, Steinmann am Apparat. Jetzt legen Sie schon auf, Frau Walter, ich übernehme das Gespräch.«

Doch Frau Walter ließ nicht locker. »Herr Steinmann, ich muss Sie warnen. Da ist jemand dran, der faselt was von einer Toten am Ufer.«

»Nun machen Sie schon!«, brüllte er in den Hörer.

Man hörte es knacksen.

Irgendwer hechelte, als sei er außer Atem. »Spreche ich jetzt mit dem Kripochef höchstpersönlich?«, wollte ein älterer Herr, nach dem Klang seiner Stimme zu urteilen, wissen.

»Nein, mit dem Kriminalhauptkommissar«, verbesserte ihn Steinmann. »Worum geht es denn?«

Es raschelte. »Die See hat mal wieder eine Leiche angeschwemmt. Ich würde sagen, es ist eine Frau.«

Steinmann schluckte, als habe er ein Hustenbonbon verschluckt, das abermals hochwollte. »Sind Sie sicher?«, fragte er nach, in der Hoffnung, dass man verneinte und er wieder der Arbeit nachgehen konnte.

Doch der Fremde blieb beharrlich bei der Aussage und erklärte, dass er die Leiche durch ein Fernrohr, das sich auf der Dachterrasse vom *Erlebniszentrum Naturgewalten* befand, gesehen hatte. Seinem Enkel, dem er das Museum ursprünglich zeigen wollte, sagte er davon nichts. Nach dem Anruf schlurften die beiden noch in Pantoffeln über eine auf dem Boden aufgeklebte Syltkarte. Die anderen Räumlichkeiten ließ der Großvater jedoch aus, weil er die Polizei höchstpersönlich in Empfang nehmen wollte, um den Fundort zu präsentieren.

Auf nach List, dachte inzwischen Steinmann.

Mücke, dem das Gespräch nicht entgangen war, schaute überrascht. »Noch eine Leiche? Merkwürdig bei den Wassertemperaturen. Demnach müsste das Ableben schon eine Weile zurückliegen, was bedeuten würde, dass die Tote nichts mit dem anderen Opfer zu tun hat.«

Steinmann griff sich an die Schläfe und sah ihn verwundert an. »Jetzt mal langsam. Nur weil es zwei Tote gibt, heißt das nicht, dass wir es mit zwei Mordfällen zu tun haben. Bitte ziehen Sie keine voreiligen Schlüsse, Herr Kollege.«

Der junge Mann presste Luft durch die Nase. »Jaaa, ich wollte doch nur«, entschuldigte sich Mücke kleinlaut, »aber Sie sollten wissen, dass kaltes Wasser der Gasbildung entgegenwirkt. Bis sich genügend Fäulnisgas angesammelt hat, um dem Körper den nötigen Auftrieb für einen Aufstieg an die Wasseroberfläche zu verleihen, kann es Monate dauern. Gegebenenfalls taucht eine Wasserleiche nie wieder auf.«

Steinmann presste die Lippen aufeinander und nickte. »Danke für die Erklärung!«, sagte er und schien verärgert. »Könnten wir uns dann jetzt die Tote ansehen? Oder gibt es noch etwas, das ich wissen sollte?«

Eine halbe Stunde später am Erlebniszentrum, List

Steinmann erinnerte sich nicht, hier schon einmal gewesen zu sein. »Das ist also das Naturkundemuseum. Interessant. Wieso war ich da noch nie?«, sprach er mit sich selbst, als er durch die Glastür gegangen war und das großzügige Foyer erstaunt betrachtete. Der jungen Frau hinter dem Tresen, die ihm herausfordernd zulächelte und ihn sogleich ansprach, zeigte er wortlos den Dienstausweis.

»Kripo? Das soll wohl ein Scherz sein. Oder seid ihr von der versteckten Kamera?« Gleichzeitig machte sie sich Sorgen, dass sie jemand veräppeln wollte, weil sie ihr loses Mundwerk schwer zügeln konnte und Besucher prinzipiell duzte. Immerhin waren die meisten Kinder und Jugendliche. Doch der Mann schien es ernst zu meinen und setzte unerschrocken nach: »Hören Sie. Auf Ihrem Gelände liegt eine Leiche und wenn Sie nicht wollen, dass Ihre Gäste davon Wind bekommen, wäre es ratsam, die sterblichen Überreste von hier fortzuschaffen. Einleuchtend?«

Die Gute nickte abgehackt und wiederholte: »Einleuchtend.« Danach stand sie auf und bat Steinmann, ihr nach draußen zu folgen, wo bereits ein älterer Herr mit Kapuzenjacke und dickem Wollschall auf jemanden zu warten schien. Sein hektisches Umschauen war ein deutliches Zeichen dafür. Als er Steinmann kommen sah, ging er zielgerichtet auf ihn zu. »Sind Sie von der Polizei?«

Man, hier zieht es wie Hechtsuppe. Steinmann bejahte, zeigte den Dienstausweis und fragte den Mann, ob er die Kripo verständigt habe. Danach wandte er sich von ihm ab und lief ein paar Schritte zur Leiche, die in leichter Hose und passender Bluse zerbrechlich wirkte. Der Blusenstoff ließ ihren BH durchschimmern und offenbarte kleine wohlgeformte Brüste. Ihr langes blondes Haar war zerzaust und verdeckte das bleiche Gesicht. Aufmerksamkeit erregte ihre Größe, die der Kriminalist auf 1,80 m schätzte. Dass sie zu Lebzeiten hübsch gewesen war, daran konnte auch der Tod nichts ändern. *Dem Erscheinungsbild nach zu urteilen, ist sie Ende zwanzig. Mhm, auf den ersten Blick weist sie keine Auffälligkeiten auf.* Steinmann zog Latexhandschuhe über und beugte sich zu ihr hinab. *Zwei Tote in einer Woche, da kommt Arbeit auf mich zu. Ich stecke immer noch im ersten Fall fest, wie soll ich dann einen zweiten lösen?*

»Hübsches Ding«, hörte er neben sich jemanden sagen. Dementsprechend schaute er hoch und sah in das faltige Gesicht des alten Herrn. »Sie muss über Bord gefallen sein, so wie die gekleidet ist. Wir haben Herbst, da rennt man doch nicht freiwillig so herum.«

Steinmann stöhnte innerlich. »Herr …?«, begann er und wurde sogleich mit dem Nachnamen des Mannes konfrontiert. »Gut, Herr Lausch, ich finde es lobenswert, dass Sie sich derart beherzt um Ihre Mitmenschen kümmern. Nur, das ist Sache der Polizei. Wenn Sie sich nützlich machen wollen, schicken Sie bitte die Gaffer fort. Erzählen Sie denen, Sie seien einer von uns.«

Endlich fühlte sich Lausch verstanden, immerhin schlummerte schon seit Langem ein kleiner Sherlock Holmes in ihm. Demzufolge war es ein Leichtes, den Leuten mitzuteilen, den Ort zu verlassen. Um seinen Worten Ausdruck zu verleihen, fuchtelte er mit den Armen herum und verstärkte dies.

Nachdem Steinmann sich Luft verschafft hatte und nur noch den Tod der Frau feststellen konnte, griff er zum Handy, um die Spurensicherung zu alarmieren. Auch Doktor Übermuth gab er Bescheid, die ihrerseits ihr Kommen bestätigte, wenngleich sie verärgert klang. Immerhin musste sie ihren Patienten erneut absagen.

Nach dem Telefonat herrschte an diesem Teil der Insel Hektik. Großräumig sperrte man den Uferbereich vom Erlebniszentrum ab und erklärte den Schaulustigen, dass es nichts zu sehen gäbe. Obwohl es auf Sylt kaum zu merkwürdigen Todesfällen kam, reagierte die Polizei besonnen. Die Ärztin wies an, die Wasserleiche in die Rechtsmedizin zu bringen. Die Spurensicherung untersuchte den Liegeplatz der Leiche, und die zwei Herren von der Kripo ließen sich von Herrn Lausch seine Beobachtungen schildern, die Mücke in ein Notizbuch schrieb. Sein erstes Fazit, dass die Frau hier nicht zu Tode gekommen sei, gefiel dem Chef gar nicht. Eine Leiche, die angespült worden war, und der ein *normales* Ertrinken vorausging, wäre ihm lieber gewesen.

»Abwarten und Tee trinken«, meinte Steinmann, der längst durchgefroren war. Immerhin zog es im Norden von Sylt wie Hechtsuppe und man war dem Wind schutzlos ausgeliefert. »So, wenn dann nichts mehr ist, fahren wir. Ich muss mich aufwärmen. Ist Ihnen nicht kalt?«

Mücke antwortete nicht auf die Frage, sondern formulierte selbst eine: »Kalt? Und ob ich friere, aber so ist unsere Insel nun mal, wechselhaft wie Stimmungen. Ich mag den Herbst, die Tristesse und die langen Abende. Endlich zieht es einen nicht mehr vor die Tür und man erledigt Dinge, die den ganzen Sommer über liegen geblieben waren.«

Jetzt kommt der mir mit Gefühlsduseleien. Es reicht, dass meine Frau mir damit ständig in den Ohren liegt. Romantisch will sie es haben, sagt sie und abends bei einem Glas Wein reden. Dabei übersieht sie, dass ich müde bin, wenn ich freitags nach einer anstrengenden Woche aufs Festland fahre. Da möchte ich Fußball schauen, Freunde treffen und aus voller Kehle rülpsen. Ich sag's ja immer wieder, Männer und Frauen passen nicht zueinander.

»Was ist denn nun?«, fragte Steinmann seinen Assistenten und erntete ein müdes »Ja gleich«.

***

Nadine klopfte an Daniels Zimmertür und harrte davor aus, bis er sie hereinbat.

»Alles okay mit dir?«, wollte sie wissen, bevor sie ihn über den Leichenfund von List informierte. »Steinmann hat mich angerufen. Irgendwie steht mein Urlaub nicht gerade unter einem guten Stern.«

Selzer nickte eifrig. »Liegt List nicht in der Nähe dieses Ellenbogens?«, hinterfragte er und war im Begriff, das Fenster zu öffnen.

Nadine bejahte und meinte, dass es der nördlichste Teil Sylts sei und oberhalb von List liege. Außerdem rage der Ellenbogen als 330 bis 1200 Meter breite und lang gestreckte Halbinsel in die Nordsee und man könne sogar die dänische Nachbarinsel Rømø, die sich nur knapp vier Kilometer entfernt befinde, sehen. »Was hast du vor?«, fragte sie, den Blick auf ihn gerichtet.

»Einen Mord aufklären«, erklärte er schnoddrig.

»Einen?«

»Vorerst ja. Abgesehen davon will ich den Kollegen nicht ins Handwerk pfuschen. Ich bin hier, um *dir* zu helfen. Noch wissen wir nicht, ob die Tote einem Gewaltverbrechen zum Opfer gefallen ist.«

»Also was schlägst du vor?«

Selzer machte plötzlich eine gedankliche Wende und fragte: »Weiß man, wer sie ist?«

»Steinmann erwähnte keinen Namen. Warum fragst du?«

»Ich hab grad darüber nachgedacht, ob es einen Zusammenhang zwischen den beiden Toten geben könnte.« Er drehte sich zum Fenster und dann wieder zurück. »Zwei Leichen binnen ein paar Tagen machen mich stutzig.« Selzer spürte, wie sich eine nervöse Unruhe in ihm breitmachte. *Was ist das nur für ein perfides Spiel?*

Er hat recht. Vielleicht wäre durch ein weiteres Opfer meine Unschuld beweisbar. »Machen wir uns an die Arbeit«, meinte sie mit ernster Miene.

Selzer atmete schwer und sah sie aus großen Augen an. Die Nadine, die er kannte, gab es so nicht mehr. Die jetzige wirkte müde und verhärmt. Man sah ihr an, dass sie wenig geschlafen hatte, zumal er ihr in Gefühlsdingen derzeit kaum eine Hilfe war. Dennoch hatte die Angelegenheit nichts mit seiner Zuneigung zu tun. Um einen kühlen Kopf zu bewahren, hielt er es für das Beste, vorerst nicht mit ihr zu schlafen. Am Ende brachte es beide keinen Schritt weiter, denn das Problem eines ungeklärten Mordes blieb bestehen.

»Was schlägst du vor?«, wollte sie wissen.

»Wir werden herausfinden, wer die Tote ist, dann nach einem möglichen Zusammenhang zwischen den Opfern suchen und deine Unschuld beweisen«, erklärte er selbstbewusst und vermittelte den Eindruck, seine Ansage sofort umsetzen zu wollen. Selzer wirkte zu allem bereit.

»So einfach ist das für dich?«, fragte Nadine.

»Ja, so einfach. Es ist leichter, eine zweite Spur zu verfolgen, als in der ersten zu verharren. Stillstand lähmt.« Er hob seine Kapuzenjacke vom Bett und zog sie über. »Können wir gehen?«

Von einem Moment auf den anderen fühlte sich Nadine gestärkt. Die Angst wurde weniger und Selzers Euphorie nahm von ihr Besitz. »Daniel, was hast du vor?«, rief sie ihm nach und schaffte es gerade noch, ihre Jacke vom Kleiderhaken zu nehmen und ihm hinterherzulaufen. »Jetzt warte doch mal!« Sie zog die Jacke über und schloss den Reißverschluss.

Während sie ihm hinterherhetzte, kam Charlotte aus der Küche gehuscht, um zu sehen, was sich im Entree ereignet hatte. Doch sie war zu spät dran und sah nur noch, wie die Tür ins Schloss fiel. *So ein Ärger. Ich bin gar nicht mehr auf dem Laufenden. Wie soll man da in Ruhe Urlaub machen, wenn meine Freundin unter Mordverdacht steht? Gott sei Dank glaubt der hiesige Kripobeamte an Nadines Unschuld. Allerdings, dass er sie nicht in U-Haft nimmt, wundert mich. Polizei hin oder her. Im Norden herrschen scheinbar andere Sitten. Was die zwei wohl vorhaben?*

Draußen stellte sich Nadine Daniel in den Weg. »Du schuldest mir eine Antwort.« Sie blickte ihn an, während er sie emotionslos ansah. »Diesem Koppolew einen Besuch abstatten.«

Nadine nickte immerzu mit dem Kopf. »Klar, was denn sonst. Sicher wartet der schon auf uns. Hast du vergessen, wer das ist? He, der Typ isst mit goldenen Löffeln. Und da glaubst du, der empfängt uns?« Sie lächelte gekünstelt, drehte sich um und war im Begriff, zurück ins Haus zu gehen, als Charlotte plötzlich vor ihr stand. »Ihr wollt zu diesem Russen?«, fragte sie und spürte Maria hinter sich stehen, die ihr hinterhergelaufen war. »Wat fürn Russe?«, echauffierte sich diese.

Charlotte rollte mit den Augen, zog ihr wollenes Tuch enger um den Hals und drückte dann den Kragen der Wetterjacke fest daran. »Hach Maria«, begann sie zu stöhnen. »Sie erinnern sich, dass unsere Freundin«, sie schaute zu Nadine und streichelte über deren Arm, »einen toten Mann neben sich liegen hatte, und der vermutlich russischer Abstammung war?«

Maria verschanzte die Hände in ihrem Wollmantel. *Dit weeß ick. Für wie bekloppt hält die mich?* »Klar, ick bin doch nicht blöd.«

Man schmunzelte sich gegenseitig an.

»Nadine, wie können wir dir helfen?«, fragte Charlotte und schaute augenzwinkernd zu Maria, die ihrerseits die Frage der Bekannten mit einem deutlichen Kopfnicken unterstrich.

Selzer mischte sich ein. »Begleiten Sie uns!«

»Wozu denn dit?«, fragte Maria unfreundlich.

»Das weiß ich noch nicht. Machen wir es situationsabhängig.« Selzer ging zum Auto, entriegelte es und hielt dann die Beifahrertür weit geöffnet. »Einsteigen die Damen.«

Man folgte ihm ohne ein weiteres Wort.

Oleg Koppolews Villa befand sich nur ein paar Straßenzüge entfernt im Hobookenweg, der teuersten Straße Kampens. Wer hier wohnen wollte, musste für eine Immobilie einen zweistelligen Millionenbetrag investieren. Dafür gab es dann den unverbauten Wattblick gratis, den der Milliardär mit Sicherheit erst seit einigen Jahren genoss, weil das Reetdach noch hell war. Andernfalls hätte sich das Stroh längst dunkel gefärbt.

Selzer parkte den Wagen etwas abseits, nachdem er kurz zuvor am Haus vorbeigefahren war und in der Küche einen Mann hantieren sah. Er schaute in den Rückspiegel geradewegs in die Augen der älteren Damen. »Frau Andres und ich werden mit Herrn Koppolew reden, während Sie brav sitzen bleiben. Keine Alleingänge! Haben Sie mich verstanden?« Selzer wartete die Zustimmung ab und bestätigte sie.

Wenig später klingelte man am Tor, welches außer einer Hausnummer keinen Namen aufwies.

»Woher willst du wissen, dass dieser Koppolew hier wohnt?«, fragte Nadine interessiert nach.

Selzer lächelte sie schelmisch an. »Ich habe meine Quellen, mehr hat dich nicht zu interessieren.«

Eine Stimme meldete sich. Der Mann, dem sie gehörte, beäugte die zwei durch eine Kamera und fragte dann nach dem Grund ihres Klingelns.

Selzer hielt seinen Dienstausweis gegen die Außenkamera.

Ein paar Sekunden geschah nichts, sodass er erneut auf die Klingel drückte, worauf ein leises Surren folgte. Das Tor öffnete sich.

Selzer ging voran, Nadine ihm nach.

Kurz vor dem Eingangsportal blieb man stehen, das nur angelehnt war.

Selzer schob die Tür langsam auf und rief in die imposante Eingangshalle, die geschmackvoll mit Spiegeln und Gemälden ausgestattet worden war: »Herr Koppolew? Oleg Koppolew?« Kaum dass er seinen Satz beendet hatte, erschien ein unscheinbarer Typ mit dunkel gerahmter Brille und Rollkragenpullover, unter welchem sich deutlich muskulöse Oberarme abzeichneten. »Treten Sie bitte näher«, sagte er in gebrochenem Deutsch. »Darf ich Ihnen etwas anbieten? Vielleicht einen Wodka?«, fragte der Russe, während er die beiden durch die Halle in ein benachbartes Zimmer führte. Darin stand lediglich eine Couch, von der man einen herrlichen Blick auf die Nordsee hatte.

Sie verneinten und waren gleichzeitig erstaunt über die imposante Aussicht, von der man die gesamte Bucht einsah. *Unverbaut, das ist unbezahlbar*, dachte Nadine und konnte sich am Blick nicht sattsehen, bis sie von Koppolew unterbrochen wurde. »Aus diesem Grund sind Sie aber nicht hier, oder?«

Selzer übernahm das Reden, was er in Anbetracht der Lage für angemessen hielt. »Nein. Wir untersuchen einen

Mordfall. Ein Mann, vermutlich Osteuropäer, wurde in einem Hotelzimmer tot aufgefunden«, begann er, sich nicht an die Tatsachen haltend, und im Anschluss sein Handy aus der Tasche holend. Er entsperrte es und zeigte ihm das Foto, welches Nadine Tage zuvor geschossen hatte. Darauf sah man eine liegende, männliche Person, die den Kopf abgewandt von der Kamera hielt.

Koppolew starrte auf das Bild, sagte zunächst nichts.

»Kommt Ihnen der Mann bekannt vor?«, erkundigte sich Selzer.

Der Russe schaute durch seine Brille und verzog den Mund zu einem Lächeln, das gekünstelt wirkte. »Njet. Kenne ich nicht.« Danach signalisierte er mit einer deutlichen Handbewegung, dass das Gespräch beendet sei und er keine weiteren Fragen mehr wünsche. Ohne ein Wort begab er sich in Richtung Ausgang, in der Hoffnung, dass man ihm folgte, was man auch tat.

Während Nadine unmittelbar hinter Koppolew stand und auf dessen Nacken starrte, fühlte sie einen bohrenden Schmerz in der Magengegend, was sie als ein Zeichen deutete. Zwei Fragen geisterten durch ihren Kopf. *Wieso hat er das Foto derart seltsam betrachtet? Der scheint mich überhaupt nicht zu kennen. Und mit dem soll ich in der Sansibar gewesen sein?*

***

Gegen Abend auf der Insel

»Ich sag dir gleich, noch einmal mache ich die Scheiße nicht mit.« Er brüllte sein Gegenüber aus voller Kehle an und versuchte, seine Haare zu bändigen, die der Wind zerzaust hatte. »Ich lüge für dich und helfe dir, wo ich kann. Und du? Ich bin zum Ufer und habe getan, was du verlangt hast. Du musst damit aufhören. Das ist krank.

Hörst du! Das ist krank. Das muss ein Ende haben.«

Der andere lachte, drehte sich um und winkte ab. Dann ließ er ihn stehen und verschwand in der Dämmerung, die ihn ebenso schluckte, wie es der Wind mit seinem Lachen getan hatte.

11. Blutige Tatsachen

Kiel, am nächsten Morgen in der Gerichtsmedizin

Man vernahm das Geräusch eines Reißverschlusses, als er geöffnet wurde. Der Anblick der Toten, die im Leichensack lag, war ernüchternd. Ein ebenmäßig blasses Gesicht, der wohlgeformte Mund und die hohen Wangenknochen gaben Aufschluss darüber, dass die Frau hübsch gewesen war.

Nachdem man sie entkleidet und auf den Sektionstisch emporgehoben hatte, die Instrumente für die Obduktion bereitgelegt waren und zwei Gerichtsmediziner für die Leichenschau bereitstanden, begann man, die Leiche genauer zu betrachten. Der süßliche Leichengeruch, der dem einherging, war bekannt und man hatte gelernt, damit zu leben.

Die Finger- und Fußnägel der Toten waren rot lackiert und wirkten gepflegt. Die Hände wiesen weder Schwielen noch Risse auf.

Einer der Ärzte protokollierte die Fakten mit einem Diktiergerät, während der andere die Leiche betrachtete. Die Haut sah blass und ausgelaugt aus, was man dem Ertrinken zuschrieb. »Keine Besonderheiten wie Tätowierungen oder Piercings«, sagte er.

Trotzdem, etwas störte.

Frische Wasserleichen besaßen auffällige Veränderungen, die durch Kälte verursacht wurden, wie etwa Blässe, Gänsehaut sowie die Aufrichtung der Brustwarzen. Auch an dieser Leiche waren solche Vorgänge zu beobachten, die die Rechtsmediziner zunächst zum Schluss kommen ließen, dass die Frau in der Nordsee ertrunken war und ein paar Tage darin getrieben hatte. Nur so ganz konnte man sich darauf dann doch nicht einigen.

Skepsis machte sich breit, der man nachgehen musste. Immerhin war bekannt, dass sich nach kurzer Zeit, die stark temperaturabhängig war, die Waschhaut mit Quellung und Runzelung der Oberhaut herausbildete. Nach drei Stunden veränderten sich Fingerkuppen und Zehenspitzen und erfassten nach sechs Stunden Handinnenfläche und Fußsohle. Schließlich löste sich die Oberhaut in Fetzen von der darunter liegenden Lederhaut ab. Betrachtete man jedoch den Zeitraum von drei bis sechs Wochen, so konnte man die Haut an Händen und Füßen wie Handschuhe oder Socken abziehen. Ebenso waren die Kopfhaare leicht auszureißen. Letztendlich unterlag der zeitliche Ablauf und Ausprägungsgrad der Leichenveränderung starken Schwankungen, die beim Aufenthalt im Wasser nach einigen Tagen zu Algenbewuchs, dem sogenannten Algenrasen, führen konnte. Nur dieser Leiche war nichts dergleichen anzusehen, was zum Ergebnis führte, dass die Tote nicht lange in der Nordsee gedriftet haben konnte.

Danach ging man zur inneren Leichenschau über.

Das Neonlicht des gefliesten Raumes flackerte kurz, was wiederum ein Schnaufen seitens der Ärzte erzeugte. Anscheinend stellte das keine Seltenheit dar, demzufolge maß man dem nur eine geringe Beachtung bei.

»Gut, schauen wir uns den Intimbereich an.«

Bereits nach kurzer Zeit waren sich beide einig, dass sie vergewaltigt worden war, was anhand spezifischer Wunden zu erkennen war. Man hatte ihr die Scheide mit einem festen Gegenstand zertrümmert, sodass sie innere Blutungen erlitten hatte und daran jämmerlich zugrunde gegangen war. Allerdings Spuren eines Kampfes suchte man vergebens und schlussfolgerte, dass das Opfer keine Chance gehabt hatte, sich zu wehren, was wiederum für eine Fesselung sprach.

»Sie meinen«, begann der eine, »man hat sie vergewaltigt und später ertränkt?«

Der andere stimmte ihm zu und schien nachzudenken. »Mhm, wir haben es hier aber nicht mit einer üblichen Vergewaltigung zu tun. Immerhin ist kein Sperma festzustellen. Außerdem vermisse ich die klassischen Verletzungsmuster, wenn sich das Opfer gegen den Missbrauch wehrt. Wie etwa Blessuren in der Rückenhaut.«

»Herr Kollege, ich bitte Sie. Wir wissen beide, dass es Kondome gibt«, entgegnete der andere rasch.

»Ja, das ist wahr. Hoffentlich findet das Labor eine Antwort darauf.«

Sein Gegenüber zeigte sich zufrieden und schien es eilig zu haben. »Gut, machen wir mit dem After weiter. Irgendwelche Auffälligkeiten?«

Der andere verneinte.

»Und wie steht es um die Kopfhaut?«

»Keine Besonderheiten, ein paar Sandpartikel im Haar, die eventuell vom Liegen am Strand stammen«, erklärte man fachmännisch.

»Demnach wurde sie nicht erschlagen.«

»Soll das ein Scherz sein? Ein Tod reicht doch wohl und den hat man ihr auf bestialische Weise verpasst. Nach den Verletzungen an der Scheide zu urteilen, muss jemand mit einer ordentlichen Portion Hass am Werk gewesen sein.«

Man stimmte ihm mit einem deutlichen Kopfnicken zu.

***

Ein paar Stunden später auf Sylt

»Sind Sie von allen guten Geistern verlassen?«, schrie Steinmann eine aufgebrachte Stimme entgegen. »Statten Sie mir unverzüglich Bericht ab«, brüllte Bürgermeister

Björn Feddersen aufgeregt in den Hörer.

Der Kriminalist gab ihm eine kurze Zusammenfassung der Lage. Als er fertig war, schnaufte sein Gesprächspartner hörbar.

Dem Polizisten schwante Schlimmes.

Feddersen hielt nicht lange mit seiner Meinung hinter dem Berg: »Sie haben was??? Sie lassen eine Verdächtige auf freiem Fuß, nur weil sie Polizistin ist? Mann, Steinmann, ich habe schon Pferde kotzen sehen. Für den Fall, dass die Frau dringend tatverdächtig ist, muss sie in Gewahrsam. Wo kommen wir denn hin, wenn die Justiz zum Spielball Einzelner wird? Wir leben in einem Rechtsstaat, in dem sich jeder an die Gesetze zu halten hat. Ordnungshüter hin oder her. Tun Sie endlich das Richtige, sonst ziehe ich Sie aus dem Verkehr. Haben Sie mich verstanden?«

Steinmann nickte, was Feddersen nicht sah.

»Wie bitte?«, fragte der Bürgermeister laut nach.

»Ja, Herr Stadtdirektor«, antwortete der Kriminalist und verabschiedete sich kleinlaut. Als er aufgelegt hatte, rief er seinen Assistenten zu sich. »Kümmern Sie sich bitte um einen Haftbefehl für Nadine Andres.«

Mücke schluckte. »Können *Sie* das nicht veranlassen. Beim letzten Mal hat mich der Richter runtergemacht, nur weil ich eine Viertelstunde zu spät kam.«

Steinmann schaute auf die Uhr. »Geht leider nicht, ich muss aufs Festland. Sonst macht meine Gattin wieder Probleme, wenn ich unpünktlich komme. Lassen Sie sich ruhig Zeit mit dem Haftbefehl. So wie ich den Richter kenne, ist er Freitagnachmittag beim Golfen. Und da werden wir ihn doch nicht stören, oder?«

Mücke verstand, worauf sein Chef hinauswollte. »Wir geben unserer Kollegin also einen Vorsprung …«, sagte er, ohne den Satz weiter auszuführen.

Steinmann lächelte verschmitzt. »Ja, so was in der Art. Auf Sylt mahlen die Mühlen nun mal langsam. Und darin werden *wir* nichts ändern. Moin Herr Kollege«, hörte Mücke seinen Chef noch sagen, bevor dieser verschwand. Dem Hinweis folgend, fuhr er den Computer herunter, weil er sich schlagartig unpässlich fühlte. *Dann hüte ich am Wochenende eben das Bett.*

Steinmann lief zum Auto, stieg ein und knallte voller Wut die Tür zu.

»Arschloch.« *Nur weil der Bürgermeister vor den Kommunalpolitikern gut dastehen will, muss ich mich um den Haftbefehl kümmern. Dabei ist von Frau Andres nichts zu befürchten. Im Gegenteil, sie beteiligt sich sogar an den Ermittlungen. Am Ende findet sie den Mörder und wem schadet's? Sicher nicht Feddersen. Dieser Sturkopf.*

Er sah stirnrunzelnd aus dem Fenster.

Inzwischen hatte es erneut begonnen zu regnen, was auf der Insel oft geschah. Steinmann betätigte den Schalter für den Scheibenwischer, der mit einem unmerklichen Quietschen seine Arbeit tat. *Ich muss Frau Andres zumindest in Kenntnis setzen. Sie soll wissen, dass sie ab Montag hinter schwedischen Gardinen sitzt.* Nachdem Steinmann das Telefonat mit Magenschmerzen beendet hatte, beschloss er, sich den Rest des Tages um die Familie zu kümmern. Dennoch war er für die Kollegin telefonisch erreichbar. Dass ihr mit Daniel Selzer ein erfahrener Spezialist auf dem Gebiet der Kriminalistik zur Seite stand, war ihm bekannt. Immerhin hatte er sich nach ihm erkundigt.

***

»Wie geht es denn nun weiter?«, wollte Nadine wissen und sah Selzer mit traurigen Augen an. Sie hatten sich vor der

Ferienimmobilie auf eine Holzbank gesetzt und die Kaffeetassen mitgenommen, während der Herbstwind süß-melancholisch über die Dünen fegte und der Regen sich gelegt hatte.

Selzer nippte am Porzellan. »Wir machen weiter wie bisher. Steinmann lässt uns das Wochenende und verschafft uns damit Luft zum Recherchieren. Zunächst würde mich interessieren, warum Koppolew gelogen hat. Er kannte den Mann auf dem Foto, dafür hat er zu lange auf das Handy geschaut. Und er wirkte nervös.«

Nadine blickte ihn von der Seite an, während sie die Hände um die Tasse hielt und sich an ihr wärmte. »Das denke ich auch. Aber …«, sie hörte mitten im Satz auf, »… ist dir nichts an dem Russen aufgefallen?«

Selzer schaute sie fragend an. »Worauf willst du hinaus?«

»Ach, ist nur so eine Idee«, meinte sie. »Ich hatte den Eindruck, als würden sich die Männer ähneln.«

»Du sprichst von Koppolew und dem Toten?«

Nadine bejahte und starrte hinaus auf die See, die weißgrüne Wellen schlug.

»Ähneln?«, hinterfragte er ungläubig. »Inwiefern?«

»Sie sind von gleicher Statur, und auf den ersten Blick könnte man das Opfer mit Koppolew verwechseln. Außerdem schien er mich nicht zu kennen, obwohl wir in der Sansibar gesehen wurden.«

»Herrgott Nadine, jetzt geht deine Fantasie wieder mit dir durch. Weißt du, wie viele Menschen sich auf den ersten Blick ähneln? Das reicht nicht. Bring mir etwas, damit ich deine Behauptung nachvollziehen kann.« Seine Augen gingen unweigerlich Richtung Nordsee, der er bislang ferngeblieben war. »Komm, ziehen wir uns an und gehen ein Stück. Mit Wind um den Ohren lässt es sich besser denken.«

»Okay, dann nehmen wir die Räder. Sylt ist wunderbar

damit zu erkunden«, widersprach sie.

Radfahren? Warum nicht. Es lohnt sich ja kaum, ins Auto zu steigen. »Habt ihr Bikes?«

»Klar, im Schuppen stehen welche.«

Man schwang sich auf die älteren Modelle, die noch fahrtüchtig waren, und begab sich auf den gut befestigten Radweg, der sich um die gesamte Insel schlängelte.

Zeitweise radelte man nebeneinander her, wenn kein Gegenverkehr drohte.

»Wusstest du?«, rief Nadine Daniel zu, der einen halben Meter neben ihr fuhr, »dass Sylt von Jahr zu Jahr schrumpft? Daher schüttet man das Land immer wieder mit Sand auf. Man nennt die Nordsee bei Sturm auch den *blanken Hans*, weil sie riesige Sandmassen mit sich ins Meer reißt. Nirgendwo in Deutschland werden so viele Experimente mit dem Küstenschutz betrieben wie auf Sylt.«

»Ja, davon habe ich schon gehört. Von den Sandabtragungen sind die beiden Inselenden im Norden und Süden stark betroffen. Ohne das Aufschütten würden die Enden bald von der restlichen Insel abgetrennt werden«, sagte Selzer nach vorne blickend.

»Aha, ich sehe, du bist informiert«, grinste Nadine ihm zu.

»Na ja, so würde ich das nicht nennen. Stufen wir es bei Allgemeinwissen ein. Schau!«, rief er ihr zu und wich einem entgegenkommenden Radfahrer aus, um kurz darauf wieder neben seiner Begleitung zu radeln. »Das rote Kliff.«

»Wow. Sieht toll aus. Die Felswand hat eine 30 Meter hohe Steilküste mit Sicht aufs offene Meer.« Sie schaute sich suchend um. »Irgendwo in der Nähe muss auch die Uwe-Düne sein. Der höchste Punkt der Insel. Von dort genießt man einen wunderbaren Blick über das gesamte

Land.«

Unverhofft hielt Nadine an.

Selzer fuhr weiter, stoppte aber wenig später und wartete.

Sie war vom Rad gestiegen und schob es zu ihm.

»Was ist los?«, wollte er wissen.

»Mir ist kalt. Außerdem werde ich irre, wenn wir gemütlich durch die Gegend fahren, während der Mörder frei herumläuft und man mich statt seiner verdächtigt. Lass uns umkehren.«

Die beiden stiegen auf ihre Räder und traten den Rückweg an.

Die nächsten zehn Minuten verbrachten sie schweigend, gleichfalls sich Nadines Laune verbesserte, weil sie erkannte, warum Selzer sie zu dieser Spritztour ermuntert hatte. Die steife Brise schärfte ihren Verstand. *Und wenn der Mord ein Versehen war? Vorausgesetzt Koppolew kannte den Toten, dann gibt es möglicherweise auch eine Verbindung zwischen ihnen.* »Daniel, wir müssen wissen, um wen es sich bei dem Getöteten handelt.«

Er trat in die Pedale. »Die Kollegen sind dran. Inzwischen läuft die Suche weltweit. Weiß man denn schon, wer die Tote ist?«

Nadine schaute grimmig zu ihm hinüber. »Siehst du etwa einen Zusammenhang zwischen ihr und dem Ermordeten?«

»Du nicht? Wir sind auf einer Insel, auf der laut Statistik nur selten ein Mord passiert. Ausgerechnet jetzt ereignen sich gleich zwei? Beim besten Willen, für mich ist das nicht nachvollziehbar.«

»Und was schlägst du vor?«, herrschte sie ihn an.

»Tee trinken und abwarten. Lass uns auf dem Rückweg in der Kupferkanne Rast machen. Ich habe mal gelesen, dort bekäme man den besten Kuchen der Insel.«

Wie kann der jetzt an so was denken, während ich unter Mordverdacht stehe?

Selzer schien ihre Unruhe zu bemerken und meinte: »Vertrau mir! Wir sollten uns eine neue Strategie überlegen. Und die verlangt nach einer gemütlichen Atmosphäre mit Raum zum Nachdenken.«

Man fuhr auf eine kieselsteinige Freifläche, die zum einen als Parkplatz diente und zum anderen als Fahrradabstellplatz. Dass das Lokal beliebt war, sah man bereits an den vielen Pkws.

Die beiden liefen in Richtung Garten, der durch seine einmalige Gestaltung an die eigentümliche Behausung eines Hobbits erinnerte statt an ein Kaffeehaus, das eingebettet in eine bezaubernde Kiefernlandschaft mit Blick auf das Sylter Wattenmeer lag.

»Drinnen oder draußen?«, wollte Nadine vor Betreten des Cafés wissen. »Nach den Leuten zu urteilen, setzen wir uns besser rein. An der frischen Luft werden wir irgendwann frieren.«

Selzer stimmte ihr zu, meinte, sich kurz umschauen zu wollen, weil die Gartenanlage einen interessanten Eindruck machte. Danach ging man ins Lokal, setzte sich in eine der kuscheligen Ecken und bestellte eine Portion hausgemachten Apfelkuchen mit Schlagsahne sowie einen Pott Tee. Nachdem der Kellner die Bestellung gebracht hatte und man über die Menge staunte, gönnte man sich diese.

»Und geht's dir besser?«, wollte Selzer nach einer Weile wissen.

Nadine nickte.

»Gut, machen wir uns an die Arbeit.« Er holte Notizblock und Stift aus dem Rucksack. »Wir tragen alle Fakten zusammen, die wir haben.« Er zeichnete drei Rechtecke auf das Papier und beschriftete sie. Das linke mit *Koppolew*, das in der Mitte mit *Opfer Nr. 1* und das rechte mit *Opfer Nr. 2*, wobei Selzer meinte, es als solches bezeichnen zu wollen, weil er an einen Unfalltod nicht glaube. »Und jetzt stellen wir eine Verbindung zwischen allen her, suchen das Motiv.« Er atmete tief durch, als wollte er einen Vortrag halten. »Was wissen wir über die drei? Koppolew gehört zu den reichsten Männern Russlands. Nummer eins ist vermutlich ebenso Russe und sieht ihm ähnlich. Und bei Nummer zwei handelt es sich um eine Frau, die laut Steinmann offenbar nordischer Abstammung ist.«

Nadine nippte an ihrer Tasse und beobachtete über das Porzellan blickend ihr Gegenüber. »Alle sind Ausländer. Das wäre doch schon mal eine Gemeinsamkeit. Fragt sich nur, was sie hier wollen. Sylt gehört nicht gerade zu den beliebtesten Urlaubszielen von Russen.«

Selzer schluckte, sodass sich sein Kehlkopf auf und ab bewegte. Nachdenklich befeuchtete er die Lippe mit der Zunge. »Angenommen, es ging denen gar nicht um Erholung, sondern ums Geschäft.«

Mit gerunzelter Stirn sahen sich beide an.

»Also eine Gleichung mit drei Unbekannten, wobei wir eine kennen und nach der auflösen sollten«, stellte Nadine fest.

»Richtig. Wenn wir mit dem ersten Opfer nicht weiterkommen, wäre es angebracht, das andere zu betrachten. Inzwischen muss die Obduktion der Leiche stattgefunden haben, und sie dürfte Aufschluss über die Todesursache geben. Mich würde interessieren, was im Bericht steht. Steinmann liegen sicher schon die Infos vor. Ruf ihn an!«

Mir bleibt auch nichts erspart, dachte Nadine und griff zum Handy.

Steinmann ahnte, was ihm bevorstand. Er hatte längst mit

ihrem Anruf gerechnet. »Zerstören Sie nur meine Ehe«, begann er ironisch, »aber damit kann ich leben. Ich habe Ihr Nachfragen bereits erwartet. Ihnen bleibt ja nur das Wochenende, um zu beweisen, dass Sie unschuldig sind.«

Nadine fiel ein Stein vom Herzen, wobei sie in Anbetracht der Situation einen kühlen Kopf bewahren musste. Jeder Fehler kostete Zeit, die sie nicht hatte.

»Gut, machen wir es kurz. Im Obduktionsbericht steht, dass sie ermordet wurde, und zwar durch einen Gegenstand, den man ihr gewaltsam in die Scheide gerammt hat. Die inneren Blutungen führten schließlich zum Tod. Demnach ist sie nicht wie vermutet ertrunken, sondern verblutet.«

»Eine Vergewaltigung?«, fragte Nadine ein wenig zu laut und sah zu Selzer, der ihr mit dem Zeigefinger auf dem Mund signalisierte, leiser zu sprechen.

»Wenn Sie es so nennen wollen«, versuchte Steinmann, das Gespräch zu verkürzen, weil er den Blick seiner Gattin auf sich spürte. *Mann, die ist wie eine Spinne, wartet, bis ich im Netz bin und umkreist mich dann. Rücksicht scheint ein Fremdwort zu sein.* Er beendete das Telefonat mit dem Vorwand, einkaufen zu wollen, schnaufte kurz durch, als auch schon die Vorwürfe über ihn herniederprasselten. »Wer war das? Eine deiner Errungenschaften? Es ist Wochenende, kümmere dich besser um die Familie«, schimpfte Ilka.

Entgegen seinem Wunsch, die Dinge richtigzustellen, nickte er, weil er inzwischen resignierte, und tat, als bedauerte er die kurze Unterbrechung.

»Und was hat er gesagt?«, wollte Daniel von Nadine wissen, die ihrerseits das Gehörte leise kundtat. »Demnach wurde die Frau vergewaltigt.«

Selzer dachte nach. »Nein, als Vergewaltigung würde ich das nicht bezeichnen. Eher als Hinrichtung. Die Art und

Weise, wie sie zu Tode kam, spricht für eine Person mit unbändigem Hass. Entweder haben wir es mit einem Frauenfeind zu tun oder mit jemandem …«, er führte den Satz nicht zum Ende und bat sie stattdessen, sich erneut bei Steinmann zu melden, um den Bericht anzufordern.

Nadine wirkte ungehalten. »Daniel, du verschweigst mir doch etwas.«

»Geduld! Zunächst sollte ich den Obduktionsbericht lesen, bevor ich weitere Mutmaßungen anstellen kann.«

»Jetzt komm schon. Raus mit der Sprache«, forderte sie ihn vergebens auf.

Selzer erinnerte der ungewöhnliche Todesfall an einen Leichenfund in den USA. Eine betrogene Ehefrau hatte ihre Nebenbuhlerin tagelang gefangen gehalten und immer wieder mit einem riesigen Metalldildo geschändet. Ihrem Hass folgend hatte sie kein Ende gefunden und den Unterleib der anderen derart malträtiert, dass sie an den inneren Blutungen verstorben war. Und an diesen Überlegungen wollte er Nadine teilhaben lassen, als ihr Handy piepste und sich auf dem Display eine eingehende E-Mail-Nachricht zeigte. Kurz darauf las man den Autopsiebericht, den Steinmann gesendet hatte.

12. Hassmord

»Wie ich vermutet habe«, kam es von Selzer ohne ein Wort der Erklärung.

»Ähm, wovon sprichst du?«, fragte Nadine und rutschte ungeduldig auf ihrem Stuhl herum.

»Wir haben es hier mit einem Hassmord zu tun. Meiner Meinung nach suchen wir eine Frau.«

»Eine Frau? Aber die Umstände sprechen dagegen.«

»Tun sie das wirklich? Überleg doch mal. Laut Bericht gibt es keine Spermaspuren. Wie auch? Nach meiner Meinung haben wir es hier mit einer Übertötung zu tun. Ich erinnere mich an einen Fall in München, als ein 50-Jähriger seine Ehefrau mit einem Küchenmesser erstach. Selbst als sie tot war, hörte er damit nicht auf. Dem Ganzen ging ein Streit um die Hose ihres kleinen Sohnes voraus, dem ein barbarischer Angriff folgte und in der Tötung endete.«

»Was hat der Fall mit unserem zu tun?«, hinterfragte sie.

»Nichts. Die Handlung ist ähnlich wie auch die Gefühlsregung, Hass. Mir fällt dazu nur Eifersucht oder eine verschmähte Liebe ein.«

»Du meinst, die Tote war lesbisch?«

Selzer verneinte. »Glaube ich nicht, im Protokoll steht, dass sie ein Kind ausgetragen hat.«

»Na ja, das muss heutzutage nichts heißen, dank Samenbank und künstlicher Befruchtung«, widersprach Nadine.

»Ne, ich denke eher in eine andere Richtung. Nur dafür sollten wir wissen, wer die Tote war. Ein Name wäre nicht schlecht. Genau wie vom männlichen Opfer. Mit einem unbekannten Russen ist kein Blumentopf zu gewinnen.

Mensch, uns läuft die Zeit davon. Wir haben Freitag. Montag sitzt du bereits hinter Gittern und glaube mir, die suchen ein Bauernopfer. Sylt hat einen Ruf zu verlieren und was klingt besser in den Medien als eine gestrauchelte Kripobeamtin, die des Geldes wegen gemordet hat und die noch dazu unter Drogen stand. Ein schöneres Geschenk könntest du den Kommunalpolitikern nicht machen. Ebenso dürften sich die Immobilienhaie glücklich schätzen, weil deine Inhaftierung beweisen wird, dass Kriminalität auf der Insel keine Wurzeln schlägt und man sich hier mit reinem Gewissen niederlassen kann. Leute mit Geld sollte das freuen.«

Nadine zeigte sich empört. »Aber das stimmt alles nicht, was du da vorträgst.«

»Richtig. Nur so wird man die Sache hinstellen. Glaube mir, dein Ruf wird sukzessiv zerstört und was dem folgt, kannst du dir sicher denken. Die berufliche Laufbahn bei der Kripo ist beendet und die bei der Streife fängt an.«

»Schönes Horrorszenario. Vielen Dank für die aufmunternden Worte. Ist der Ruf erst ruiniert, lebt es sich ganz ungeniert. Ne im Ernst, was kann einem Schlimmeres passieren als das? Apropos üble Nachrede. Und wenn es jemand auf meine Person abgesehen hat?«, meinte Nadine und schaute Selzer fragend an.

Er schüttelte den Kopf. »Abwegig ist das nicht. In diese Richtung habe ich bereits gedacht. Nur ergibt das keinen Sinn. Was hätte man davon? Beruflich stehst du auf der mittleren Ebene, sägst an niemandes Posten. Naja und privat?« Plötzlich schaute er sie sanftmütig an und hätte sie gerne geküsst, wenn nicht der Kopf dagegen opponierte. Gefühle störten, obwohl die Denkweise ihn an seine Grenzen brachte. Immerhin war er ein Mensch und kein Roboter. »Man benötigt eine ordentliche Portion Skrupellosigkeit gepaart mit Raffinesse, sich ein solches

Schauspiel einfallen zu lassen. Für mich wirkt das eher wie eine Verkettung unglücklicher Zufälle.«

Nadine sah genervt auf die Uhr. »Was immer du sagen willst, es bringt uns nicht weiter. Wir sollten in Erfahrung bringen, wer die Tote ist. Das ständige Hin und Her macht mich wahnsinnig.«

Selzer beugte sich über den Tisch und drückte ihre Hand. »Süße, wir schaffen das. Wenn wir dich hier unbeschadet rausholen, fahren wir am Wochenende fort. Versprochen.«

Nadine schnaufte wie ein altes Walross und hoffte inständig, dass es wahr würde, denn so konnte es nicht weitergehen. Immerhin war man sich während des letzten Falls endlich nähergekommen, und die Gefühle schienen für beide noch dieselben. Allerdings durfte die Glut nicht erlöschen.

Mit einem Mal verharrte Nadine, als wäre sie zu einer Salzsäule erstarrt. In Gedanken hörte sie jemanden etwas sagen, der über männliche Füße sprach, sowie dass man von ihnen den Charakter eines Menschen ableiten könne. Und eine weitere Erinnerung flammte in ihr auf, die eines Herrn, der sie in einem Lokal angesprochen und sich dann zu ihr gesetzt hatte. Seinen Namen wollte sie laut verkünden, doch ihre Zunge war wie gelähmt. *Moment mal, irgendwie sprach er mit Akzent. Und wenn es der Tote gewesen ist? Verdammt, erinnere dich!* »Daniel, jetzt bin ich mir hundertpro sicher, dass mich der Typ, den man in meinem Bett gefunden hat, zuvor angesprochen hat.« Ihre Knie begannen zu zittern, derart stark, dass sich ihr rechtes verselbstständigte und auf und ab wippte. Erneut kam ihr ein Gedanke, dass ihr jemand die Hand auf den Mund gepresst hatte und sie vor Angst den Atem anhielt. In ihrer Erinnerung war es dunkel, und die Geräusche um sie herum hatte sie viel intensiver wahrgenommen. Und jetzt war er wieder da, der Geruch, den sie zuvor als unangenehm empfunden hatte. Nur einen Zusammenhang konnte sie nicht herstellen. *»Du musst das Messer festhalten«*, hatte jemand ihr vorgetragen und sie meinte, die Stimme einer Frau vernommen zu haben, was im Umkehrschluss den süßlichen Geruch erklärte. »Daniel, in meinem Zimmer waren zwei Personen. Eine Frau und ein Mann, dessen bin ich mir sicher.«

Selzer schaute kritisch, fast zu kritisch, er hatte gehofft, dass die Erinnerungen irgendwann zurückkehren würden. Die Frage war nur, wann und in welchem Ausmaß. »Erzähl mir davon«, bat er sie und folgte aufmerksam ihrer Schilderung. »Na, das ist doch was. Damit lässt sich arbeiten. Wie hat die Fremde gerochen? Frisch? Oder eher aufdringlich? Vielleicht blumig? Beschreib mir den Duft!«

Nadine rümpfte die Nase, als sei sie ein Hund, der etwas gewittert hatte. »Du kennst das sicher. Irgendjemand geht an dir vorüber. Manch einem Geruch könnten wir regelrecht nachlaufen, weil er eine angenehme Erinnerung in uns hervorruft, während ein anderer uns angewidert verweilen lässt. Genauso erging es mir damals. Die Frau roch aufdringlich, ich würde sagen, sie stank wie ein Lufterfrischer, der wie wir wissen, künstlich hergestellt wird.«

»Demnach ein billiges Parfüm?«

»Nicht unbedingt. Gut, ich schnüffle nicht gerade täglich durch die Angebote der Parfümerien, aber würde ich es tun, wäre mir ein derartiger Gestank in der Nase geblieben.« Von einem Moment auf den nächsten fühlte sie sich wie in jener Nacht. Die Angst beschlich sie, nie mehr aus dieser Geschichte herauszufinden.

»Das ist mir zu vage. Lass uns gehen!« Selzer rief den Kellner und verlangte die Rechnung.

Nadine antwortete nicht. Nicht weil sie es nicht konnte,

sondern weil sie sich von ihm unverstanden fühlte. War er nicht nach Sylt gekommen, um ihr zu helfen? Verärgert stand sie auf und verließ mit ihm das Kaffeehaus. Über ihrem Kopf vernahm sie das Tosen des Windes, der sich in ihrer Fantasie in einer Baumkrone verfangen hatte. Sie wünschte, dass er sie davontrug. Hauptsache, weit weg. Raus in die Freiheit. Ihr war nach schlafen zumute, hoffend, beim Erwachen alles nur geträumt zu haben. Doch Selzers Stimme holte sie in die Realität zurück, indem er ihren Namen rief, um zu erfahren, ob sie zuhörte. Vergebens. Stattdessen war sie mit ihren Gedanken woanders, gleich einem Teenager, dessen Mutter ihn bat, mit dem Computerspiel aufzuhören. Längst befand er sich in einer fremden Welt, eine die in der Wirklichkeit nicht existierte.

»Nadine? Hast du gehört, was ich sage?«, hakte Selzer nach und stemmte als Ausdruck seines Protests die Hände in die Hüfte.

Gedanklich kehrte sie zu ihm zurück, denn weglaufen war keine Lösung.

***

Am darauffolgenden Morgen

»Na meine Liebe, noch einen Schluck Kaffee?«, wollte Charlotte von ihrer Bekannten wissen, die genüsslich an ihrer Tasse nippte.

»Ne, lassen Sie mal. Wenn sich nicht bald wat tut, kommt die Kleene hinter Gitter. Mensch Charly, wir sollten endlich wat unternehmen. Die Sache stinkt doch zum Himmel. Dit sieht 'nen Blinder mit 'nem Krückstock. Dit liegt uf der Hand, dass die Toten nicht von der Insel sind. Sehen Sie da keenen Zusammenhang? Also, mich macht dit langsam verrückt. Irjendwo muss es doch so wat wie ’ne Linie jeben«, zeigte sich Maria interessiert.

Charlotte bestrich ihr Brötchen mit Marmelade und seufzte. »Oh, da haben wir noch ein ganzes Stück Arbeit vor uns!«

Maria entspannte sich. »Gut, dass Sie das genauso sehen. Also, wat schlagen Sie vor? Wo beginnen wir?«

»Es dürfte Ihnen nicht entgangen sein, dass die Frau von List ermordet wurde. Was zum einen gut ist, weil Nadine unmöglich auch diesen Mord begangen haben kann, da sie ständig mit Herrn Selzer zusammen war. Andererseits können wir nicht das Gegenteil beweisen.«

»Wat heißt hier *auch*? Sie als Freundin sollten an die Unschuld globen.«

Charlotte nickte heftig. »Das mache ich, glauben Sie mir.«

»Jut, dann tun Sie wat! Hauptsache, es kommt Bewegung ins Spiel.« Maria war außer sich. Derart aufgebracht hatte sie Charlotte lange nicht mehr erlebt. »Und was soll das nach Ihrer Meinung sein?«, fragte sie und schaute auf Maria, die ihre Schultern hochzog und antwortete: »Reden Sie mit ihr!«

»Gut, das werde ich. Sie soll uns sagen, wobei wir sie unterstützen können. Für mehr sind uns hier die Hände gebunden. Hätte ich Rudi an meiner Seite, wäre das anders. Aber so. Nicht mal der Hübner kann uns helfen. Oder haben Sie eine bessere Idee?« Charlotte hasste den Zustand der Ohnmacht, weil sie hier im Norden niemanden kannte, der ihr unter die Arme greifen konnte.

»Wie wäre es, den Hörer in die Hand zu nehmen?«, stocherte Maria ironisch nach. *Mann, da bekommt man ja Junge.*

Charlotte bestätigte das mit einem Nicken. Dann fiel ihr noch etwas ein. »Darauf hätte ich auch selbst kommen können. Ich werde wohl alt.«

»Dit sind Sie doch längst. Andererseits ist man so alt, wie man sich fühlt. Wir zwei sind zwar alte Tanten, aber unsere Köpfe funktionieren wie ein Schweizer Uhrwerk. Es kommt nur uf die Sichtweise ein. Die Eidgenossen sind och nicht die schnellsten, dafür präzise.«

Stimmt!

***

Nadine fühlte sich mit der nicht aufhörenden Angst allein gelassen. Dazu die immerwährende Frage, wieso man sie ermuntert hatte, ein Messer zu halten, das zudem die Tatwaffe gewesen war. *Ich versteh das nicht. Warum dieses Schauspiel, wenn der Kerl dann doch vergiftet wurde?*

Mitten in ihren Gedanken klingelte ihr Handy, das auf der Anrichte lag und dezent auf dem edlen Holz vibrierte. Nachdenklich ging sie auf das Klingeln zu und haderte mit sich, das Gespräch entgegenzunehmen, bis Selzer ins Zimmer kam und sich über ihr Verhalten wunderte. Als Nadine den Namen der Bekannten las, schien sie erleichtert und nahm ab. »Ach Charlottchen, du bist es. Ich dachte, es wäre Herr Steinmann, um mir zu sagen, dass man mich noch heute in Haft nehmen wird.« Ihre Furcht schlug in Freude um, weil ihre Vorahnung nicht eintraf.

»Wieso? Ich meinte, er hätte dir bis Montag Zeit gegeben«, widersprach die alte Dame und schaute gleichzeitig in das fragende Gesicht von Maria, die, wie sollte es anders sein, direkt vor ihr stand und jedem der Worte lauschte.

»Das ist richtig. Und, erholt ihr euch gut?«, erkundigte sich Nadine halbherzig, obwohl sie nicht bei der Sache war.

»Du hast gut reden, wie soll das gehen, wenn du in der Klemme steckst? Aber deshalb rufe ich nicht an. Wir müssen jetzt endlich die Suche vorantreiben. Sag, wie können wir dir helfen?«

Nadine schien nachzudenken. Zumindest blieb es auf der anderen Leitung still.

Plötzlich hörte man ein Flüstern, dem ein Rascheln folgte, das kurz darauf wieder erstarb.

»Nadine? Bist du noch dran?«, fragte Charlotte nach.

»Jaja. Sorry für die Unterbrechung, ich musste mich mit Daniel kurzschließen. Hör zu! Wir brauchen dringend die Namen der Toten. Inzwischen wurden beide obduziert. Vermutlich stammen sie aus dem Ausland. Hört euch bitte mal um, ob jemand etwas darüber zu erzählen weiß. Am besten im Umfeld von diesem Koppolew. Ich traue dem Kerl nicht. Als er das Foto von dem Leichnam sah, meinte er zwar, ihn nicht zu kennen, aber sein Augenzucken verriet mir was anderes. Vielleicht findet ihr heraus, warum der Russe auf Sylt ist. Und beeilt euch bitte. Wenn er erst wieder außer Landes weilt, wird es schwer sein, ihm was nachzuweisen.«

Charlotte machte innerlich einen Luftsprung, zu dem sie äußerlich schon lange nicht mehr imstande war. Hauptsache, sie konnte helfen. »Machen wir. Nur verstehe ich das nicht. Wie kann man sich in einem Hotel einmieten, ohne einen Hinweis zu hinterlassen? Spätestens im Haus muss ihr Verschwinden aufgefallen sein.« Gleichzeitig beantwortete sich die Rentnerin ihre Frage selbst und laut dazu: »Aber nicht, wenn man privat gastiert. Etwa wie wir in einem Ferienhaus.« Sie stockte kurz und gab Nadine dann entschieden zur Antwort: »Geht klar, wir kümmern uns darum.«

Als man aufgelegt hatte, fiel der einen ein Stein vom Herzen, während die andere diesen wegzuräumen versuchte, indem sie sagte: »Maria, wir haben eine Mission. Es gibt etwas zu tun. Wir werden Licht in das Dunkel bringen.«

Maria, die alles mitbekommen hatte, fragte noch einmal nach, um mit geschwellter Brust vor ihrer Bekannten dazustehen, was Charlotte lächelnd ignorierte.

Die Berliner Rentnerin klang müde, fast lustlos. »Mann, jetzt irren wir seit Stunden über die Insel. Kapieren Sie endlich, die feine Muschpoke will nicht jefunden werden. Entweder wissen die Leute nicht, wo die verkehren, oder man darf uns nüscht sagen. Charlotte, ick bin groggy. Dit wird heut nix mehr. Ick brauche 'ne Pause. Lassen Sie uns irjendwo einkehren. Außerdem hängt mir der Magen schon sonst wo. Seit dem Morgen habe ick kaum wat jejessen.«

Charlotte, der es ähnlich erging, stimmte zu.

Da man sich ohnehin in der Innenstadt befand, beschloss man, dort zu essen.

Charlotte trug ihren inneren Kampf aus, während sich vor ihren Augen ein Teller mit Labskaus offenbarte. Sie hegte schon seit Längerem den Wunsch, diesen einmal zu speisen. Und jetzt war der richtige Moment das Kartoffelgericht mit Matjesfilet, Rindfleisch, Spiegelei und Roter Beete zu genießen.

Maria zeigte sich erstaunt. »Ick will ja nicht meckern, aber dit sieht aus wie schon mal jejessen. Dann mal juten Appetit!«

Soll sie reden. Mir schmeckt's. Dennoch hatte Charlotte keinen Spaß am Essen, denn ihr blieb wenig Zeit, in der sie handeln konnte. Das Lokal, in dem man saß, schien alteingesessen zu sein. Es wirkte rustikal und typisch friesisch. Die Wände schmückten blau-weiße Kacheln sowie dicht aneinandergereihte Schnapsflaschen, die auf einer Zierleiste entlang den Tischen standen. Zwei Kellner mit Schürze und grün-weiß gestreiftem Hemd hantierten hinter dem Tresen, der sich eine Treppenstufe tiefer befand.

Als einer der beiden den Damen einen Schnaps empfahl, fasste Charlotte sich ein Herz und fragte diesen, wo man derzeit auf Prominenz stoßen würde. Sie erwähnte unter anderem Sportwagen und edle Limousinen.

Der Kellner lachte und meinte: »Da kommen Sie zu spät. Die Autoschauen der Nobelkarossen sind vorbei. Drei Wochen lang konnten sich die Gäste informieren und Probefahrten vereinbaren. Ach, und das Klischee von den Reichen und Schönen auf Sylt ist genauso alt wie der Schnack, dass es an jeder Ecke nur so von fetten SUVs, zahllosen 911ern und Cabrios wimmelt.«

»Wat meinen Sie mit *konnten*?«, mischte sich Maria ein.

»Na, die Aktion fand im August statt«, widersprach der Kellner.

»Und jetzt ist tote Hose?«, fragte sie kess weiter.

Dem Mann schien die Berlinerin zu gefallen, daher spendierte er den Rentnerinnen einen Schnaps und erwähnte beim dritten einen Kunsthändler, der jährlich nach Sylt reise, um Gemälde zu veräußern. Mit einem Augenzwinkern flüsterte er Maria seinen Namen zu und erzählte, dass er ein Haus auf Kampen besäße, in dem für gewöhnlich auch die Gäste wohnten.

Charlotte kombinierte sofort. *Das würde erklären, warum keiner auffindbar ist. Mit Sicherheit weilt man an jenem Ort inkognito. Soll ja nicht jeder wissen, welches Bild man erworben hat. Die Leute sind unter sich, kaufen Kunst und verlassen die Insel dann mit ihr. Der ideale Markt, um Schwarzgeld zu waschen. In Gemälde zu investieren, lohnt sich immer. Ihr Wert steigt von Jahr zu Jahr und darüber hinaus ist es ein raffiniertes Geschäftsmodell.*

Als man bezahlt hatte, konnte es die Seniorin nicht erwarten zu gehen. Inzwischen war es Nachmittag geworden, und die Zeit wurde knapp. Schnurstracks lief man hinunter zur Hauptstraße, um sich dort ein Taxi zu nehmen.

Maria, die sich normalerweise jetzt sträubte, sank auf das Lederpolster und schloss die Tür. »Na dann mal los«, meinte sie entschlossen und drehte sich zu Charlotte. »Hoffen wir, dass jemand zu Hause ist. In der Zwischenzeit lassen Sie sich mal 'ne Geschichte einfallen, die wir denen sagen.«

Irgendwo in Kampen

Nachdem Charlotte die Messingklingel ohne Namensschild betätigt hatte und eine Männerstimme sie fragte, worum es ginge, begann sie zu drucksen, weil ihr auf die Schnelle keine Notlüge einfiel. Maria, die dicht neben ihr stand, konnte es nicht fassen und fing an, sie zu stoßen. »Menno, erzählen Sie dem irgendwat. Hauptsache, wir kommen in den alten Kasten rein.« Womit sie das altehrwürdige Anwesen meinte, was in seiner Dimension die anderen Häuser auf Kampen übertraf.

Dass der Mann, der sie die ganze Zeit mit der Kamera beobachtet hatte, alles mitbekam, wussten sie nicht, ebenso wenig, dass er einen eigenen Plan schmiedete. »Ach, jetzt fällt es mir ein«, begann er zu lügen. »Madame Tschekow erwähnte etwas von zwei Damen, die der Versteigerung noch beiwohnen möchten. In diesem Fall heiße ich Sie herzlich willkommen.«

Charlotte schaute Maria an und Maria Charlotte. Wären sie jünger gewesen, sie hätten wohl die Hände aneinander geklatscht. »Ja, es tut uns leid, unser Zug hatte Verspätung. Ich hoffe, das macht nichts.« Man freute sich über das vermeintliche Missverständnis.

Ausgezeichnet, je mehr Bieter, desto größer mein Profit, dachte Moblier und öffnete das gusseiserne Tor.

Maria hakte sich bei Charlotte ein, wohl aus Angst,

etwas zu erleben, was sie nicht mochte, während sich die andere ebenso misstrauisch zeigte. »Maria, wir sollten uns in Acht nehmen. Angenommen, man handelt hier mit Kunst, würden Sie dann einem Fremden so leichtfertig die Tür öffnen?«

Maria blieb abrupt stehen. »Sie haben den Mann doch jehört. Der Jute glaubt, wir wären Gäste.«

»Maria! Sie sind doch sonst nicht so begriffsstutzig. Genau wie wir ihn gehört haben, hat auch er jedes unserer Worte verstanden. Das Ganze ging mir zu unkompliziert vonstatten. Da stimmt etwas nicht. Also schön beieinanderbleiben«, gab Charlotte von sich.

Man lief über einen mit Kieselsteinen befüllten Weg, der den Damen ewig erschien.

»Mein Korridor war früher jerade mal drei Meter lang. Dieser Trampelpfad ist größer als eine Hundertmeterstrecke. Dit läuft sich wie uf Eiern. Da ruiniere ick mir die Pumps«, tat Maria pikiert.

»Das ist jetzt nebensächlich«, flüsterte Charlotte böse. »Benehmen Sie sich! Lassen wir uns überraschen. Und immer schön die Augen offen halten. Wir suchen nach zwei Ausländern, die möglicherweise hier zu Gast waren. Und wer weiß, wahrscheinlich befindet sich der Mörder sogar in der Nähe. Also einatmen und rein ins Abenteuer. Bereit?«

»Bereit!«, zischte die andere.

Man drückte die Handtaschen fest an sich, schaute sich konspirativ um und holte tief Luft.

Die Tür stand offen, daher trat man ein.

13. Am Ende des Tages

»Wow, wat ist denn dit?«, fragte Maria erstaunt und fühlte sich in Anbetracht der antiken Möbel wieder jung. »Hier sieht's ja aus wie im Museum. Ob die Ölschinken da an der Wand echt sind?«

Charlotte, die dicht neben ihr lief, kam ebenfalls aus dem Staunen nicht heraus. Sie war keine Kunstsachverständige und kannte sich wenig damit aus, obgleich sie sich mit dem einen oder anderen Maler auseinandergesetzt hatte. Manchmal besuchte sie sogar eine Galerie. »Ich würde sagen, alles, was hier hängt, ist echt. Haben Sie den Namen des Mannes verstanden?«

»Nö, Sie?«

Plötzlich hörten sie eine tief ausladende Stimme hinter sich rufen: »Bonjour, die Damen, mein Name ist Charles Moblier. Treten Sie bitte näher.«

Die beiden erschraken, weil sie ihn nicht kommen gehört hatten, und schauten dementsprechend überrascht zu einem großgewachsenen Mann mit rötlich-blondem Haar und hoher Stirn. Sein Kleidungsstil wirkte mit Einstecktuch, farblich abgestimmtem Hemd und Westover gepflegt. Selbst die Mokassins zeugten von Eleganz und man bemerkte sofort, dass er sich mit seinem Äußeren auseinandersetzte.

Maria schüttelte im Inneren den Kopf und starrte auf dessen Schuhe. *So ein Lackaffe. Bommeln, dit hat mir noch jefehlt. Als ob es nicht janz normale Treter jibt. Die schauen aus wie von 'nem Mädel.* Während sie nachdachte, sah sie eine gepflegte Männerhand sich ihr nähern, die mit Sicherheit danach strebte, gedrückt zu werden. Instinktiv griff Maria diese, quetschte sie, was Moblier mit einem diskreten

Schlucken zu unterdrücken versuchte. »Oh wie ich sehe, kommen Sie ohne Gepäck«, stellte er zähneknirschend klar. Insgeheim wusste er warum.

»Gepäck, ähm …«, hinterfragte Maria leicht irritiert, als Charlotte ihr das Wort mitten im Satz abschnitt. »Sie müssen wissen, wir reisen nie mit vielen Taschen. In unserem Alter hat man gerne die Hände frei, damit man sich gegebenenfalls irgendwo festhalten kann. Aber keine Sorge, ganz ohne geht es nicht.«

»Na dann, folgen Sie mir bitte. Die anderen dürften bald eintreffen.« Moblier lief los, im festen Glauben, dass man sich ihm anschloss.

»Die anderen?«, fragte Charlotte, während sie ihm langsam nachlief und ihre Bekannte mit großen Augen anstarrte.

Der Mann drehte sich nach hinten um, lächelte und sprach: »Meine Gäste, erwähnte ich das nicht?« Dann ging er weiter.

Charlotte wechselte schnell das Thema, um ihn nicht zu verärgern. »Das ist ein sehr schönes Haus.«

»Finden Sie? Leider verbringe ich hier zu wenig Zeit. Genau genommen nur ein paar Wochen im Jahr, immer dann …«, er stockte kurz, »ach lassen wir das.«

»Sprechen Sie ruhig weiter. Wir hören Ihnen gerne zu. Nicht wahr?« Charlotte stupste ihre Freundin an. »Stimmt doch, Maria, oder?« Die ihrerseits heftig nickte und ebenfalls ihre Meinung kundtat: »Klaro, zuhören ist quasi unser zweiter Vorname.«

Moblier brach das Gespräch ab, indem er sagte: »Vielleicht finden wir später noch etwas Zeit. Nun zeige ich Ihnen erst einmal Ihre Zimmer. Machen Sie sich inzwischen frisch. Wir sehen uns dann um 18 Uhr zum Dinner.«

Frisch machen?

18 Uhr Dinner?
Übernachten?

Eine Frage folgte der nächsten. Maria war außer sich. Gut ein wenig plaudern, das ging ja noch. Aber gleich die Nacht verbringen, das war schier unmöglich. Ihrem Unmut wollte sie Luft verschaffen, daher beschloss sie, mit Charlotte zu reden.

Zimmer?, grübelte Charlotte, als sie das selbige betreten hatte. *Das ist eine richtige Wohnung. Na, was Maria jetzt wohl denkt?* Sie sah sich um und entdeckte eine Kanne Tee samt Gebäck, das ein Hausmädchen von Anfang zwanzig hingestellt hatte und deren Türschließen man gerade noch vernahm. Die Rentnerin bedankte sich mit einem Nicken, obwohl niemand zu sehen war, und flanierte dann durch das imposante Gemach, das mit einer riesigen Doppeltür in zwei Separees getrennt war. In jedem stand ein Boxspringbett, obenauf Seidenbettwäsche.

Maria, die voller Staunen nicht mehr an sich halten konnte, platzte endlich mit der Sprache heraus: »Is dit Ihr Ernst? Wir können doch nicht einfach bleiben. Keener kennt uns. Am Ende wollen die uns noch, na Sie wissen schon.«

»Sie meinen …? So ein Quatsch«, schmunzelte Charlotte und begann zu lachen. »Maria, *wir beide* haben nun wirklich nichts mehr zu befürchten. Dennoch sollten wir vorsichtig sein. Aber Grund zur Sorge sehe ich keinen. Warten wir das Dinner ab. Schauen wir uns die Leute wenigstens an.« Die alte Dame kratzte sich an der Nase. »Mhm, mich würde interessieren, wer diese Tschekow ist.«

»Na dit dürfte ja kein Problem sein. Sie haben doch ein Handy, ick hoffe internetfähig. Googeln Sie die«, meinte Maria wie selbstverständlich.

Aber Charlotte tat sich mit solchen Dingen schwer. Mit

dem Teil telefonieren war eine Sache, damit im Internet surfen eine andere. Und trotzdem zog sie das Funktelefon aus der Handtasche und suchte den Kontakt von Nadine Andres, die sie gewillt war anzurufen. Sie ließ es ein paar Male klingeln, bis jemand abnahm.

»Andres«, vernahm Charlotte deutlich.

Charlotte holte tief Luft und begann zu sprechen: »Wir sind im Haus dieses Kunsthändlers.«

»Kunsthändler?«, wollte Nadine wissen und hörte die Worte ihrer Bekannten, die in knappen Sätzen die letzten Stunden zusammenfasste. »Seid ihr von allen guten Geistern verlassen. Ich sagte, ihr sollt euch umhören, nicht gleich bei jemandem übernachten. Du kennst diese Leute doch gar nicht. Mann Charlotte, wie seid ihr nur auf so eine hirnrissige Idee gekommen?«, rief sie mit schriller Stimme und atmete schwer. »Mal ehrlich, manchmal tickt ihr nicht richtig.«

Von ihren Worten nicht im Geringsten beeindruckt, wandte sich Charlotte Maria zu und flüsterte: »Sie ist sauer«, was Nadine deutlich verstand und sagte: »Und ob ich das bin. Wie soll's jetzt weitergehen?«

Endlich, dachte Charlotte. »Maria meint, du sollst Alina Tschekow googeln und uns sagen, wer das ist.«

Nadine tat es, während sie weiter mit ihr sprach. »Also«, begann sie geistig abwesend, »Alina Tschekow ist die Urenkelin von Aaron Tschekow und … warte kurz … außerdem gehört sie der russischen Avantgarde an und ist eine der größten Kunstsachverständigen ihres Landes. Zudem gilt sie als introvertiert. Hier steht, sie sei bisexuell. Auf dem Foto wirkt sie eher wie ein Junge. Ach, und sie spricht Deutsch.«

Charlotte hörte ihr aufmerksam zu. »Aaron Tschekow? Der Aaron Tschekow? Der Schriftsteller? Und die wohnt hier? Interessant. Mhm, was für ein merkwürdiger Zufall.

Und sie ist Russin, genau wie der Tote.«

»Das wissen wir nicht. Wir vermuten es nur«, stellte Nadine die Sache richtig.

»Jaja. Aber ich sehe einen Zusammenhang. Sylt ist eine Insel. Sicherlich mit vielen Prominenten und ausgerechnet jetzt geschehen zwei Morde? Darüber hinaus will man wertvolle Kunst an den Mann bringen. Ich höre mich heute Abend mal um. Dieser Moblier sprach von Gästen. Demnach sind wir nicht die Einzigen. Und wenn der Täter unter den Anwesenden ist?« Charlotte schaute auf ihre eckige Armbanduhr und erschrak, als sie 17:30 las. »Kindchen, ich sollte auflegen. Wir müssen uns für das Essen richten. Ich melde mich später wieder. Bis dann, Tschüss.«

Nadine bekam weder die Gelegenheit sich zu verabschieden noch ihre Meinung kundzutun. Stattdessen schnappte sie wie ein Fisch nach Luft, als sie den unverkennbaren Ton eines beendeten Telefonats vernahm.

»Himmelarsch«, platzte es aus Maria heraus, als sie sich im Bad die Hände waschen wollte und kein Wasser aus dem Hahn kam. »Wie ick den neumodischen Kram hasse. Früher hat man 'nen Wasserhahn uf- oder zujedreht. Und heute? Entweder fuchtelt man wie 'ne Irre unter dem Ding herum oder sucht wie 'ne Bekloppte nach nem Hebel. Nur um sich die Hände abzuspülen.« Plötzlich spritzte ihr das kühle Nass entgegen.

Was hat sie denn nun schon wieder?, schoss es Charlotte durch den Kopf. »Maria, alles okay?«, rief sie in Richtung Badezimmer und sah die Bekannte sich ihr nähern. »Waschen Sie sich bloß nicht die Finger. Erst läuft keen Wasser und dann hört es nicht mehr uf. Und bei Ihnen allet paletti?«

Charlotte, die sich trotz mangelnder Wechselwäsche

herausgeputzt hatte, indem sie das Haar gekämmt und die Lippen dezent mit dem Schminkstift nachgezogen hatte, bejahte kopfnickend. *Auf in die Höhle der Löwen*, was ihr wiederum ein Schmunzeln auf das Gesicht zauberte, weil sie an die gleichlautende Fernsehsendung dachte. Allerdings ging es dort nicht um den Handel mit berühmten Gemälden, sondern um Menschen mit spannenden Geschäftsideen, denen das nötige Kleingeld fehlte und die eine Chance bekamen, dafür Investoren zu finden. Sobald sie Zeit hatte, sah sie sich die Sendung gerne an. Immerhin konnte man auch in ihrem Alter noch etwas lernen.

Gerade als die Damen das luxuriöse Apartment verlassen wollten, klopfte jemand an die Tür und wartete das gehauchte »Ja« von Charlotte ab. Eine hübsche Blondine in eng anliegendem blauem Kostüm stellte sich als Hausdame vor und bat die Seniorinnen, ihr in den Salon zu folgen. Danach schritt sie in High Heels davon und spürte, wie man ihr nachlief. Als man vor einer Doppelflügeltür aus Eiche angekommen war, öffnete sie diese und hielt sie auf. »Treten Sie bitte näher.«

Charlotte ging selbstbewusst voran, während Maria ihr unschlüssig folgte.

Erstaunt betraten die Rentnerinnen ein gemütliches Zimmer mit dicken Teppichen und wulstigen Sesseln. Darin wurde gesprochen. Die Herren zogen genüsslich an Zigarren, wohingegen die Damen Portwein schlürften. Es roch nach Qualm, der allerdings nicht unangenehm war, weil er sich mit dem schweren Parfüm seiner Besitzer vermischte.

Plötzlich wurde es still und alles starrte zu Maria und Charlotte, denen die Aufmerksamkeit sichtlich peinlich war. *Wieso glotzen die denn so?*, dachte Maria und wäre am liebsten wieder umgekehrt.

Moblier, der sich sofort von seinem Sessel erhob, ging

auf die Damen zu. »Schön, Sie zu sehen. Treten Sie bitte näher! Ich werde Sie gleich mit den anderen bekannt machen.« Während er sprach, unterstrich er mit einer eindeutigen Handbewegung sein Tun und schritt von sich überzeugt durch das Zimmer.

Zunächst trat er an einen Mann heran, der Maria an einen Hollywoodschauspieler erinnerte. Jedoch als Moblier dessen Namen nannte, blieb ihr sprichwörtlich die Spucke weg und sie reichte ihm zitternd die Hand. *Ne oder. Der? Und wie der aussieht? Ick falle gleich aus den Latschen. Wo bin ick hier nur hinjeraten?*

Charlotte, die sich nichts aus Prominenz machte, reagierte ähnlich. Auch ihr verschlug es die Sprache.

Michael Hard lächelte beide an und zeigte seine wohlgeformten Zähne, indes Moblier einen nach dem anderen vorstellte. Bereits die Namen riefen bei den Seniorinnen Bewunderung hervor, obwohl man es sich nicht eingestehen wollte. Wann bekam man schon die Gelegenheit, einen namhaften Schauspieler, eine waschechte Gräfin, die Verwandte eines berühmten russischen Schriftstellers, einen Milliardär, einen Wimbledon-Sieger und zu guter Letzt das ehemalige Mitglied einer englischen Popgruppe kennenzulernen? Wohl nie!

»Nun, da alle anwesend sind, können wir mit dem Dinner beginnen«, meinte Moblier und schaute in Richtung einer gedeckten Tafel mit Obst, Weinkaraffen und hübscher Dekoration. »Kommen Sie!« Er stolzierte voran, während die anderen im Gespräch vertieft folgten oder gar Mühe hatten, mit ihm Schritt zu halten. Wie etwa Gräfin Lydia von Hardenberg, der das Gehen sichtlich schwerfiel, was wiederum Maria zum Anlass nahm, mit ihr zu plaudern. »Na, och nicht mehr jut zu Fuß?«, versuchte sie zu scherzen, was die Adlige mit einem bösen Blick ahndete.

Wat tut die denn so blöd, ick wollte nur 'nen Witz machen. Dann halt nicht. Maria lief dennoch neben der Gräfin her, bis sie schließlich eine Antwort bekam. »Was führt Sie zu uns?«, fragte diese mit vornehmer Zurückhaltung und gespitzten Lippen, als Zeichen von Eleganz.

Maria winkte ab. »Ach, dit is 'ne lange Jeschichte. War nicht meine Idee. Der nette Herr dort drüben«, sie zeigte auf Moblier, der inzwischen den anderen Damen den Stuhl zurechtrückte, »hat uns einjeladen.«

»Sie?«

»Ja, uns«, kam es von Maria ein wenig unsicher.

»Verstehen Sie denn etwas von Kunst? Ich habe Sie noch nie auf einer der Verkaufsausstellungen gesehen.«

Schiete, wat antworte ick der jetzt?

Man schwieg sich zwei Schritte lang an, bis Maria mit einer Gegenfrage daherkam: »Und Sie, verstehen Sie denn wat davon?«

Die Gräfin war von Marias forscher Art so überrascht, dass sie lachen musste. Es hatte den Anschein, als gefiele ihr die Kaltschnäuzigkeit. »Weilte ich sonst hier? Schade, dass die Kleine abgereist ist. Sie wären wunderbar mit ihr ausgekommen.«

Man stand inzwischen einen Meter vor dem Tisch, was Maria zum Anlass nahm, die Andeutung zu hinterfragen. »Wat für 'ne Kleene? Ihre Enkelin?«, fragte sie neugierig und musterte die Adlige in ihrem changierenden Kleid, das bei jeder Bewegung seine Farbe von Schwarz ins Weinrote wechselte.

Die Gräfin schwieg einen Augenblick, bis sie antwortete und erneut lächelte: »Nein, ich habe keine Kinder. Ich rede von Madame Nilström unserer Schwedin. Sie ist plötzlich abgereist. Angeblich wegen einer dringenden Familienangelegenheit. Die persönlichen Sachen hat man ihr bereits nachgeschickt.«

Moblier ging auf die Gräfin zu und reichte ihr die Hand, um sie zu ihrem Sitzplatz zu führen, während Maria die andere Tischseite bevorzugte, da Charlotte dort Platz genommen hatte. Da man dicht nebeneinandersaß und sich keine Gelegenheit bot, miteinander zu sprechen, stupste Maria sie mit dem Fuß an, die ihrerseits erschrocken schaute. »Charlottchen, bevor ich es vergesse, du solltest nachher deine Enkelin anrufen.«

Charlottes Nicken wirkte ein wenig angespannt, weil man nicht per Du war, obschon sich hin und wieder die Gelegenheit ergab. Allerdings zog die alte Dame einen gewissen Abstand vor, da ihr Persönliches nicht mehr derart rasch über die Lippen kam. *Enkelin? Was meint sie damit?*

Kurz darauf eröffnete Moblier mit ein paar Worten das Dinner, dem das Auftischen der Speisen folgte.

Maria wie auch Charlotte waren vom Essen begeistert, zumal der Gastgeber, dessen Koch einen Michelinstern sein Eigen nannte, ebenso von diesem schwärmte. Dazu reichte man erlesenen Wein, den wohl nur die reiche Gesellschaft kannte. Von einem Château Lafite-Rothschild hatte die Berlinerin noch nie etwas gehört.

Man unterhielt sich angeregt.

Man lachte. Man scherzte.

Doch für Charlotte war es mehr als nur ein netter Abend, weil sie jeden unter die Lupe nahm. Obwohl allesamt ein *aha* verdient hätten, grenzte sie die Hysterie aus und versuchte, die Personen objektiv zu betrachten. Außerdem hörte sie allen aufmerksam zu und begriff schnell, dass es noch eine weitere Verbindung außer der Kunst gab.

Nach einer Stunde und einigen geleerten Rotweingläsern lockerte sich die Stimmung insofern, dass Hard sein Glas auf Koppolew erhob, der ihm vis-à-vis saß, und zuprostete. »›Die blaue Erde‹ ist ein riesiger Erfolg geworden. Dank Ihnen! Nur hätte ich mir einen besseren Produzenten gewünscht. Die Einnahmen wären für den Umweltschutz geeigneter gewesen als zur Förderung irgendwelcher Filmchen.« Sein Blick war starr und fixierte den anderen in einer Art, die man ohne Worte verstand. Zumindest tat es Charlotte, die darüber nachdachte. *Was er damit wohl meint? Ich werde nach dem Essen mit Nadine telefonieren. Bestimmt weiß sie etwas über die blaue Erde.*

»So ist das also«, mischte sich die Gräfin ein, während sie einen Löffel mit Mousse au Chocolat zu den Lippen führte und diesen genüsslich abschleckte. »Mein lieber Hard, unser verehrter Koppolew kann nichts anderes als Geschäfte machen. Soziales ist ihm fremd.«

Charlotte ließ den Blick nach links hinüber zur Gräfin schweifen, die an der gegenüberliegenden Tischseite saß und den Russen ebenso kritisch anstarrte, wie es Hard noch immer tat.

Na, dit klingt aber komisch, grübelte Maria und schenkte ihrer Freundin eine kurze unmissverständliche Miene. *Die beiden sind nicht jerade jut uf den Russen zu sprechen,* dachte sie und schaute links neben sich, wo er saß. Als die Blombergs, die den Damen gegenübersaßen, dann ebenso zustimmend den Kopf bewegten, wurde man schließlich hellhörig.

»Die nicken«, bemerkte Maria leise und hatte gehofft, dass ihre Behauptung ungehört blieb, bis Kate in gebrochenem Deutsch antwortete: »Wir wollten eine Stiftung für Kinder aus zerrüttenden Familien gründen und suchten nach einer passenden Immobilie. Leider wurde das Geld knapp, weil wir auf eine hinterhältige Geldanlage hereingefallen sind, die der Dogan-Gruppe gehörte. Die Manager wurden zwar wegen Untreue verurteilt, aber die Gesellschaften, die den Fonds auflegten, waren längst pleite. Über Jahre flossen Milliarden in den Sand, da die Fondsanbieter Mieterhöhungen einplanten, die sich nie realisieren ließen. Uns traf es dabei nicht so hart. Die Kleinanleger schon.« Trotz Sprachschwierigkeiten konnte man ihr folgen.

Maria schluckte schwer. Zum einen, weil sie sich mit Immobilien nicht auskannte und daher nur einen Teil von Frau Blombergs Antwort verstand und zum anderen, da sie sich als Kämpferin für Arme mitbetrogen fühlte. »Dit is mir zu hoch. Wat hat Herr …«, sie stockte, da ihr der Name des Russen nicht einfiel.

»Darf ich mich bekanntmachen, Oleg Koppolew«, stellte er klar und gab sogleich Auskunft. »Sie glaubt immer noch, ich wäre daran schuld«, tat er die Sache mit einem halblebigen Lächeln ab.

»Und sind Sie's?«, schoss es aus Marias Mund.

»Njet, natürlich nicht.«

Alina Tschekow, die sich die ganze Zeit zurückgehalten hatte, übernahm das Wort, indem sie meinte: »Russland ist sehr beseelt und seelenlos zugleich, das ist das Dilemma. Der russische Dichter Fjodor Tjuttschew sagte einmal: *Verstehen kann man Russland nicht, und auch nicht messen mit Verstand. Es hat sein eigenes Gesicht. Nur glauben kann man an das Land.*« Sie holte kurz Luft. »Oleg, vielleicht hast du nichts mit dieser Immobilienpleite zu tun, aber dass du dir das Haus meiner Familie unter den Nagel gerissen hast, werde ich dir nie verzeihen. Wir wollten es zu einem Ort für Dichter und Denker machen. Und jetzt nutzt du es als Datscha.«

Eine Anschuldigung nach der anderen prallte an Koppelew ab, der sich, wie es den Anschein hatte, wenig daraus machte. Fast unbeteiligt hörte er sich jeden Vorwurf an, nickte hin und wieder und lächelte alles weg. Vielleicht wurde man als Mensch so, wenn es einem an nichts fehlte und man mit Milliarden nur so um sich schmiss.

Langsam kamen Moblier Zweifel, ob es zum Verkauf des da Vinci käme. Demzufolge lenkte er das Gespräch in eine andere Richtung und bat die Gäste in die Bibliothek, um dort den Kaffee zu nehmen. Obwohl der Kunsthändler seit Langem mit Koppolew geschäftlich verbunden war, hatte er von alledem keine Ahnung und sorgte sich jetzt um den Deal. Denn nur der Oligarch war in der Lage, sich das Bild zu leisten.

Seiner Bitte nachkommend, erhob man sich und ging mit gespannten Gesichtsausdrücken zur Bibliothek, während die älteren Herrschaften dem Tross in kleinen Schritten folgten.

Charlotte lief ein paar Meter hinter Koppolew her und ließ ihn nicht aus den Augen, indessen Maria die Gräfin mit Fragen löcherte. »Kennen Sie den?«, wollte sie wissen und bewegte den Kopf in dessen Richtung.

Die Adelige schürzte die Lippen und benetzte sie dezent mit der Zunge. »Nun, kennen wäre zu viel gesagt. Ich habe mich ebenso verspekuliert und in einen windigen Immobilienfonds investiert«, sagte die Gräfin schließlich, nachdem sich der Russe entfernt hatte.

»Etwa och bei dem?«, fragte Maria schnell nach, weil man sich kurz vor der Bibliothek befand und sie die Antwort in einem leisen, aber verständlichen »Ja« vernahm.

14. Ein erstes Indiz

Mit zusammengezogenen Augenbrauen sah Maria Charlotte an. Mit einem unangebrachten Wort war man imstande, ein loderndes Feuer zu entfachen. Keiner der Anwesenden war gut auf Koppolew zu sprechen. Jeder hatte ein Motiv, ihn zu töten. Nur hatte die Sache einen Haken. Er lebte und strotzte vor Gesundheit. Und dennoch war sein Landsmann ums Leben gekommen, den er nicht zu kennen schien. Angenommen, es gab eine solche Verbindung, musste man sie finden. Daher beschloss Charlotte, der Gräfin ein wenig auf den Zahn zu fühlen. Immerhin zeigte sich diese gesprächig.

»Wenn man den Leuten zuhört, könnte man meinen, Herr Koppolew legt sich mit jedem an«, versuchte die Rentnerin, die Adelige dezent aus der Reserve zu locken, während man eine Tasse Kaffee samt Untertasse vom Personal gereicht bekam.

Die Gräfin nahm das Porzellan, ergriff behutsam den Henkel, welchen sie mit vornehmer Geste umschloss und dabei den kleinen Finger abspreizte. Erst jetzt sah Charlotte, dass ihre Nägel rot lackiert waren, was sie für eine Frau im gesetzten Alter als unpassend empfand. »Salopp gesprochen, würde ich Ihnen zustimmen. In seinen Kreisen gehört es zum guten Ton, den Besitz zu mehren, koste es, was es wolle. Für Herrn Koppolew ist die Grenze zwischen Moral und Unmoral schwammig geworden. Nun«, sprach sie weiter, »wer über Vermögen verfügt, hat der Gesellschaft gegenüber eine Verpflichtung. Es gibt genügend Russen, die nach Perestroika auf der Strecke blieben, während andere zu unermesslichem Reichtum kamen. Ich selbst hatte ebenfalls viel Glück. Sie müssen wissen, ich wurde nicht blaublütig geboren. Mein erster Mann, Gott hab ihn selig, hat mich durch die Heirat in den Adelsstand erhoben. Die Herren danach vererbten mir das Geld, das ich mit beiden Händen ausgebe, aber dabei nie vergesse, wo meine Wurzeln sind. Die Familie war nicht wohlhabend, doch das wenige, was wir hatten, wurde geteilt. Daran hat sich bis heute nichts geändert. Die Gemeinde in der Schweiz, in der ich lebe, veranstaltet alljährlich ein Weihnachtsfest. Alle sind geladen. Jedes Kind erhält ein Geschenk. Selbstverständlich trage ich dafür die Kosten. Immerhin ist Geben mehr denn Nehmen.«

Ja globe ick jerne. Aber muss die so ville erzählen? Jetzt textet die schon geschlagene zehn Minuten mit Charlotte, während ick wie eine Litfaßsäule dastehe. Erst bekommt sie keenen Satz über die Lippen und nun hört die nicht mehr uff zu labern. Kopfschüttelnd folgte Maria dem Gespräch. Dennoch hielt sie sich zurück. Ein falsches Wort konnte das Geplauder stoppen. Zudem erhoffte sich Charlotte Hintergrundinformationen vom Netzwerk des Russen. Daher stellte sie eine Frage nach der anderen und hatte Glück. Immerhin hörte sich die Gräfin gerne reden und unterbreitete der Seniorin einen ersten Hinweis, indem sie ihr erzählte, dass sie und Moblier ein Liebespaar gewesen seien. Heute führte er ihren Namen nur noch auf den Gästelisten, da sich ein Adelstitel darauf hervorragend machte.

»Ach, tatsächlich«, zeigte sich Charlotte beeindruckt. »Sie und der Kunstschaffende?« Sie schürzte die Lippen und nickte geflissentlich. Nachdem die Gräfin die Bewunderung hatte sacken lassen, weil sie um einiges älter war als er, atmete sie tief durch. In diesem Moment hoffte Charlotte, dass sie sich gebauchpinselt fühlte und daher mit der nächsten Frage aufwarten konnte. »Sagen Sie, wenn ich das richtig verstanden habe, wohnen alle hier im

Haus, außer Herrn Koppolew?« Erwartungsvoll schaute sie die Gräfin an.

»Ja das stimmt. Der Schnösel braucht immer eine Extrawurst. Seine Entourage sollte hier nicht residieren.«

Charlotte wurde hellhörig. »Entourage? Mit wie viel Personen reist er für gewöhnlich?«, fragte sie erstaunt nach.

Wat ist denn dit fürn französischer Firlefanz? Maria stöhne innerlich.

Die Gräfin rückte näher an Charlotte heran. »So genau weiß das keiner. Man munkelt, er reist in Begleitung eines einzelnen Herrn.«

Wie is dit nun wieder zu verstehen? Der braucht 'nen Betthäschen, aber keenen Kerl, grübelte Maria.

»Nur eine Person? Interessant. Demzufolge ist er nicht liiert«, versuchte Charlotte zu kombinieren.

Die Gräfin lachte gekünstelt. »Koppolew versteht es bestens, sein Privatleben aus der Öffentlichkeit fernzuhalten. Versuchen Sie mal, etwas über den im Internet zu finden. Sie werden nichts entdecken. Lediglich von seinem Reichtum gibt es Fotos. Er besitzt eine der größten Jachten weltweit, von der Fußballmannschaft ganz zu schweigen.«

Während man am Plaudern war, vernahm man Mobliers Stimme. »Na die Damen. Derart abgewandt? Möchten Sie uns nicht wieder Gesellschaft leisten?«, fragte er und wies mit der flachen Hand zu den anderen Gästen, die sich angeregt unterhielten. Um was es dabei ging, bekam Charlotte nicht mit. Doch die Verärgerung einiger war gut zu ersehen. Mit sanftem Kopfnicken stimmte sie ihrer Gesprächspartnerin zu, obwohl sie gedanklich längst nicht mehr bei ihr war. Kurz entschlossen entschuldigte sie sich, um dringend das stille Örtchen zu besuchen. Dass Charlotte sich jetzt unter die Meute mischen wollte, verschwieg sie ihr.

Nach dem Toilettengang kehrte sie zu Maria zurück, die inzwischen neben Alina Tschekow stand und deren Unterhaltung lauschte. *Muss die so geschwollen reden? Schlimm jenug, dass ick die kaum verstehe und dann noch in dem Kauderwelsch.* Böse blickte sie zu Charlotte. »Wo waren Sie denn so lange? Dit jeht mir hier allmählich uf die Ketten«, schimpfte Maria leise jedoch so, dass man sie gut verstand.

Charlotte nahm die Freundin beiseite und tat, als zeigte sie ihr den Abendhimmel, als Vorwand, mit ihr zu sprechen. »Die Sache bekommt langsam Fahrt. Wir mischen uns unter die Leute. Jeder für sich. Spitzen Sie die Lauscher. Später tragen wir unser Wissen zusammen und ich fresse einen Besen, wenn der Mörder nicht unter den Anwesenden ist.«

Maria musste erstmalig schmunzeln. »Na, dann passen Sie mal schön uf, dass Ihnen die Beißerchen nicht rausfallen. Sonst gibt's die Dritten. Stellen Sie sich dit mal vor.« Maria schob die Unterlippe unter die Oberlippe und bewegte diese auf und ab, sodass Charlotte zu lachen begann, was nicht ungehört blieb.

Einige schauten verächtlich, während ihnen andere gekünstelt zunickten und zu tuscheln anfingen.

»Sehen Sie, was Sie angerichtet haben? Die nehmen uns nicht ernst«, schimpfte Charlotte, obwohl sie Marias Bemerkung amüsierte.

Maria winkte ab. »Is doch ejal. Denen begegnen wir nie wieder. Vielleicht ja nicht mal so schlecht. Solln die uns ruhig für irre halten. Dann mal rinn ins Jetümmel. Wem wollen Sie als Erstes uf den Zahn fühlen?«

Charlotte schaute in die Runde. *Mhm, von der Gräfin wissen wir einiges. Was ist mit der Tschekow? Die erscheint mir interessant. Darüber hinaus ist sie klug, was für Maria eher hinderlich ist.* »Lassen Sie mich nachdenken. Zunächst kümmere ich mich um Frau Tschekow. Und Sie?« Die Rentnerin blickte sich konspirativ um, wackelte mit dem Kopf, was nicht ungewollt geschah, aber sich nicht vermeiden ließ. »Wie ist es mit dem Schauspieler? Fragen Sie ihn nach einem Autogramm und schauen Sie erstaunt. Das mögen die Leute vom Film. Sie wollen bewundert werden, ansonsten hätten sie wohl einen anderen Beruf gewählt.«

»Ick? Mir bleibt och nüscht erspart. Könnte ick nicht besser mit dem Russen …?«

»… über Kunst und Fußball reden? Maria, der bemerkt sofort, dass Sie nichts davon verstehen. Es tut mir leid, wenn ich Ihnen das sagen muss, aber dem sind Sie nicht gewachsen. Das ist ein knallharter Typ. Sehen Sie ihn an!«

Maria tat es und nahm ihn sprichwörtlich unter die Lupe.

»Doch nicht so. Schauen Sie an ihm vorbei, als interessierte er Sie nicht.«

Nun will sie mir auch noch das Kieken beibringen.

»Und?«, flüsterte Charlotte. »Was fällt Ihnen auf? Achten Sie auf das Gesicht!«

»Nüscht«, kam es von Maria knapp.

Frau Kaufmann rollte mit den Augen. »Seine Brillengläser besitzen keine Sehschärfe.«

»Ist dit wichtig?«

»Im Moment nicht, später vielleicht schon.«

»Und woher wissen Sie dit?«

»Nun, als wir vorhin in die Bücherei gingen, lief er an mir vorbei, dabei sah ich ihm ungewollt hinterher und bemerkte das Glas seiner Brille. Normalerweise kann man einschätzen, ob ein Träger kurz- oder weitsichtig ist. In seinem Fall sah ich keinen Unterschied, was mich zunächst nicht weiter störte. Doch wenn man nach einer Erklärung sucht, kommt man unweigerlich zum Schluss, dass er etwas damit bezweckt. Wie zum Beispiel unbeholfen wirken, respektive Frauen beeindrucken wollen.«

»Respekt… wat? Na och egal. Blödsinn. Dit hat der nicht nötig. Die Weiber fliegen och so auf den.«

Charlotte fixierte Maria derart, dass es ihr unangenehm war.

»Wat ist? Is meine Nase dreckig?«, fragte sie irritiert nach.

»Nein im Gegenteil. Sie haben mich auf eine Idee gebracht. Ich glaube, ihm geht es weniger um Frauen, sondern um …«

»Um wat? Jetzt reden Sie schon.«

»Später Maria, später. Machen wir uns an die Arbeit. Sprechen Sie jetzt mit Michael Hard.«

Ick könnt die lynchen. Sabbeln, ohne wat zu sagen, konnte ick noch nie ab. »Und wie stellen Sie sich dit vor? Der Mann ist Amerikaner, wie soll ick mit dem quatschen?«

Charlotte wandte sich Maria zu, bevor es zu dem Russen ging. »Natürlich Deutsch. Lesen Sie keine Boulevardzeitungen? Seine Großmutter war eine Deutsche. Hard hat sie in den Ferien oft besucht. Er wird Sie verstehen.« Danach lief Charlotte gemächlich zu Koppolew, der telefonierte. Sein lautes »Sascha? Net? Pochemu on?«, verstand sie gerade noch und übersetzte es mit *Nein? Warum er?*

Als er sie näher treten sah, wandte er sich ab und schaute während des Telefonierens aus dem Fenster. Seine Stimme wurde leiser, doch die Rentnerin ließ sich davon nicht beirren. Beherzt trat sie an eines der Bücherregale, die jeweils rechts und links vom Fenster standen und tat, als suchte sie ein Buch. Immerzu nahm sie eines aus dem Regal, blätterte darin und stellte es zurück an den angestammten Platz. Gleichzeitig ließ sie den Mann nicht aus den Augen, der zwischen den Bücherzeilen gut zu erkennen war. Nach der Gestik zu urteilen, hatte ihn irgendetwas aufgeregt. Zumindest schüttelte er den Kopf und ballte eine Faust, mit der er sich ständig gegen den Mund schlug. Als er das Gespräch beendet hatte, schaute er eine Weile auf die Nordsee, von der man jedoch nur noch wenig sah. Die Finsternis hatte sie längst im Griff.

Plötzlich vernahm Charlotte, noch immer versteckt hinter den Büchern, ein dumpfes Geräusch, das sie hellhörig werden ließ. Es war monoton wie ein Hämmern. Neugierig schritt sie aus dem Gang, um nach dem Rechten zu sehen. Das Bild, das sich ihr offenbarte, schockierte sie. *Was ist denn in den gefahren?* Koppolew schlug wie wild mit dem Kopf gegen die Scheibe, worin sie den passenden Moment sah, mit ihm zu sprechen.

Mütterlich legte sie die Hand auf sein rechtes Schulterblatt. »Was ist passiert?«, fragte sie und bewunderte die Muskeln. *Mhm, der Tote war von ähnlicher Statur. Nadine meinte, er würde ihn nicht kennen? Na, dem fühle ich mal auf den Zahn.*

Koppolew zuckte zusammen, schüttelte sich, als wollte er ihre Hand loswerden, die ihn jedoch festhielt.

»Sie werden sich wehtun. Benötigen Sie Hilfe?« Charlotte blieb hartnäckig. Irgendwie musste sie ihn ermuntern, etwas von sich preiszugeben. Der Augenblick schien günstig.

Koppolew tat, als würde er sie nicht verstehen, was die alte Dame zum Anlass nahm, ihr Anliegen zu wiederholen. »Wer ist Sascha?«, wollte sie wissen.

Der Russe wandte sich ihr langsam zu. »Wieso fragen Sie?«

Der sieht gar nicht gut aus. »Ach, Sie erwähnten den Namen am Telefon.« Charlotte ließ nicht locker.

»Drug.«

Drug? Er spricht russisch. »Sie sprechen von einem

Freund?«

Koppolew nickte mit einem unmerklichen Brummen.

»Ein guter?«

»Ochen' khorosho.«

»Es tut mir leid, ich kenne zwar ein paar russische Wörter, aber im Alter fällt es schwer, sich daran zu erinnern. Vielleicht reden wir besser Deutsch, das verstehen Sie doch oder?«

Der Mann stimmte ihr zu. »Er war mein bester Freund.«

»War?«

»Ja, er ist tot.«

»Oh, das tut mir leid. Woran ist er gestorben?«

Koppolew bekam feuchte Augen. »Er wurde ermordet.«

Sehe ich da eine Träne? Demnach stand ihm der Mann sehr nahe. Charlotte sah ihn überrascht an und legte die flache Hand auf den geöffneten Mund. Ein wenig Schauspiel würde dem Ganzen eine glaubwürdige Note verleihen. Dass sie derartige Nachrichten des Öfteren vernahm, hatte ihn nicht zu interessieren. »Um Gottes willen. Wer tut denn so etwas?«

»Das weiß ich nicht. Aber ich finde es heraus. Derjenige wird das Gleiche erleiden wie Sascha.« Der Russe schweifte langsam ab, was Charlotte zum Anlass nahm, nachzufassen: »Und wenn es die Mafia war?«

»Hier auf Sylt?«, widersprach er vehement und ärgerte sich sogleich über seine Sätze. »Entschuldigen Sie mich bitte, ich sollte noch ein Telefonat führen.«

Charlotte willigte ein, weil sie erfahren hatte, was sie interessierte. Koppolews Worte waren dahingehend eindeutig. *Demnach war Nadines Vermutung richtig. Der Tote sieht nicht nur diesem Milliardär ähnlich, die beiden waren sogar Freunde. Gute, wie ich verstanden habe. Doch wieso hat Koppolew dann erzählt, er würde ihn nicht kennen? Merkwürdig.*

Während Charlotte überlegte, hatte Maria den Schauspieler in ein Gespräch verwickelt und plauderte mit ihm über ein Naturprojekt, das er ins Leben gerufen hatte. Dabei ging es um die globale Erwärmung sowie die Auffassung mancher, sich als überlegene Lebensform die Erde untertan machen zu wollen, was er vehement ablehnte. Hard war ein Mensch wie du und ich, wie sie rasch feststellte. Auch von Deutschland redeten sie und von seinen Vorfahren, welche aus dem Land der Dichter und Denker stammten.

»Sagen Sie mal«, fasste Maria sich ein Herz, ihm eine Frage zu stellen, »wat hat dieser Koppolew mit Ihrem Projekt zu tun? Is der och in der Filmbranche?«

Hard schaute die alte Dame mit verschmitztem Lächeln an, während seine stahlblauen Augen funkelten. »Kommen Sie etwa aus Berlin?«, wartete er mit einer Gegenfrage auf und erntete sofort ein zustimmendes Nicken. »Wow, dort habe ich gute Freunde«, kam er ins Schwärmen und machte sich bereits Gedanken über die Antwort. »No, er finanzierte den Film. Allerdings flossen die Einnahmen in dunkle Kanäle statt in die Wiederaufforstung des bolivianischen Regenwaldes.«

»Aha? Dit is unverschämt. Den würde ick lynchen«, bemerkte sie frech, um zu erfahren, wie er zu Koppolew stand.

Hard, der ihr nicht folgen konnte, fragte nach: »Töten?«

»Yes Sir«, betonte Maria energisch. *He, ick kann Englisch.*

Der Amerikaner lächelte, als stünde er vor der Kamera und sagte: »Never ever. Ich bin doch kein Mörder. Das muss jeder mit seinem Gewissen vereinbaren. Wie wär's? Soll ich uns ein Glas Champagner holen?«

Ne bloß nicht. Dieset Kribbelwasser ist ekelhaft. »Champagner? Jerne.« *Nippe ick eben am Becher. Der ist voll nett. Den würde ick uf der Stelle adoptieren. Dit is 'ne ehrliche Haut und keen Krimineller. Muss ick gleich Charlotte berichten. Aber wo ise denn wieder? Ick kann die nirjends sehen. Und wenn die? Blödsinn. Bestimmt ise nur uf'm Topp.* Voller Anspannung schaute Maria sich um und brachte sich in Position, als sie ihre Bekannte dann kommen sah. »Wo waren Sie denn? Ick habe Sie die janze Zeit jesucht«, begann sie vorwurfsvoll. »Also dieser Hard is keen Verbrecher. Den können wir verjessen. Außerdem macht der voll in Umwelt. Der liebt die Natur. Ne, Charly, den streichen wir von der Liste. Und wat haben Sie herausjefunden?«

Charlotte japste wie ein Fisch auf dem Trockenen, nicht weil sie außer Atem war, sondern weil sie nicht die Möglichkeit bekam, zu sprechen. »Sind Sie fertig? Ja? Prima! Das freut mich. Langsam kommen wir unserem Ziel näher.« Sie stellte sich dicht neben Maria, sodass sie ihr grässliches Eau de Toilette riechen konnte. *Pfui Deifel. Jetzt hat sie Geld und spart immer noch an den schönsten Dingen.* »Das dachte ich mir. Somit haben wir zwei Verdächtige weniger.«

»Wieso zwei?«, widersprach Maria.

»Gräfin von Hardenberg, der ich von Anfang an keinen Mord zugetraut habe, und Michael Hard. Übrigens, die Tschekow hat das Opfer gekannt.«

»Welches?«

»Den Russen. Ich bin mir sicher, dass er mit Vornamen Sascha heißt.«

»Sascha? Wissen Sie, wie viele bei denen so heißen? Unzählige. Dit is wie bei uns mit Michael, Uwe oder Hans. Mann, Charly, haben Sie nix Besseres zu bieten?«

Frau Kaufmann war sich dessen bewusst und entschied umgehend, mit Alina Tschekow zu reden, noch bevor der Abend zu Ende ging.

Frau Tschekow starrte regungslos auf die Staffelei und war in Gedanken, als Charlotte sie von hinten ansprach. Sie räusperte sich. »Was glauben Sie, wer wird das Gemälde ersteigern?« Mit gerunzelter Stirn schaute sie ebenso darauf.

Die Russin drehte sich der alten Dame zu.

Danach zuckte sie mit den Achseln und griff sich nachdenklich ans Kinn.

Ich muss sie in ein Gespräch verwickeln, grübelte Charlotte. »Gehe ich recht in der Annahme, dass sich solch ein Meisterwerk nur noch ein Milliardär leisten kann?«, versuchte sie, mit einer neuen Frage aufzuwarten, jedoch ohne Erfolg. Für einen Augenblick erwog die Rentnerin ernsthaft, die einseitige Unterredung zu beenden, als Frau Tschekow unerwartet zu antworten begann: »Tja leider. Für mich gehört das Gemälde in ein Museum. So ist Moblier nun mal. Für ihn zählt der Gewinn. Das ist hier nur eine Farce. Ein Schauspiel, zu dem er geladen hat. Schauen Sie sich doch mal um! Hier ist jeder vermögend, aber keiner wie Koppolew. Unter uns, er ist der Einzige, der sich das Kunstwerk überhaupt leisten kann. Und er wird es kaufen. Sie werden sehen. Die Unterbrechungen dienen nur einem Zweck. Sie sollen neugierig machen und den Preis in die Höhe treiben. Ergo, Mobliers Gewinn steigt.«

Charlotte schaute sie überrascht an. Mit derartiger Redseligkeit hatte sie nicht gerechnet und beschloss, diese zu nutzen, indem sie laut überlegte: »Dieser Koppolew ist nicht besonders beliebt. Habe ich recht?«

»Beliebt?« Die Russin sah in seine Richtung und winkte ab. »Den mag hier niemand. Man sollte sich aber besser nicht mit ihm anlegen. Er ist gefährlich und verfügt über beste Beziehungen zur Mafia.«

Charlotte vermutete Derartiges bereits. »Sagen Sie, erwähnte Koppolew kürzlich den Namen Sascha?«

Alina Tschekow blieb stumm stehen, den Blick wieder

auf das Gemälde gerichtet. »Sascha? Ich glaube, seinen Schatten nennt er so«, sagte sie, ohne Charlotte anzusehen.

Schatten? »Sie sprechen in Rätseln, Verehrteste.«

»Er begleitet Oleg auf den Reisen und ist für das Organisatorische verantwortlich. Wieso interessiert Sie das?«, wollte Alina Tschekow wissen.

»Ach, die Neugier einer alten Frau. Ich hoffe, ich habe Sie damit nicht belästigt.«

Die andere sah sie an und ihr Lächeln war Antwort genug.

15. Die andere Seite

Selzer schaute auf das Gesicht von Hübner. Die Übertragung war instabil, sodass die Videoaufnahme ein wenig flackerte und zeitversetzt bei ihm ankam.

»Na Chef, wie geht's Frau Andres? Haben Sie Beweise, die sie entlasten?«, fragte Hübner, dessen Bild rechts oben auf Selzers Display flimmerte.

»Kaum der Rede wert. Uns bleibt nur noch das Wochenende. Am Montag soll Nadine verhaftet werden. Deshalb auch mein Anruf. Sie müssen etwas für mich erledigen. Setzen Sie sich an den PC und suchen Sie mir alles über einen gewissen Oleg Koppolew. Und wenn ich sage alles, meine ich alles. Mich interessieren seine Liebschaften, Familie und Geschäfte. Im Internet erfährt man wenig Privates. Es wird dort alles beschönigt. Dem Typ gelingt es, sich darin eine weiße Weste zu verschaffen, obwohl das schier unmöglich ist.« Während er sprach, lief er im Zimmer auf und ab, mit dem Ergebnis, dass Hübner ihn kaum noch verstand.

»Bleiben Sie bitte stehen. Die Verbindung ist nicht die beste. Nicht dass sie abbricht. Also ich wiederhole.«

Selzer nickte, was sein Mitarbeiter nicht sah.

»Hallo? Haben Sie mich verstanden?«, fragte Hübner nach, was Selzer mit »Ja« bestätigte. »Meine Frau wird not amused sein, aber sie wird es verstehen. Bis wann kann ich Sie zurückrufen?« Insgeheim war Hübner froh, aktiv werden zu dürfen.

»Solange es notwendig ist. Und sonst? Alles ruhig am Bodensee?«, schnaufte Selzer.

»Ja. Keine besonderen Vorkommnisse. Ich soll Sie von Herrn Hufnagel grüßen. Ich glaube, der langweilt sich auch.«

»Auch?«

»Na ja, Sie wissen schon. Akten sortieren, ist auf Dauer langweilig. Aber muss halt gemacht werden.«

»Höre ich da eine gewisse Wehmut heraus?«, hinterfragte Selzer mit schelmischem Lächeln.

»Unter uns, mir ist es zu ruhig. Ich mache mich gleich an die Arbeit. Vielleicht werde ich im Polizeicomputer fündig. Ob ich die Kollegen von Interpol am Samstag erreiche, weiß ich nicht, aber ich versuch's.«

»Gut, dass Sie das erwähnen. Halten Sie zunächst den Ball flach. Koppolew verfügt über Beziehungen bis in die höchsten Kreise. Eine Anfrage bezüglich seiner Person könnte eher schaden. Wir wollen doch keine schlafenden Hunde wecken. Ich hatte die Ehre, diesen Mann kennenzulernen. Mit dem ist nicht zu spaßen. Ach, und noch etwas, seien Sie vorsichtig. Sprechen Sie mit niemandem darüber, ebenso wenig mit Ihrer Gattin.«

»Geht klar, Chef. Endlich gibt's was zu tun.«

Man unterbrach die Aufnahme.

»Tilo, kommst du zum Essen«, hörte Hübner seine Frau rufen, gerade als er sich in das Lesen am Computer vertieft hatte. Zunächst hatte er als Suchbegriff Oleg Koppolew vorgegeben und bekam mehr als 95.000 Ergebnisse, die er unmöglich durchforsten konnte. Er las über dessen Geschichte, die Ausbildung, dem Milliardenvermögen, den Besitztümern und sogar von der Fußballmannschaft, die er sein Eigen nannte, bis Hübners Frau ihn erneut rief. Nur energischer, was ihn bewog, sie in leisen Tönen zu verfluchen. »Verdammt, ich komme ja gleich! Kann man denn nicht einmal in Ruhe recherchieren? Der Russe muss sich damit sicher nicht herumärgern. Moment mal ...«, stoppte Hübner seine Unterredung mit sich selbst und stellte ein paar Überlegungen an. *Koppolew hat drei Kinder von zwei Frauen. Aber nur von einer ist im Netz die Rede, Irina. Und wieso nicht von der ersten?* Hübner erhob sich vom Stuhl, postierte sich hinter diesem und umfasste die Lehne. Nachdenklich blickte er auf den Bildschirm, der ein Foto des Oligarchen samt Gattin zeigte. *Was verbirgst du?*, ging es ihm durch den Kopf, auch noch während er die Bürotür öffnete und gedankenversunken in das Wohnzimmer lief. Dort angekommen, wartete man bereits auf ihn.

»Papa, kannst du nicht einmal pünktlich sein?«, prallte der Vorwurf der Jüngsten an ihm ab, dem er gerne mit einer Antwort aufgewartet hätte. Stattdessen lächelte er die Kritik weg, genau wie den Blick seiner Frau.

Man schöpfte Suppe aus der Terrine.

Hübner verzog den Mund. *Bouillon am Samstagabend. Bei anderen gibt es einen Braten und bei uns?*

»Na, ist dir offenbar zu wenig«, hörte er die Gattin sagen, die sich gleichfalls dafür rechtfertigte: »Tja, so ist das mit Kindern, Haushalt und Hausaufgaben. Da bleibt kaum Zeit für Kulinarisches. Hättest du mit angepackt, sähe unser Abendessen anders aus.«

Mann, das hat mir noch gefehlt. Oder soll ich ihr …? Nein. »Tut mir leid. Ich habe einen Zeitungsartikel gelesen, der mich betroffen gemacht hat. Darin verschweigt ein Kerl seiner neuen Ehefrau, dass er schon einmal verheiratet war. Das ist doch heutzutage nichts Verwerfliches.« Hübner war kein Vorzeigevater und würde bei einem Wettbewerb für den besten aller Väter den hintersten Platz belegen, aber die Familie zu verleugnen bei einer Wiederheirat, käme für ihn nie infrage. Immerhin gehörte auch diese zur Verwandtschaft. Und Blut war bekanntlich dicker als Wasser.

»Tilo, das ist doch ganz einfach. Entweder hat er das Geld beziehungsweise sie. Besitzt er es, legt er die

Marschroute fest, und hat sie es, ist es umgekehrt. Mit anderen Worten, manche Männer, gerade die, die in der Öffentlichkeit stehen, mögen es nicht, ihre weiße Weste zu beschmutzen. Vielleicht ist es eine Prostituierte oder eine aus der Gosse, für die er sich schämt.«

Hübner schaute sie mit großen Augen an und dachte darüber nach. *Das ist derart simpel, dass es wehtut. Also suchen wir einen schwarzen Fleck auf der weißen Weste. Und wo findet man den? Im Milieu,* was aber nicht seinen Kontakten entsprach. Kurzerhand rief er Selzer zurück, der seinerseits über jene verfügte.

***

New York, noch am gleichen Tag

Bevor er hineinging, schluckte er kurz, atmete tief durch und mischte sich unter die zahlreichen Besucher des Guggenheim Museums, die langsam das Gebäude verließen. Er mochte das Haus seiner Architektur wegen, das ihn mehr an eine Schnecke erinnerte, statt an einen Ort der Kunst. New York war eben anders und das Bauwerk an der Fifth Avenue im Stadtviertel Upper East Side von Manhattan, zwischen Central Park und East River, ebenso.

Doch anstelle sich der Ausstellung zu widmen, lief er an den Gemälden vorbei. Suchend schaute er sich um. In einem der Räume entdeckte er den Mittelsmann, dem er zunickte, um dann wieder zu verschwinden. Die winzige Kamera, die in seinem Jackenaufschlag versteckt war, zeichnete die flüchtige Begegnung auf. Immerhin war er Profi und wusste, dass es ihm irgendwann nützte. Danach verließ er das Museum und spürte sein Handy vibrieren, das in der Jackentasche steckte. Zunächst vermutete er seinen Auftraggeber mit weiteren Instruktionen, bis er die Initialen DS auf dem Display las.

»Dan? Sag bloß«, sprach er, das Telefon vor dem Gesicht haltend und die Upper East Side Richtung Central Park laufend.

»Ja, ich bin's. Kannst du mir einen Gefallen tun?«, antwortete Selzer in knappen Worten, ohne persönlich zu werden. Im Anschluss formulierte er seinen Wunsch, den der andere kopfnickend entgegennahm. »Ich bin Koppolew ein paar Mal im Klub begegnet. Eigentlich ein ganz sympathischer Typ, wenn er mich nicht angemacht hätte. Danach war es mit der Ruhe vorbei. Ich muss ihm zu deutlich signalisiert haben, dass er nicht mein Typ ist. Es ging Monate, bis er von mir abließ.«

Selzer verstummte für ein paar Sekunden. »Du meinst, er ist schwul?«

»Nein, eher bi.«

»Weißt du etwas von seiner geschiedenen Frau?«

»Nicht viel. Nur dass die beiden eine Tochter haben, die bei ihm aufwächst.«

»Und sonst nichts?«

»Warte, ich muss über die Kreuzung. Du kennst doch die Stadt, wenn du hier nicht aufpasst, wirst du überrollt.« Im Hintergrund hörte man es hupen.

»Mhm, ich erinnere mich gerne an unsere Zeit. Halte bitte das Handy in Richtung Straße!« Selzer vernahm den Großstadtlärm sowie das typische Geräusch der Krankenwagen, die niemals zur Ruhe kamen. Selbst in der Nacht standen die Sirenen nicht still. »Das ist Musik in meinen Ohren«, sagte er wehmütig.

»Weißt du, wie sie heißt?«, erkundigte sich der New Yorker.

»Nein. Aber sie ist keine Russin.«

»Gib mir etwas Zeit, vielleicht kann ich dir helfen.«

»Sicher?«, fragte Selzer.

»Du kennst mich doch.«

»Genau, das ist es ja, was mir Angst macht.«

»Dan? Wie lange sind wir schon befreundet? Eine Ewigkeit. Ich riskiere nicht Kopf und Kragen wegen dem. Wenn meine Quelle etwas weiß, wird sie es mir sagen. Falls nicht, muss man das akzeptieren. Wieso der Mann von Interesse ist, sollte ich wohl besser nicht fragen?«

»Stimmt. Trotz allem hast du mir geholfen. Grüß mir Manhattan.«

»Mach ich. Pass auf dich auf! Komm mal wieder nach New York. Der alten Zeiten wegen.«

Als man aufgelegt hatte, wurde Selzer melancholisch und träumte sich in jene Zeit zurück, in der er als Profiler einige Wochen dort gelebt hatte.

***

Nadine starrte auf die Uhr. Das Ticken machte sie nervös. Außerdem erwartete sie einen Anruf. *Wieso meldet sich Charlotte nicht? Ob den beiden etwas zugestoßen ist? Und dann das merkwürdige Telefonat von Daniel oder sollte ich besser Dan sagen. Ich wusste gar nicht, dass er in New York gelebt hat.*

»Jetzt schau nicht so. Weiß ich alles von dir?«, fragte Selzer.

Sie lächelte ihn süßlich an. »Das hätte ich dir gesagt. Manchmal werde ich aus dir nicht schlau. Wer war das am Telefon?«, wollte Nadine wissen.

»Besser ich sage es dir nicht. Bezeichnen wir ihn als Informanten. Er wird uns helfen. Haben sich die Damen gemeldet? Nicht? Mittlerweile geht es auf 22.00 Uhr zu.«

Nadine fühlte sich innerlich wie zerrissen. Sie konnte weder einen klaren Gedanken fassen noch einen neuen hervorbringen. Sie fühlte sich wie ein Stück Holz, das im Wasser trieb und von den Wellen mal nach rechts und dann wieder nach links geschoben wurde. Egal, wohin es floss, es kam nie am anderen Ufer an. Langsam ging ihr die Energie verloren, sich gegen den Strom zu wehren. Irgendwie klappte nichts. Das Ungewisse um die Rentnerinnen machte sie mürbe sowie die Halbwahrheiten von Selzer, mit denen sie wenig anfangen konnte. Es war wie ein Puzzle, in dem ein Stück fehlte. Egal, welches Teil man griff, es war stets das falsche. Resigniert schnaufte sie hörbar durch und hoffte auf einen richtungsweisenden Wink in Form eines Anrufes oder einer Idee Selzers.

Zehn Minuten vergingen, bis sie zur Ruhe gefunden hatte. *Was soll's? Dann gehe ich eben ins Gefängnis. Hauptsache, es passiert etwas. Ich bin unschuldig und die Wahrheit wird es ans Tageslicht bringen.*

Als sie sich von allem gelöst hatte und bereit war, ihrem Schicksal gegenüberzutreten, klingelte Selzers Handy, das er ohne namentliches Melden an sein Ohr presste. Dem Nicken nach war er mit der Antwort zufrieden, die er jedoch nicht preisgab. Stattdessen forderte er von Nadine, umgehend Charlotte anzurufen.

Die Seniorin schien auf den Anruf gewartet zu haben. Als es klingelte, nahm sie erfreut das Mobiltelefon aus der Tasche. Tattrig drückte sie auf die Annahmetaste und wackelte ungläubig mit dem Kopf. »Hach neumodischer Kram. Verstehe einer diese Dinger.« Neugierig sah sie sich um, wer von den Anwesenden das Gespräch mitverfolgen konnte. Immerhin bezweckte sie etwas damit. »Charly, man wieso meldest du dich nicht?«, vernahm sie den Vorwurf ihrer jungen Freundin. »Und, habt ihr was für mich?« Die Rentnerin sah sich um, erst dann antwortete sie: »Jaja Kindchen, haben wir. Und was macht die Schule?«

Nadine kam ins Stocken, überlegte und sagte: »Hören die anderen mit? Wenn ja, sag jawohl«, was die alte Dame sogleich tat. »Gut, hör zu! Oleg Koppolew ist das zweite Mal verheiratet. Seine erste Frau stammt nicht aus Russland. Vielleicht kannst du etwas über sie in Erfahrung bringen. Die Verbindung wird im Netz totgeschwiegen. Ach, und er hat eine Tochter aus dieser Ehe.«

Charlotte bekam große Augen. »Gut Kindchen, ich bespreche das mit deinem Vater. Jetzt musst du ins Bett.« *Mist. Sie weiß nichts von Sascha. Das sollte sie aber. Mhm, wie sage ich es meinem Kinde? Per SMS.* Nachdem man aufgelegt hatte, verfasste sie noch eine Nachricht an Nadine.

Name des Toten: Sascha. Koppolew war mit ihm liiert.

Nadine las das und wusste dank Selzer, um was es ging. Demnach stimmte es, Koppolew war bisexuell. Aufgeregt unterbreitete sie Daniel ihr Wissen und erntete ein müdes »Sascha heißt in Russland jeder Zweite. Was wir benötigen, ist ein Familienname. Ohne den können wir nichts ausrichten.«

Selzer hatte wie so oft recht. Dennoch fielen zwei Namen. Sascha und Mila Nilström. Ein nicht unerheblicher Fakt, weil es sich hierbei um einen Mann sowie eine Frau handelte, genau wie bei den Opfern. Doch an einen derartigen Zufall glaubte Nadine nicht. Was sie benötigte, war jemand, der einen von beiden kannte und in der Lage war, sie zu identifizieren. Der Einzige, der ihr einfiel, war Koppolew selbst. Zudem war bisher noch nicht sein Alibi geprüft worden, was Gelegenheit bot, hier anzusetzen. Sollte er die Taten begangen haben, schützte ihn auch das Vermögen nicht. Der Oligarch weilte auf der Insel und war somit zu den Tatzeiten vor Ort gewesen. Doch jetzt, zu später Stunde, wollte sie ihn damit nicht behelligen. Morgen bot sich ebenso eine Gelegenheit.

Nadine vermied es, auf Daniels Gesicht zu sehen, daher war ihr Blick zunächst auf seine Füße gefallen, die sie auf

Anhieb mochte. Wohlgeformt und schmal gewachsen. Wie ein Adonis lag er vor ihr mit Jeans, engem T-Shirt und barfüßig. Ein Anblick, den sie bei passender Gelegenheit gerne ausgenutzt hätte, entweder, indem sie sich neben ihn gelegt hätte oder kesserweise direkt auf ihn. Doch jetzt war wie so oft nicht der geeignete Moment.

»Lass uns morgen Moblier einen Besuch abstatten. Dabei sollten wir Koppolew nach seinem Alibi fragen, vorausgesetzt er ist bei ihm. Er ist der Einzige, der helfen kann, die Toten zu identifizieren.« *Daniel, wenn ich jetzt könnte, wie ich wollte, dann würde ich …*

Selzer sah Nadines Funkeln in den Augen und ergriff ihren Arm, um sie kurzerhand an sich heranzuziehen. Ihr Sträuben schwand schnell und hinterließ bei ihm ein Lächeln. Er drückte ihr einen Kuss auf den Mund, verharrte für Sekunden in der Stellung, bis sie es nicht mehr aushielt und ihn energisch zu küssen begann.

Jetzt oder nie.

Seinem Wunsch folgend, legte sie sich auf ihn und spürte Daniels muskulösen Körper sowie den männlich herben Duft, der sie wie Eis dahinschmelzen ließ. *Gott wie kitschig.* Egal, wie man es nannte, es war schlicht und ergreifend schön.

Erregt fuhr er unter ihren Pullover, streichelte den warmen Rücken und öffnete den Verschluss ihres BHs. Danach zog er die Wäsche über ihren Kopf und schmiegte sich an sie, bis sein Handy ertönte.

So ein Mist, dachte sich Nadine und hätte das Klingeln gerne ignoriert, doch die Umstände ließen es nicht zu. Immerhin war ihre Situation alles andere als vielversprechend. Trotzdem war sie der Versuchung erlegen, mit Daniel zu schlafen. Und wenn es nur dieses eine Mal gewesen wäre. Sie liebte ihn und wollte es mit jedem Quadratzentimeter ihres Körpers beweisen.

»Selzer«, rief er barsch in den Hörer, um dem anderen zu signalisieren, dass es unpassend war.

»Oh, habe ich gestört?«, vernahm er eine ihm bekannte Stimme, über die er sich zwar freute, diese aber gerne erst ein paar Stunden später gehört hätte. Doch die Dinge liefen anders als gewünscht.

Selzer stöhnte. »Ja, durchaus.«

»Eine Frau, nehme ich an. Was Ernstes?«

»Ja«, stimmte er ohne Nachdenken zu und sah in Nadines kastanienbraune Augen, die ihm seit der ersten Begegnung in der Berliner U-Bahn nie wieder aus dem Sinn gegangen waren. Tiefdunkel, gleich einem See, nicht wissend, wie weit man tauchen musste, um an den Boden zu gelangen. Und genau das liebte er an ihr.

»Gut, dann will ich nicht lange stören. Ihr Name ist Mila Nilström. Sie ist Schwedin und lebt in Stockholm. Ihr Geld verdient sie angeblich mit Modeln.«

»Hast du ein Foto von ihr?«, fragte Selzer.

»Nein, alle Bilder wurden entfernt.«

»Das ergibt keinen Sinn, wenn sie als Model arbeitet.«

»Das habe ich mich auch schon gefragt.«

»Demnach geht sie dem horizontalen Gewerbe nach«, schlussfolgerte Selzer.

»Richtig. Der Ehevertrag sah bei Untreue keinerlei Unterstützung vor. Koppolew nahm die gemeinsame Tochter und steckte sie in ein Schweizer Internat. Ohne sein Geld blieb der Nilström wohl nichts anderes übrig.«

»Aber wieso, der Typ ist Milliardär?«

»Tja, wahrscheinlich hat er sie abgöttisch geliebt oder er wollte sie geschickt loswerden, um wieder zu heiraten.«

Nach den Worten war Selzer die Lust auf Sex vergangen. Die Stimmung war dahin. Zudem durchwanderte ihn eine Sache. *Wieso hat der Russe seine Exfrau derart mies behandelt? Gab es schon damals diesen Sascha? Und weshalb hat er erneut geheiratet?* Gut, die zweite Frage war leicht zu beantworten. Koppolew musste den Schein wahren. *Und wenn Mila Nilström ihm hatte gefährlich werden können und deshalb aus seinem Leben verschwinden sollte? Er hätte sie doch auch …?* An diese Möglichkeit wollte Selzer partout nicht denken. Andererseits war sie die Mutter seiner Tochter. Früher steckte man Dissidenten nach Sibirien, heute tat man das subtiler.

***

Inzwischen waren alle Gäste des Kunsthändlers unverrichteter Dinge zu Bett gegangen. Sein Bild hatte er immer noch nicht verkauft. Es war Mitternacht geworden und niemand war auf dem Flur zu sehen, bis eine Tür knarrte und eine Frau in weißem Nachthemd sich aus dem Zimmer schlich, um in der Küche nach etwas Essbarem zu schauen. Das Fünf-Gänge-Menü hatte nicht lange vorgehalten, sodass der Magen knurrte.

»Ick kiek mal im Kühlschrank«, sagte die Berlinerin leise vor sich hin, während sie in die Küche schlich. Sie ließ das Licht aus, um unbemerkt zu bleiben. Und sie hatte Glück. Ein paar Häppchen waren übrig geblieben und schrien förmlich nach ihr. Kurzerhand nahm sie den Teller aus dem Fach und suchte sich ein Plätzchen im nahe gelegenen Esszimmer, bis sie plötzlich von einem fremdländischen Schimpfen gestört wurde. Jemand sprach Russisch und Maria wusste, wer es war. *Schiete, wenn der mich hier sitzen sieht. Ach, dann warte ick eben, bis der verschwindet. Kann ja nicht so lange dauern.*

Koppolew telefonierte.

Und Maria verstand kein Wort.

Als sie aufgegessen hatte und entschlossen war zu gehen, hörte sie ihn laut und deutlich sagen: »Yego zovut

Sascha Minnowitsch!« Danach flog eine Tür ins Schloss und die Berlinerin ahnte, wer damit gemeint war. »Ick, ick werd verrückt. Dit muss ick gleich Charly flüstern. Die Jute wird Augen machen. Da sag mal einer, Zufälle jibt's nicht.«

16. Arme Reiche

»Uffwachen!« Maria schüttelte Charlottes Arm, bis sie erwachte und gähnend zu ihr aufschaute. »Wieso wecken Sie mich? Ich habe endlich tief geschlafen und sogar geträumt.« Sie rieb sich die Augen und sah ihre Bekannte an, deren Haar zerzaust war. Dazu steckte sie in einem weißen Nachthemd und ähnelte einem Geist. Ungewollt nötigte Maria Charlotte ein Lächeln ab und sorgte damit für bessere Stimmung. »Mann, wo hat dieser Moblier bloß die scheußlichen Nachtgewänder her?«

Wat soll die Frage? »Mir hat der jesagt, dit wären janz teure. Aber deshalb habe ick Sie nicht geweckt. Ick muss Ihnen wat sagen, und zwar sofort.«

»Was gibt es denn so Dringendes?«, fragte Charlotte müde und setzte sich aufrecht. »Können Sie nicht schlafen?« Gespannt schaute sie ihre Freundin an, die genervt mit den Augen rollte.

»Sie globen jar nicht, was ick grad jehört habe.« Die Arme begann vor Aufregung zu stottern. »Also ick, ick war in der Küche. Hatte wie immer Kohldampf und bin an den Kühlschrank. Kommt doch glatt der Russe vorbei, sieht mich nicht und beginnt zu telefonieren. Uf Russisch versteht sich. Ick hab mich dann janz stille uf 'nen Stuhl jesetzt und die Häppchen jefuttert. Und nun raten Sie mal, wat der jesagt hat?«

Charlotte bekam einen ernsten Gesichtsausdruck. »Haben Sie nicht gerade gesagt, er hätte Russisch gesprochen?«, stellte sie fest.

»Jetzt werden Sie mal nicht kleinlich. Ja. Aber als der von dem Sascha jesprochen hat, klingelten meine Ohren.«

Charlotte atmete tief durch. *Na, das kann dauern. Ich bin*

müde. »Und weiter?«, bemerkte sie sichtlich gereizt.

»Ick kenne jetzt seinen Namen, und zwar den janzen«, meinte Maria stolz.

»Ja?«

»Jaaa!«, kam es genervt retour.

»Und wie lautet er?«

»Sascha … Sascha …? Menno, wie hieß der noch gleich? Der klang wie von 'nem deutschen Schauspieler. Millo…?«, antwortete Maria, als würde sie singen.

»Meinen Sie Millowitsch?«

»Ja, jenau den. Nur war dit kein L, sondern ein N«, sie stockte kurz, »Minnowitsch? Jenau so hieß der. Minnowitsch!«

Charlotte presste die Lippen zusammen und nickte. »Mensch Maria, vielleicht handelt es sich bei dem Toten um diesen Sascha. Zumindest hat die Kripo jetzt einen Anhaltspunkt. Und wer wird den entscheidenden Hinweis liefern? Wie immer wir! Ich rufe Nadine an.«

»Jetzt noch?«, wunderte sich Maria.

»Jetzt noch!«

Nach dem Telefonat beschlossen die alten Damen, in die Bibliothek zu gehen, um sich einen Hochprozentigen zu gönnen. Immerhin meinte Charlotte, dort eine Bar gesehen zu haben. Auf den Schreck konnte sie sowieso nicht mehr schlafen. Doch zwei Gläser Portwein waren zu wenig, um betrunken zu werden. Daher gönnte man sich ein drittes und erfreute sich bester Stimmung.

»Hach, die Reichen haben's schön«, begann Maria Volksreden zu halten und Charlotte damit zu nerven. Ihr kam die Bemerkung unpassend vor, zumal die Berlinerin nicht klagen konnte, weil sie ebenfalls finanziell gut dastand. Ein Lottogewinn machte das möglich und sorgte für ein unbeschwertes Rentnerdasein. Eines, das viele in ihrer Generation nicht kannten.

»Na wenn das Ihre einzige Sorge ist«, bemerkte Charlotte alkoholisiert und wackelte mit dem Kopf. »Maria, lassen Sie uns zu Bett gehen«, lallte sie dazu.

Niemand nahm Kenntnis von den beiden, als sie den Flur entlangliefen. Kurz darauf ging eine Tür, die sich sogleich wieder schloss.

Ruhe kehrte ein.

Am nächsten Morgen erwachte Charlotte mit einem Brummschädel. Gleichzeitig bedauerte sie das letzte Glas, welches ihr diesen Zustand bereitet hatte, und verfluchte ihn. Andererseits was gab es zu bereuen? Wenn nur der Kopf schmerzte und sonst alles funktionierte, hatte man dank Alkohol einen geselligen Abend erlebt und somit sein Ziel erreicht. »Maria, haben Sie zufällig eine Aspirin?«, rief Charlotte leidend vom Bett.

»Ick? Tabletten? Ne, so wat brauche ick nicht. Schmerz kommt und jeht. Vielleicht hilft ja Kaffee«, hörte sie diese ebenso rufen.

Charlotte gähnte und hielt sich die Hand vor den Mund. »Ich hoffe es. Wissen Sie, woran ich die ganze Zeit denken muss?«, fragte sie und machte es spannend.

»Ne, woran?«, währenddessen tippelte Maria auf sie zu.

»Wir sollten in Erfahrung bringen, wer sich im Fischlokal zu Nadine gesetzt hat. War es Koppolew oder dieser Sascha?«

Maria verstand nur Bahnhof und schaute dementsprechend. »Und wenn es keiner von beiden war? Wäre doch möglich oder?«

»Möglich schon. Aber der türkische Kellner hat mir verraten, dass es sich möglicherweise um einen Russen gehandelt hat.«

»Na, dit kann ja nicht so schwer sein. Machen Sie ein Foto von diesem Koppolew und zeigen Sie es dem Ober.

Dann wissen Sie Bescheid.«

Charlotte haderte mit sich. »Ach, ich weiß nicht. Darum kümmern sich besser die jungen Leute. Wir haben Wichtigeres zu tun. Noch wurden nicht alle befragt. Was ist zum Beispiel mit dem Kunsthändler? In welcher Beziehung steht er zu Koppolew? Oder das Paar, das kaum redet? Maria, es gibt einen riesigen Fragenkatalog abzuarbeiten. Ohne Antworten verlasse ich nicht dieses Haus.«

Bitte nicht. Maria rieb sich mit der Hand über das Gesicht und griff sich durch ihr Haar. »Und wat soll dit bringen? Die mauern doch alle.«

»Da bin ich anderer Meinung. Von den Gästen hätte jeder einen Grund gehabt, Koppolew zu töten.«

»Sie sagen es. Und weshalb ist dann dieser Sascha ermordet worden? Verstehe ick nicht. Dit ist alles so verworren. Na, und dit mit der Toten will och nicht in meinen Schädel.« *Wenn Charly ihren Hintern nicht bald hochbekommt, verhungere ick noch. Die haben bestimmt janz tolles Frühstück, nur dazu müsste man erst mal am Tisch sitzen.*

»Dafür habe ich keine Erklärung, Maria. Aber die Männer kannten sich, das ist sicher. Und eine gewisse Ähnlichkeit lässt sich nicht leugnen. Finden Sie nicht?«

»Nö. Ick hab mir den Toten in Frau Andres Bett nicht so jenau anjekiekt. Wat ist jetzt mit Frühstück?« Maria ging provokativ in Richtung Zimmertür und legte ihre Hand auf die Klinke. »Kommen Sie?«

Charlotte war noch nicht so weit. »Gehen Sie schon mal vor, Verehrteste. Ich sollte vor dem Aufstehen erst telefonieren.«

»Okayyy«, tat Maria beleidigt und dehnte das Wort wie einen Kaugummi in die Länge. »Aber wenn Sie mich mit der Mischpoke zu lange alleine lassen, verschwinde ick aus dem Haus. Wes sowieso nicht, wat ick hier soll.« Maria drehte sich um und knallte die Tür hinter sich zu, was für Charlotte ein deutliches Zeichen war, sich kurzzufassen. Der Unmut ihrer Bekannten erschwerte das Denken und für Honig ums Maul schmieren hatte sie keine Zeit. Demzufolge hätte sie das Telefonat schnell tätigen müssen und entschied sich schließlich dagegen. Resultierend daraus quälte sie sich aus dem Bett und richtete sich für den Tag.

Etwa eine dreiviertel Stunde später verließ sie das Appartement und schritt kurz darauf die imposanten Treppenstufen hinab. Im Anschluss trat sie in den Salon.

Als Charlotte dort ankam und mit Marias bösem Blick zu rechnen war, war diese wieder Erwarten mit Oleg Koppolew in ein Gespräch vertieft. Er hörte ihr aufmerksam zu, bis sich plötzlich seine Miene verfinsterte und er wie von der Tarantel gestochen vom Stuhl hochschoss, um das Zimmer zu verlassen. Dass er Charlotte dabei anrempelte, bekam er nicht mit. Stattdessen sah sie ihm erstaunt nach und ging ein wenig ungelenk zu ihrer Bekannten hinüber. *Ich muss vorsichtiger sein. Was hätte da passieren können. Man hört immer wieder von Älteren, die stürzen und sich einen Oberschenkelhalsbruch zuziehen. Und dann ist nichts mehr, wie es war. Altsein ist schon schwer, aber sich nicht bewegen dürfen, ist fatal.* »Was ist denn in den gefahren?«, wollte sie mit zittriger Stimme wissen.

»Keene Ahnung. Ick habe den nur jefragt, wie er dit Restaurant fand. Sie haben doch jesagt, dass er dort war.« *Wie man's macht, iset falsch.*

Charlotte schaute skeptisch. »Und wie war seine Antwort?«, fragte sie im Glauben, wenig Interessantes zu erfahren.

»Der hat erzählt, das dit Lokal nichts für ihn sei, zu ville Leute, meint er«, antwortete Maria verunsichert. Sie hatte Koppolews Erregung nicht verstanden und suchte nach einer Erklärung, die sie nicht fand, bis sich Gräfin von Hardenberg mit einem Räuspern zu Wort meldete. »Das hätte ich Ihnen gleich sagen können. Der Gute verkehrt in anderen Lokalitäten mit weit weniger Publikum. Er bevorzugt eher Nobellokale anstatt Massenabfertigung.«

Die Konstanzer Rentnerin wurde hellhörig. *Wenn Koppolew nicht im Lokal war, war er vermutlich auch nicht Saschas Mörder. Ergo, er hat ein Alibi. Womit wir ihn aus dem Kreis der Verdächtigen zunächst ausschließen können. Ebenso spricht ein weiterer Aspekt für seine Unschuld. Nur dafür fehlen mir bisher Fakten. Ich sollte schleunigst mit Nadine reden, damit sie der Sache auf den Grund gehen kann.*

***

Wenningstedt, Restaurant Gosch am Kliff

»Beeil dich!«, rief Nadine Daniel nach, der in Richtung Parkplatz unterwegs war, weil er die Geldbörse auf dem Autositz hatte liegen lassen, während sie genervt vor der Eingangstür des Lokals ausharrte. Zum Protest hatte sie die Arme in die Seite gestemmt, was Selzer bei der Rückkehr ignorierte.

Er atmete zunächst tief durch, erst dann ging er auf sie ein. »Ruhig Blut. Der Mann hat versprochen, auf uns zu warten. Immerhin habe ich ihm ein paar Euros in Aussicht gestellt«, erklärte er und strich liebevoll über ihr Haar, das aufgrund der Witterung zu einem Zopf gebunden war.

Wind war aufgekommen sowie ein leichter Regen, der den Abstecher nach Wenningstedt zu einem unangenehmen Ausflug hatte werden lassen. Nur die Zeit kannte kein Erbarmen und rieselte wie Sand durch die schmale Öffnung einer Eieruhr.

»Und wenn der uns verarscht?«, entgegnete Nadine skeptisch.

»Was ist los? So kenne ich dich gar nicht. Entspann dich. Noch ist das Kind nicht in den Brunnen gefallen.«

»Ja, *noch* nicht. Mann, Daniel, mir geht der Arsch auf Grundeis. Meine Zukunft hängt von dieser Aussage ab. Ich will endlich erfahren, wer die Leute waren, die mich willenlos gemacht haben. Und vor allem warum?«

Selzer legte den Arm um ihre Schulter. »Lass uns reingehen. Hier zieht es wie Hechtsuppe. Versteh sowieso nicht, wie man hier leben kann. Ständig der Wind. Für mich wäre das nichts.«

Im Lokal herrschte noch Ruhe. Ein paar Kellner liefen umher. Einige dekorierten Tische, während andere Stühle zurechtrückten. Unter ihnen der junge Türke, den Nadine bereits kennengelernt hatte. Als der sie kommen sah, unterbrach er sein Tun, flüsterte mit jemandem, bis er sie schließlich nach draußen bat.

»Tut mir leid, der Boss sieht nicht gerne, wenn man mit Gästen redet. Wie kann ich helfen?«, fragte er in gebrochenem Deutsch und sah, dass Nadine ihr Handy aus der Tasche holte. »Erst Bares, dann Auskunft.«

Selzer, der damit gerechnet hatte, winkte mit einem Zwanzigeuroschein, den der Kellner mürrisch entgegennahm und in seine Hosentasche steckte. »Dann lassen Sie mal hören.«

Nadine kaute an der Lippe, während sie ihm das Foto des Toten vor die Augen hielt. »Kommt Ihnen der Mann bekannt vor?«

Der Kellner starrte verunsichert auf das Bild. »Ist der tot?«

Man nickte.

»Damit habe ich nichts zu tun.« Er bekam es mit der Angst. »Sind Sie von der Polizei?«, wollte er wissen und schluckte heftig.

Ein erneutes Kopfnicken folgte.

»Hören Sie, ich weiß nichts. Ich muss arbeiten.«

Selzer schaute ihn streng an. »Einen Moment noch. Sagen Sie uns erst, ob Sie ihn kennen«, forderte er in barschem Ton, der signalisierte, mit ihm war nicht zu spaßen, was den anderen bewog, Nadine anzuschauen. Sein Blick war eine Mischung aus Skepsis und Argwohn. »Mit dem waren Sie doch im Restaurant. Was ist das hier? Versteckte Kamera?« Der Kellner presste die Lippen aufeinander und verursachte ein schnalzendes Geräusch. »Wollen Sie mich verarschen?«

»Natürlich nicht. Ich hatte an jenem Abend zu viel getrunken, sodass ich mich am anderen Morgen an nichts mehr erinnerte. Und dann lag dieser Typ tot neben mir im Bett. Können Sie sich vorstellen, wie sich das anfühlt?«, versuchte Nadine, Mitleid zu erwecken, was ihr schließlich gelang.

»Das ist ein Scherz, oder?«

»Nein, ist es nicht. Überlegen Sie! Hat die Person mich angesprochen?«, hakte Nadine nach.

»Mhm? Könnten Sie das Foto noch mal zeigen?« Die Stimme des Mannes wurde weicher. Die Kriminalistin folgte seinem Wunsch, während er darauf starrte. »Bitte größer machen?« Der Türke trat von einem Fuß auf den anderen. Ihm war kalt und er wollte zurück ins Lokal. »Sehen Sie das?«, fragte er und wies auf eine kleine Tätowierung am Hals. »Ja, das ist er. Ich erkenne ihn wieder. Ich sollte dann …«

»Moment noch! Und wie ist es mit dem?«, erkundigte sie sich und zeigte ein Foto von Koppolew. »War der schon mal hier?«

Der Ober schaute kurz auf das Bild, um wie aus der Pistole geschossen zu sagen, dass er ihn nicht kannte. Seine Aussage wirkte glaubwürdig.

»Also nicht?«, wiederholte Nadine eher sich selbst fragend.

»Nein, sagte ich doch. Ich sollte dann wieder.«

Als der Kellner gegangen war, fühlte sich Nadine wie befreit. Immerhin wusste sie nun, wer der Tote war, sowie, dass er sie bewusst ausgesucht hatte. Dennoch nützte ihr die Erkenntnis wenig, weil sie weder beantwortete, wieso sie den Mann mitgenommen hatte, noch, warum er ermordet worden war.

Man lief zurück zum Auto.

»Und, geht's dir damit besser?«, wollte Selzer wissen, während man das Entriegeln vom Autoschloss vernahm.

»Na ja. Lass uns jetzt zu Moblier fahren«, sagte sie und stieg in den Pkw.

»Weswegen?«, erkundigte er sich und startete den Motor, indes Nadine ihn anschaute und er den Blick auf die Straße gerichtet hielt. »Um zu sehen, wie es den alten Damen geht. Immerhin arbeiten sie undercover für uns und ganz ungefährlich ist das nicht. Andererseits interessiert mich das Alibi von Koppolew.«

»Schade, von der Insel haben wir kaum etwas gesehen. Ich wäre gerne mit dir auf den Spuren *des grünen Vergessens* gewandert. Das ist ein Weg von sieben Kilometern, der sich von Keitum nach Kampen erstreckt. Außerdem soll es einer der idyllischsten auf Sylt sein.«

Nadine lächelte sanft vor sich hin. »Grünes Vergessen klingt schön. Man spürt förmlich die Ruhe des Spazierens. Unbeschwert wie ich es gerne wieder wäre.«

»Hab Geduld. Gut, fahren wir zu diesem Kunsthändler. Wobei ich Koppolew nicht für den Mörder halte. Der macht sich keine Hände dreckig, dafür hat er Helfer. Warum sollte er seinen Liebhaber umbringen? Das ergibt keinen Sinn. Zunächst müssen wir in Erfahrung bringen, ob es sich bei der Leiche um Mila Nilström handelt.«

Selzer stockte. »Dass wir Koppolew nicht befragen dürfen, ist dir bekannt?«

»Klar«, antwortete sie und ging nicht näher darauf ein. »Und wenn die Nilström mit diesem Sascha ein Verhältnis hatte und deshalb sterben musste?«, kombinierte Nadine.

Selzer schaute geradeaus und genoss die bizarre Landschaft Sylts. »Wusstest du, dass sich in Keitum wunderschön erhaltene Friesenhäuser aus dem 17. und 18. Jahrhundert befinden? Außerdem gibt es zahlreiche verschlungene Wege durch den historischen Ortskern«, antwortete er stattdessen.

Sie schaute Daniel entsetzt an. »Sag mal, hast du keine anderen Sorgen als den blöden Spaziergang?«

Selzer schüttelte den Kopf. »Mann, ich denke die ganze Zeit darüber nach, wie wir dich von diesem Schlamassel befreien können. Nur dafür braucht es eine geänderte Sichtweise auf die Geschehnisse. Ehrlich, eine Wanderung würde uns guttun. Zu deiner Frage: Das glaube ich nicht. Wir wissen nicht einmal, ob es sich bei der Toten um die Nilström handelt.«

»Dann sollten wir es schleunigst herausfinden«, schrie sie ihn an und verschränkte die Arme zum Protest.

***

Stunden zuvor in Flensburg

»Wenn du jetzt gehst, brauchst du nicht mehr wiederkommen«, hatte er sie sagen hören, bevor er wütend die Tür zuknallte. Doch Steinmann kam das Gerede gerade recht. Immerhin hatte er einen Grund zu gehen, und daran hindern würde sie ihn nicht. Sie hatte hinter der Tür gestanden, ihm einen verachtenden Blick zugeworfen, bis sie sich umdrehte und den nächstbesten Gegenstand, der ihr in die Quere kam, ergriff und zu Boden schmiss. Dass es die alte Vase war, die er geerbt hatte und an der er hing, freute sie umso mehr.

Auf der Rückfahrt nach Sylt wurde ihm bewusst, dass es von nun ab keine Frau mehr an seiner Seite gab. Vielleicht war das besser als der ewige Terror. Immerhin litt auch die Tochter darunter. Steinmann beschloss, zunächst eine Weile auf Sylt zu bleiben, um abzuwarten, wie sich die Dinge entwickelten. Manchmal lösten sich die Probleme von selbst, wobei bei Ilka damit nicht zu rechnen war. Andererseits waren die Scherereien im Vergleich zu denen von Nadine Andres die wohl unwichtigeren. Ihr musste geholfen werden, nicht seiner Frau. Das vermochte nur noch ein Psychologe, war die Erkenntnis aus zehn Ehejahren. Bitter war es dennoch.

Steinmann, dem der Doppelmord Kopfschmerzen bereitete, ließ sich stündlich von seinem Assistenten über alle Neuigkeiten informieren. Doch als ihm zu Ohren gekommen war, dass man Mobliers Gäste verhören wollte, verschaffte er sich mit einem Anruf Luft. »Frau Andres, auf Sylt ermittle ich und *ich* stelle die Fragen. Ohne mich werden Sie niemanden vernehmen. Ich sitze im Zug nach Sylt.« Steinmann blickte auf seine Armbanduhr. »Wir treffen uns in einer guten halben Stunde vor dem Haus des Kunsthändlers. Und bitte keine Alleingänge. Das schadet nur. Haben Sie das verstanden?«, fasste er nach.

Nadine nickte, was er nicht sah und sich dementsprechend wiederholte, bis er die gewünschte Antwort vernahm.

»Jetzt ist es offiziell. Wir halten uns da raus«, meinte Selzer und steuerte das Auto rechts entlang, geradewegs auf einen Parkplatz zu.

»Was ist los? Ich nahm an, wir fahren zu Moblier.«

»Machen wir auch. Doch zuvor genießen wir die herrliche Aussicht. Ein paar Minuten bleiben uns noch.«

Man stieg aus dem Auto und lief einen kleinen verschlungenen Weg in Richtung Meer. Plötzlich stoppte Selzer und schmiegte sich für einen Moment an Nadine, was sie genoss.

»Egal, wie die Sache ausgeht, ich lasse dich nicht im Regen stehen. Atme tief durch und genieße die herrliche Seeluft. Später wirst du davon zehren. Ich glaube an deine Unschuld genau wie Steinmann. Mit ihm hast du einen wichtigen Fürsprecher. Alle wollen dir helfen, stoße sie nicht vor den Kopf. Und auf die alten Damen ist Verlass. Die haben am wenigsten zu befürchten. Lass sie mal machen. Mit Sicherheit sind sie uns eine große Hilfe.« Sanft drückte er ihr einen Kuss auf den Mund und lächelte sie an.

»Bestimmt hast du recht. Dennoch fühle ich mich scheiße. Sorry für den Kraftausdruck.«

Daniel schmunzelte. »Kein Problem. Sag, was du denkst, wenn es dir hilft. Lass uns zum Wagen zurückkehren. Steinmann wartet sicher schon.«

17. Verstrickungen

»**B**etrachte es!«, forderte Moblier die Gräfin auf. »Schau auf die Hände! Als man die Firnis- und Farbschichten entfernte, zeigte sich am Daumen der segnenden Hand ein Schatten, welcher sich später als Pentimento entpuppte. Die Veränderung am Gemälde belegt, dass da Vinci seine Meinung über die Komposition während des Malerprozesses verändert hat und sie beweist gleichzeitig, dass es sich um ein Original handelt. Sein unverkennbarer Stil macht das Werk so einzigartig.« Mobliers Blick schweifte zu den anderen Gästen hinüber, deren Interesse scheinbar nachgelassen hatte. »Ich durfte das Genie kennenlernen, welches dem Bild wieder Leben eingehaucht hat. Immerhin hing es lange Zeit unbeachtet in einem Treppenflur. Sicher aus Unwissenheit, weil man nicht ahnte, wer es erschaffen hat.«

Die Gräfin trat dicht an das Kunstwerk heran, als wollte sie jeden Pinselstrich verfolgen.

»Es ist mir eine Ehre, Lydia, wenn du es ersteigerst. Bei dir wäre es in guten Händen.«

»Ach mein Lieber«, raunte sie, »wir wissen doch beide, dass ich mir ein solches Werk nicht leisten kann. Aber ich bin gerne deiner Einladung gefolgt, da ich dich sehr schätze.« Sie trat zu ihm heran und flüsterte: »Auch der schönen Stunden wegen. Obwohl ich ahnte, dass sie nur von kurzer Dauer sein werden. Dennoch bin ich dir dankbar. Mir schwante bereits, dass du dich nur mit mir eingelassen hast, weil ich blaublütig bin. Ein wohlklingender Name wie der meine macht sich auf Einladungen doch ganz gut. Habe ich recht? Immerhin lässt sich der Stammbaum der von Hardenbergs bis ins sechzehnte Jahrhundert zurückverfolgen. Abgesehen von den familiären Bindungen zum englischen Königshaus.«

Moblier bekam einen roten Kopf.

»Charles, du brauchst dich nicht zu schämen. Wir hatten unseren Spaß.« Die Gräfin nahm ein wenig Abstand, sodass sie nicht mehr flüstern musste. »Ein solches Kunstwerk gehört nicht an die Wand eines Einzelnen. Das ist Weltkulturgut und sollte jedermann zugänglich sein. Verkauf es an ein Museum wie dem Louvre. Dort könnte es neben der Mona Lisa hängen.«

Moblier wäre am liebsten im Erdboden versunken, weil er durchtrieben war und nur an seine Vorteile dachte. Vermögen fiel halt nicht vom Himmel. Aber manchmal machte selbst ihm die Moral einen Strich durch die Rechnung, immer dann, wenn ihm jemand ins Gewissen sprach wie in diesem Augenblick.

Plötzlich verfinsterte sich der Blick der Gräfin. »Moment mal, es ging dir gar nicht um meinen Namen«, sagte sie voller Entsetzen und sah die Leute um sich herum mit anderen Augen. Denn mit einem Mal wurde ihr bewusst, dass jeder nur ein Statist in Mobliers Inszenierung war. Keiner konnte sich das Bild leisten bis auf ... Doch daran wollte sie nicht denken, weil sie die Person abgrundtief verachtete. »Schäm dich. Wie kannst du mir das antun?«

Wie auf Zuruf kam die erlösende Wende. Es klingelte an der Haustür, sodass sich der Gastgeber dem unangenehmen Gespräch entziehen konnte. Kurzerhand entschuldigte er sich für die Störung und versprach, den Disput alsbald weiterzuführen, was jedoch nicht der Wahrheit entsprach. Hauptsache, er würde das Gemälde veräußern, egal, wie sich die Gräfin entschied. Und alte Damen wie sie gab es zuhauf unter seinen Kunden. Ein paar nette Worte, ein Flirt, ein kurzes Techtelmechtel, dazu eine passende Lüge über das Aussehen der Angebeteten und schon lag man mit ihr im Bett. Dass man danach der Größte war, verstand sich dann von selbst. *Man tut ihnen damit sogar einen Gefallen*, war Mobliers Einstellung, mit der er sich durch die Gemächer alleinstehender Damen schlief. Moral war da fehl am Platz.

Vor der Tür standen drei Männer sowie eine Frau.

Man ließ sie eintreten.

Einer der Herren war Steinmann, der der jungen Dame, die ihn hereingebeten hatte, den Dienstausweis zeigte. Danach stellte er die Kollegen vor. Zunächst seinen Assistenten Mücke, dann Daniel Selzer sowie Nadine Andres. Dass die beiden Letztgenannten keine Befugnis besaßen, Fragen zu stellen, verschwieg er wissentlich. Später konnte er immer noch sagen, er hätte es vergessen.

Irritiert zupfte die Hausdame an ihrem Rock und bat die Leute um Geduld, bis der Hauseigentümer käme. Sie näher treten zu lassen, traute sie sich nicht. Immerhin handelte es sich um die Polizei.

Moblier, der die Unruhe im Foyer vernahm, ging dem Geräusch entgegen, denn eine Störung war jetzt unangebracht. Immerhin stand man vor einer der bedeutendsten Kunstauktionen der letzten Zeit, und den Deal durfte er sich nicht entgehen lassen. Freundlichkeit war nun ein erstklassiger Berater.

Übertrieben lächelnd ging er auf die Leute zu und streckte ihnen die Hand entgegen. »Guten Tag, Sie wünschen bitte?«, fragte er reserviert und hörte von zwei Todesfällen, die sich in den letzten Tagen ereignet hatten. Als er jedoch den Namen Mila Nilström vernahm, kam er ins Stocken. »Ich verstehe nicht ganz. Die Dame war mein Gast. Aber sie ist abgereist.«

»Sind Sie sich da sicher?«, erkundigte sich Steinmann,

während Frau Andres ihr Handy aus der Jackentasche nahm, es entsperrte und ihm das Foto der Toten von List zeigte. »Ist sie das?«, fragte Nadine interessiert nach.

Moblier machte große Augen und ließ den Kehlkopf auf und ab wandern, was ein Zeichen seiner Unsicherheit war. Sein Nicken kam abgehackt, dann setzte er fort: »Ja, das ist sie. Aber wie …?« Zum Weiterfragen kam er nicht, da ihm schwindlig wurde und er zu schwanken begann. »Tut mir leid, ich muss mich setzen. Das kommt alles so überraschend.« Er ließ sich auf einen Stuhl nieder, der neben dem Eingang stand. »Mir wurde gesagt, sie hätte die Heimreise angetreten«, sagte er und blickte verwirrt zu den Polizisten.

Selzer näherte sich dem Mann. »Von wem stammt die Info?«

Moblier starrte geradeaus, geradewegs auf den Marmorboden und meinte: »Eine von den Hausangestellten sagte es mir. Wissen Sie, ich habe derzeit Gäste, um die ich mich kümmern muss. Da sind mir die Details ihrer Abreise wohl entgangen. Das Personal weiß sicher besser Bescheid als ich. Wenn Sie keine Fragen mehr haben, würde ich mich wieder meinen Kunden widmen.«

Nadine drückte sich von hinten nach vorne. »Einen Moment bitte noch. Mit den anderen sollten wir ebenfalls sprechen.«

Moblier sah seine Felle davonschwimmen. Er wischte sich mit der flachen Hand über die Stirn, auf der sich Schweißperlen abzeichneten. Mit leiser Stimme setzte er die Unterhaltung fort. »Hören Sie, das ist eine private Runde. Sie können hier nicht einfach reinplatzen und die Leute befragen. Wenn man mitbekommt, dass Mila Nilström ermordet wurde, wird man abreisen wollen.«

»Und was wäre daran so schlimm?«, fragte Mücke

provokant nach und erntete den bösen Blick Mobliers. »Das wäre grauenhaft. Hinter dieser Tür«, er zeigte geradeaus, »befindet sich eines, ach was sag ich, das berühmteste Bild aller Zeiten. Es handelt sich nicht um irgendwelche Personen. Das ist die Creme de la Creme der Kunstszene. Wer sollte sich das sonst leisten können?«

Den Polizisten fiel sprichwörtlich die Kinnlade herunter. Man spürte unweigerlich eine Anziehung des Gemäldes, wenngleich man wusste, ein solches niemals betrachten zu dürfen, es sei denn man besuchte ein Museum. Die Tatsache, dass es ein paar Schritte entfernt stand, sorgte für die abenteuerlichsten Fantasien. Für einen Augenblick fühlte man sich reich, als wäre man ein Teil der vermögenden Klientel. Die Gedanken waren frei und ein jeder konnte ihnen nachgehen, bis Moblier den Tagtraum beendete, indem er sagte: »Ich würde mich dann gerne wieder um meine Gäste kümmern.«

Unverhofft vernahm man Gelächter, bis wenig später die Tür zum Salon geöffnet wurde und sich eine großgewachsene Frau in schwarzem Hosenanzug zeigte. Dass sie die Lippen dunkelrot nachgezogen hatte, war deutlich zu sehen.

Sie trat einen Schritt vor die Tür, hielt aber den Kopf noch in Richtung Ausstellungsraum gerichtet, bis sie die Ordnungshüter wahrnahm und demzufolge überrascht wirkte. Das Nachdenken sah man ihr an, bis sie sich äußerte: »Oh, ich hatte Sie nicht bemerkt. Entschuldigung. Ich wollte nicht stören.«

Moblier, dem der Schock deutlich anzusehen war, winkte die Dame herbei und stellte sie vor. »Das ist Alina Tschekow. Kunsthistorikerin mit Weltruf.«

Man nickte sich zu und betrachtete sich kurz. Allerdings würdigte die Russin die Polizistin ein wenig länger als deren Kollegen, was Nadine missfiel.

»Politsiya?«, fragte sie diese und reichte nur ihr die Hand zum Gruß.

Von Blicken durchbohrt, bejahte Nadine.

»Was ist passiert?«, erkundigte sich Tschekow.

Moblier nahm den anderen die Antwort ab, indem er sagte: »Mila ist tot. Sie wurde ermordet.« Danach schluckte er und starrte Frau Tschekow an, der vor Entsetzen die Rückmeldung im Hals stecken geblieben war.

»Alles in Ordnung?«, fragte Nadine.

Alina Tschekow schwieg. Offensichtlich begriff sie, dass es besser war, nichts zu sagen, obwohl sie neugierig war.

»Interessiert es Sie nicht, wie es dazu kam?«, redete Steinmann dazwischen und stufte die Dame als verdächtig ein.

Die Russin steckte die Hände in die Hosentaschen, schaute provokant zu ihm hinab und meinte, dass man sie sicher gleich nach ihrem Alibi befragen würde, welches sie gerne preisgab, da sie nichts zu verheimlichen hätte.

»Gut ich höre«, kürzte Steinmann die Ausführung ab, um zu erfahren, dass Alina Tschekow das Haus eine ganze Woche lang nicht verlassen hatte, weil sie das Wetter auf Sylt hasste. Stattdessen hatte sie den luxuriösen Spa-Bereich auf dem Anwesen genossen, was das Personal bestätigen würde.

Steinmann passte das nicht. Denn morgen sollte er Nadine Andres in Haft nehmen, was ihm zuwider war. Eine Verdächtige käme da gerade recht. »Gut, wir werden das überprüfen. Wie lange war Frau Nilström Ihr Gast?«, fragte er Moblier zugewandt, der sich inzwischen vom Stuhl erhoben hatte. Wie es schien, wollte er kein Mitleid erwecken. Immerhin hatte er ein Bild an den Mann zu bringen und jede Schwäche, legte man ihm später als unprofessionell aus. Zudem mochte er es nicht, vor einer Dame zu sitzen, anstatt ihr in die Augen zu schauen.

»Meine Gäste sind letzten Samstag angereist. Sonntag konnte man dann das Gemälde begutachten, das im Laufe der Woche ersteigert werden sollte.«

»Sieben Tage? Ich nahm an, eine Auktion würde an einem Tag stattfinden«, erkundigte sich Steinmanns Assistent Mücke. »Und haben Sie es verkauft?«

»Nein, noch nicht. Nun, das ist auch die übliche Vorgehensweise. Das Event dauert eine Woche, um den Kunstliebhabern eine Kombination aus Kultur und Erholung zu bieten. Sylt ist immer eine Reise wert, finden Sie nicht?«, bemühte sich Moblier, locker zu wirken, was er in Anbetracht der Situation nicht war. Immerhin hing eine Menge von dem Deal ab. Letzten Endes entschied er über das nächste Geschäftsjahr. Obwohl der Händler umstritten war, eilte ihm ein gewisser Ruf voraus. Abgesehen davon war Moblier in der Lage, verborgene Kunst aufzustöbern, obgleich seine Methoden fraglich erschienen. Wie so oft bestimmten das Geld sowie der Fakt, dass das Vermögen gewinnbringend angelegt werden musste, um dem Fiskus nicht in die Hände zu fallen. Womit beiden geholfen werden konnte, Verkäufer wie auch Sammler.

Die Zustimmung kam schleppend, bis Selzer ihn nach einem Alibi fragte.

»Machen Sie Witze? Ich habe einen Ruf zu verlieren. Vermuten Sie wirklich, ich wäre imstande, jemanden zu ermorden? Ich glaubte, dass Frau Nilström abgereist sei«, presste Moblier heraus und schaute vorwurfsvoll zu Nadine, die ihrerseits meinte: »Zunächst denken wir nichts. Doch möglich ist alles.«

»Und aus welchem Grund? Hören Sie!« Der Kunsthändler trat dicht an Selzer heran. »Fragen Sie besser andere.«

»Aha und wen?«

Gleichermaßen teilte die Tschekow mit dezentem

Kopfnicken seine Meinung.

»Ich nenne keine Namen …« Den Rest verkniff er sich, sollte sich die Polizei damit herumärgern.

»Danke, wir gehen der Sache nach. Eine Frage zum Schluss«, platzte es plötzlich aus Selzer heraus. »Mila Nilström war weder vermögend noch sammelte sie Kunst. Wieso war sie dann Ihr Gast?« Gleichfalls fixierte er den Kunsthändler in einer Art, dass dieser nervös zu werden schien. Immerhin begann er, fortwährend sein Kinn zu kratzen. Zunächst sagte er nichts, bis er langsam zu reden anfing: »Stellen Sie sich eine Mausefalle vor. Um das Tier zu fangen, bedarf es Käse. Frau Nilström war gewissermaßen der Köder. Zwischen ihr und Koppolew war mal was.«

Nadine konnte nicht glauben, was sie hörte. »Da war mal was? Die beiden waren verheiratet und haben eine Tochter. Sie wollen uns jetzt aber nicht weismachen, dass Sie davon nichts wussten.« Empört schaute sie ihn an und vernahm Mobliers Drucksen: »Mhm, tja … sagen wir mal so, ich ahnte es. Die Medien schwiegen sich dahingehend aus. Sobald die Nilström in Koppolews Nähe war, wurde er hitzig. Das war mir bekannt. Anstatt zu feilschen, saß sein Geld dann locker. Und diesen Effekt wollte ich mir hier zu eigen machen«, antwortete er überzeugt.

Alina Tschekow, die dem Gespräch lauschte, schaute ihren Gastgeber zornig an. »Wenn Sie mich bitte entschuldigen würden«, schoss es aus ihr heraus, weil ihr mit einem Mal bewusst wurde, dass sie für Moblier nur eine Marionette war. Sie beschloss, abzureisen, was man ihr jedoch verweigerte. Vorerst sollte sie die Insel nicht verlassen, sagte Steinmann und vernahm gleichzeitig die Worte seines Assistenten, der mit dem Kunsthändler redete. »Das klingt, als hätten Sie damit Erfahrungen gesammelt«, schlussfolgerte Mücke, obwohl er am

Gesagten zweifelte.

»Nein, das gerade nicht. Es war ein Wagnis, das ich gewillt war, einzugehen«, entgegnete Moblier verärgert, weil er davon ausging, dass die Russin wohl die übrigen Teilnehmer unterrichten würde. Er schielte ihr hinterher und verzog das Gesicht.

Nachdem man den Kunsthändler verhört hatte, beschloss man, die anderen Gäste zu befragen.

Steinmann gab der Konstanzer Kollegin einen freundschaftlichen Klaps auf die Schulter, was als Aufmunterung gedacht war. Für ihn schien es denkbar, dass Koppolew seine Exfrau ermordet hatte, was er sogleich kundtat. »Sehen Sie, jetzt kommen wir der Sache langsam auf den Grund.«

Nadine schaute ihn von der Seite an. »Warum sollte er sie getötet haben? Und was ist mit dem anderen Opfer?«

Selzer mischte sich ein. »Das sind alles Mutmaßungen. Ich entdecke da keinen Zusammenhang. Koppolew hatte von ihr nichts zu befürchten. Er besaß das Geld, nicht sie.«

»Und wenn sie ihn erpresst hat?«, schlussfolgerte Nadine unruhig, da sie die Zeit schwinden sah und somit die Möglichkeit, den Verbrecher zu fassen.

»Womit erpresst?«, wollte Selzer wissen.

»Mit dem Liebhaber.«

»Wieso mit dem? Was hätte es geändert?«, stellte er eine Frage nach der anderen. »Nein, der Schlüssel ist sie.«

Mücke fasste sich an die Nase und machte ein grüblerisches Gesicht. »Sie meinen, irgendwer im Haus hatte etwas mit der Nilström oder besser gesagt, jemand hatte einen Grund, sie zu töten?«, vermutete er. »Das würde *ihren* Tod erklären, nicht seinen.«

Selzer runzelte die Stirn. »Ganz abwegig ist Ihre Hypothese nicht. Nur kommen wir mit ihr nicht weiter. Befragen wir die anderen. Einen Tipp von mir. Sehen Sie hinter die Geschichten. Hinterfragen Sie alles!«, stellte der Konstanzer unmissverständlich klar und zog sich den Groll Steinmanns zu, der sich ungern in seine Arbeit reden ließ.

Denk nicht an morgen! Sieh das heute!, dachte Nadine, als man gemeinsam den Salon betrat und die anderen Herrschaften zu sehen bekam. *Die gaffen wie Lämmer, als hätten sie nichts auf dem Kerbholz. Doch einer von euch ist ein schwarzes Schaf. Nur wer?*

Moblier, dem die Anwesenheit der Sicherheitskräfte sichtlich zugesetzt hatte und der mit hochrotem Kopf seinen Gästen gegenübertrat, schluckte auffallend viel, bis er mit belegter Stimme sagte: »Die Herrschaften sind von der Polizei. Bedauerlicherweise wurde Mila Nilström …« Steinmann unterbrach ihn.

»Frau Nilström ist Opfer eines Gewaltverbrechens geworden. Wir werden Sie daher befragen.« Danach schaute er in die Runde betroffener Gesichter und fixierte jeden Einzelnen.

Und da saßen sie, einer neben dem anderen.

Die Gräfin, die die Nachricht mit offenem Mund entgegennahm.

Der Hollywoodschauspieler, den Steinmann erkannt hatte und den er am liebsten um ein Autogramm gebeten hätte.

Daneben das Ehepaar Bloomberg, das sich umarmte und wie auf einer Hochglanzillustrierten in die Kamera strahlte, sowie zwei ältere Damen, die man mit einem kurzen Nicken begrüßte.

Alina Tschekow hielt sich ein paar Meter entfernt von der Gruppe auf, weil sie bereits alle Fragen beantwortet hatte.

Moblier setzte sich zu seinen Gästen und sagte kein

Wort, bis Steinmann das Reden übernahm: »Die älteren Damen verhören wir zum Schluss.« Suchend schaute er sich um und blickte zu Moblier. »Fehlt noch jemand?«

Der Kunsthändler nickte. »Ja, Oleg Koppolew.«

»Gut, holen Sie ihn!«

Moblier zögerte.

»Haben Sie nicht gehört? Sie sollen ihn holen. Wir sind nicht zum Spaß hier.« Steinmann hatte bereits die Nase voll. Mitten in seinem Ärger erreichte ihn eine WhatsApp von Doktor Übermuth, die ihm schrieb, dass man inzwischen das Gift analysiert hatte. Es handelte sich um Rizin. Gleichzeitig entschuldigte sie sich für die Form der Mitteilung. Da er nicht ans Telefon gegangen war, musste sie anderweitig reagieren. Steinmann drückte die Nachricht weg und schaute auf die eingegangenen Telefonate. Drei. Zwei von Eppendorf, dem Gerichtsmediziner aus Kiel, und eines von seiner Frau, die ihm ebenso eine WhatsApp gesendet hatte, die er nicht las, weil er bereits ahnte, dass sie ihn darin beschimpfte. Und darauf konnte er weiß Gott verzichten. *Rizin*, geisterte es in seinem Kopf. Er hatte weder von dem Gift gehört, noch war er in der Lage, sich vorzustellen, wie es wirkte, geschweige denn wie man es verabreichte, damit es zum Tod führte.

Steinmann bat die Polizisten auf ein Gespräch zu sich und zeigte die Nachricht der Sylter Ärztin, die Selzer ein kurzes Statement abverlangte, in dem er sagte: »Das perfekte Gift. Es ist leicht erhältlich und in niedrigsten Konzentrationen tödlich. Die Aufnahme von weniger als 2 mg kann bereits zum Tod führen. Außerdem treten die Symptome erst mit Verzögerung auf.«

Der Sylter Kriminalist zeigte sich von Selzers Fachkenntnis erstaunt.

»Dazu fällt mir ein spektakulärer Fall ein, der sich im Jahr 1978 auf der Waterloo Bridge in London ereignet hatte. Der bulgarische Dissident Georgi Markow wurde dort von einem Geheimdienstagenten getötet. Man hatte ihm mithilfe eines präparierten Regenschirms eine Injektion verpasst. Mhm, merkwürdig. Normalerweise ist eine Rizin-Intoxikation äußerst selten. Das liegt nicht nur an der fehlenden Kenntnis und der geringen kriminellen Intelligenz der Bevölkerung, sondern am Umstand, dass die Vergiftung meist glimpflich verläuft.«

»Wie meinst du das?«, wollte seine Kollegin wissen.

»Na ja, bei einer oralen Aufnahme, der rötlich-braun marmorierten, bohnenförmigen Samen des Wunderbaums genannt Ricinus communis, passiert in der Regel nicht viel – selbst wenn man eine Hülsenfrucht in den Mund genommen und runtergeschluckt haben sollte. Allerdings wird die Bohne zerkaut oder sie liegt lange im Magen, kann es zu einer vermehrten Freisetzung des Giftes kommen. Generell ist die Sterblichkeitsrate nach oraler Rizin-Aufnahme gering.«

»Ganz richtig«, stimmte ihm Mücke zu, der über das Teufelszeug einige Fachartikel gelesen hatte. »Erst bei einer schweren Vergiftung kann das Toxin, das in den Zellen die Ribosomen inaktiviert, Leber und Nieren schädigen. Der Tod tritt dann durch Multiorganversagen ein. Bei oraler Aufnahme passiert das eher selten.«

»Da stimme ich Ihnen zu, Herr Kollege. Meist stellt sich der Tod innerhalb von 36 bis 48 Stunden ein«, führte Selzer fort.

»Daniel, das würde bedeuten, dass ich unschuldig bin. Gehen wir mal von 36 aus, dann wäre es das letzte Wochenende gewesen. Da kannte ich den Mann noch gar nicht, da ich samstags erst angereist bin. Und dafür gibt es Zeugen«, sagte sie erfreut und schielte zu Charlotte und Maria.

18. Verlorene Liebe

»Was wird das hier?«, schimpfte Koppolew. »Ein Ständchen zwischen der Miliz? Hören Sie, meine Zeit ist knapp bemessen. Erledigen Sie Ihre Arbeit. Mein Flieger ist auf siebzehn Uhr geordert.« Er setzte sich und legte ein Bein über das andere.

Steinmann entglitt der Blick, weil ausgerechnet derjenige abreisen wollte, der sich das Bild als Einziger leisten konnte und dessen Neugier ihn hätte vor Ort bleiben lassen müssen. Was war geschehen? Er winkte ab. »Und, wem kann man zum Kauf gratulieren?«, meinte er scherzhaft, obwohl er wusste, dass es noch nicht versteigert worden war. Irgendwie musste man die Leute aus der Reserve locken.

Koppolew massierte seine Schläfen und blickte sein Gegenüber grüblerisch an. »Keiner hat es ersteigert. Wieso die Frage?«

»Demnach findet die Auktion noch statt?«, fragte Steinmann neugierig nach.

»Für mich nicht. Mir ist der Spaß vergangen«, erklärte Koppolew barsch und hörte gleichzeitig ein Husten, das Selzer bewusst tätigte, um seine Aufmerksamkeit zu erlangen. »Wegen Herrn Minnowitsch?«, wollte er wissen und ließ den Russen nicht aus den Augen.

Koppolew schaute ihn überrascht an und nickte verhalten.

Also doch, dachte Nadine. *Und mir hat er gesagt, er kennt diesen Sascha nicht.* »Sie kannten ihn demnach? Wären Sie in der Lage, ihn zu identifizieren?«

Der Russe überlegte und holte dann zu einer Gegenfrage aus: »Was raten Sie mir?«

»An Ihrer Stelle würde ich es tun. Nehmen Sie Abschied und erleichtern Sie uns damit die Arbeit«, entgegnete sie.

Er lachte laut auf. »Danke für den Tipp. Und was mache ich mit dem Flieger?«

»Den können Sie vergessen«, meinte Steinmann. »Wir haben einen Doppelmord aufzuklären. Solange der Killer nicht gefasst ist, verlässt keiner die Insel.«

Kate Blomberg, die gelangweilt neben ihrem Mann saß, schaute demonstrativ zu Steinmann. »Ergo war es ein- und derselbe Mörder?«, äußerte sie sich in der Art, als glaubte sie nicht daran.

»Wieso wollen Sie das wissen?«, erkundigte sich der Kriminalist irritiert. Immerhin war es seine Aufgabe, die Dinge zu hinterfragen. Dass es jemand anderes tat, ließ ihn grübeln.

Die junge Frau zupfte am Arm ihres Mannes, der das Wort übernahm. »Na ja, man macht sich eben Gedanken. Außerdem kennen wir Mila Nilström persönlich.«

»Ist das so?«, sagte Steinmann und schaute sich das Glamourpaar genauer an. Beide galten als Helden der Jugend. Er als begnadeter Tennisspieler und sie als flippige Sängerin einer Girl-Group. Und dennoch störte ihn etwas an ihrem perfekten Auftritt. War es das Aussehen Blombergs, der als Weiberheld durch die Gazetten marschierte? Böse Zungen behaupteten sogar, er sei schwul. Sollte jeder leben, wie er wollte. Nur eines war sicher. Er galt als metrosexuell, was bedeutete, dass er für die Mode- und Kosmetikindustrie ein wichtiges Zielobjekt war. Außerdem schien die Ehe skandalfrei. Doch wer im Showbiz tätig war, dem boten sich Gelegenheiten wie kaum einem anderen. »Wir ermitteln in jede Richtung«, sagte er den Satz, den er am meisten hasste, weil dessen Aussage auf nichts Konkretes hinwies.

Während Steinmann die Unterredung mit den

Blombergs führte, hatte Selzer beschlossen, einige Worte mit Koppolew zu wechseln. Inzwischen hatte man sich abgesondert. »Vorab mein herzliches Beileid«, begann Selzer fast flüsternd, »wir wissen längst, dass Sie und Herr Minnowitsch ein Paar waren. Mir persönlich ist das egal. Aber was mir nicht gleichgültig ist, ist die Tatsache, dass man ihn ermordet hat.«

Koppolew schaute ihn an. »Sieht so ein Kripobeamter aus?«, dabei senkte er den Kopf, um dem Gesagten Nachdruck zu verleihen. Das sanfte Lächeln ließ die Pose weniger belehrend wirken.

»Sie sprechen sicher von meinen Haaren. Wissen Sie, manchmal ist es von Vorteil, nicht den Erwartungen anderer zu entsprechen. Man wird schnell in eine Schublade gesteckt. Man sollte sich von Äußerlichkeiten nicht beirren lassen. Ein kluger Kopf benötigt keine Haarpracht, sondern Verstand.«

Der Russe musste ihm recht geben, obgleich er sich dahingehend nicht äußerte.

»Haben Sie eine Erklärung, was er mit Ihrer Exfrau zu schaffen hatte? Man hat die beiden möglicherweise in der Sansibar gesehen. Danach verliert sich die Spur. Später wurde Herr Minnowitsch ausgerechnet im Bett meiner Kollegin tot aufgefunden. Inzwischen wissen wir, dass er vergiftet wurde. Dem Mörder reichte das wohl nicht, also stieß er ihm noch ein Messer in die Brust.«

»Sie meinen Mila? Unmöglich. Gut, sie war ein Flittchen, warf sich jedem an den Hals. Nach unserer Trennung sowieso. Sie besaß ja nichts, außer ihrem Körper. Ich ließ ihr die Wahl. Entweder das Kind oder eine monatliche Zahlung, mit der man leben konnte. Natürlich bevorzugte sie das Geld.«

Dann kann es nicht viel gewesen sein, sonst hätte sie sich nicht prostituieren müssen. Andererseits sind die Mieten in Stockholm horrend. »Hatten Frau Nilström und Herr Minnowitsch ein Verhältnis?«

»Njet. Sascha liebte Männer.«

Selzer dachte nach. »Wir gehen davon aus, dass es sich beim zweiten Opfer um Ihre Exfrau handelt. Es wäre wünschenswert, beide zu identifizieren.«

Koppolew behielt die Fassung. »Ich ahnte es. Sie hat es nicht anders verdient. Wenn Sie mich fragen, steckt eine betrogene Ehefrau dahinter. Sascha war herzensgut. Wir haben gemeinsam in Moskau studiert. Zu jener Zeit war ich arm. Ich erinnere mich, wie wir die *Prawda* zum Heizen genommen haben und die Hände am Ofen wärmten. Sascha liebte mich wohl damals schon. Nur hatte ich davon keine Ahnung. Bei einer Mai-Demonstration trafen wir uns dann wieder. Er wurde überzeugter Kommunist und ich Oligarch.« Seine Stimme wirkte traurig, beinahe depressiv. »Nur, wieso hat man die zwei zusammen gesehen? Ich versteh das nicht.« Gedankenversunken strich er sich durchs Haar.

Selzer glaubte ihm. Dennoch suchte er nach einer Erklärung, warum die Schwedin mit Koppolews Freund gesichtet worden war. *Und wenn sie einander zugetan waren?* Doch das schloss er eindeutig aus. Selbst eine attraktive Frau konnte aus einem Homosexuellen keinen Bisexuellen machen, dafür sprach ebenso Koppolews Äußerung. *Weswegen traf man sich dann?* Eine Theorie schwirrte Selzer durch den Kopf. *Angenommen, die Nilström hat das Treffen mit Sascha geplant, um ihn beiseitezuschaffen, und Nadine war das Bauernopfer, welches zufällig im Restaurant saß. Tja, nur dafür gibt es keine Beweise.*

»Besaß Frau Nilström Erfahrungen mit Gift?«, fragte Selzer schließlich und erwartete eine verneinende Antwort, bis er plötzlich den Satz »Als ich sie kennenlernte, war sie in der Schwesternausbildung« vernahm. Wie vom Blitz getroffen ließ er sich die Worte wiederholen. »Das könnte den Giftmord erklären. Nur, die Zeugin ist tot.«

Selzer hatte wie so oft im Leben zwei Möglichkeiten. Entweder gab er sich mit den Gegebenheiten zufrieden, welche Nadine vorerst als Verbrecherin ausschloss, oder er suchte nach dem wahren Mörder. Koppolews Idee einer betrogenen Gattin war nicht von der Hand zu weisen. Menschen mordeten aus weit weniger Beweggründen. Manche taten es für ein paar Euro, andere wieder für die Ehre beziehungsweise um den Ehemann nicht zu verlieren.

Der Konstanzer betrachtete die Anwesenden und pinnte gedanklich ihre Fotos an die Wand. Oben links das von Michael Hard, der unverheiratet war. Daneben das der Tschekow, die seiner Kenntnis nach eine bisexuelle Neigung hatte, und gleich im Anschluss das der Gräfin, die er als Mörderin ausschloss. Um eine solche Tat begehen zu können, bedurfte es fremder Hilfe. Zudem schien sie eifersuchtsfrei zu sein. Genauso wenig traute er Koppolew einen Mord zu, zumindest nicht den an seinem Freund Sascha. Die Aussage des Russen wirkte plausibel. Blieben Charles Moblier sowie das Ehepaar Blomberg. Nur dass der Kunsthändler Besseres zu tun hatte, als seine Gäste abzuschlachten. Immerhin erhoffte er sich von ihnen das große Geschäft. Selzer kam ins Grübeln, denn seltsamerweise waren die Blombergs kaum in das Visier der Ermittler geraten. Bloß warum? Es fehlte wohl schlichtweg das Motiv. Wenn man aber nachweisen konnte, dass Mila Nilström und Mark Blomberg eine Affäre hatten, läge zumindest eines auf der Hand.

Inzwischen war es Spätnachmittag geworden.

Da man den Gästen verboten hatte, das Anwesen zu verlassen, blieb Zeit, die Aussage von Alina Tschekow zu überprüfen. Zunächst befragte man das Personal, das der Russin ein hieb- und stichfestes Alibi gab. Sie hatte weder den hauseigenen Shuttleservice noch ein Taxi benutzt. Stattdessen machte sie Gebrauch von der Sauna, die im unteren Teil des Hauses lag. Ansonsten tätigte sie kurze Spaziergänge bei schönem Wetter.

Während alle beieinanderstanden, reichte man Kaffee und Tee.

»Bitte«, vernahm Selzer mit einem Kopfnicken die Stimme einer Frau, der er geistig abwesend dankte und ihr das Porzellan abnahm. »Wo bist du nur mit deinen Gedanken?«, hörte er Nadine fragen, die ihm die Tasse gereicht hatte. Einen Augenblick später war er wieder bei ihr. »Oh sorry, ich habe nachgedacht. Es ist nur eine vage Vermutung, mehr nicht. Lass uns das Appartement von dieser Nilström noch einmal ansehen. Vielleicht hat man etwas übersehen.«

Bevor das Adrenalin sich in Nadines Hirn vorarbeiten konnte, um Gedankengänge in Bewegung zu setzten, gab sie Selzer gelangweilt zu verstehen, dass sie darin keinen Sinn sah, zumal das Personal alles sorgfältig gereinigt hatte. Sie selbst habe sich davon überzeugen können. Doch der Kollege blieb hartnäckig und erntete ihren bösen Blick, allerdings mit einer weiteren Meinung hielt sie sich zurück.

Mila Nilströms Zimmer hatte den Charakter eines Lofts. Großzügig, hell und freundlich. Mitten im Raum stand eine Badewanne, umgeben von einer halbrunden Wand aus Glasbausteinen, die die Räumlichkeit unterteilte. Daneben befanden sich eine Kommode mit Badeutensilien sowie ein weißer Bademantel mit passenden Schuhen. Obenauf ein Täfelchen Schokolade. Alles in allem erinnerte es an die Gepflogenheiten eines Hotels, das für den nächsten Gast vorbereitet war. Mila Nilström schien längst vergessen.

Man schritt durch das Zimmer, sah sich um und entdeckte nichts von Bedeutung, bis Selzer das Nachtschränkchen öffnete und die darin liegende Bibel entnahm. Dass er in ihr blätterte, war ihm nicht bewusst, bis plötzlich etwas zu Boden fiel. Neugierig hob er es auf und hielt einen Briefumschlag in der Hand, der nicht verschlossen war. Der Inhalt ließ ihn hellhörig werden. *Also doch.*

»Lies das!«, forderte er seine Kollegin auf und reichte ihr das Papier.

Nadine suchte nach den richtigen Worten. Während sie alles Mögliche durchexerziert hatte und zu keinem Ergebnis gekommen war, gaben die wenigen Zeilen Aufschluss für ein Motiv. »Daniel, wenn das hier stimmt, gibt es einen Skandal. Sämtliche Zeitungen werden darüber berichten. Willst du damit wirklich an die Öffentlichkeit gehen?«

Selzer missfiel, dass sie Partei ergriff, statt sich über den Brief zu freuen. »Von Wollen kann hier nicht die Rede sein. Ich muss! Wenn das stimmt, was hier steht, wissen wir, wer ihr Mörder ist.« Nadine wollte etwas anmerken, wurde aber unterbrochen. »Hast du vergessen, dass du als Mörderin hoch im Kurs stehst? Hiermit bekommst du die Gelegenheit, deine Unschuld zu beweisen. Dann tue es gefälligst!«, meinte er zornig.

»Ist ja schon gut. Seine Meinung wird man ja noch sagen dürfen«, entgegnete sie beleidigt. »Daniel, wir wissen nicht, ob die Tote Mila Nilström ist. Wir vermuten es nur.«

»Das ist mir bekannt. Lass uns zu Koppolew gehen. Er soll sich das Foto von der Leiche ansehen und sie morgen identifizieren. Glaube mir, er wird es tun, zumal er seinen Geliebten noch einmal sehen will.«

»Wie du meinst«, antwortete sie eingeschüchtert und

faltete den Brief wieder zusammen.

Eine Weile herrschte angespannte Stille. Die anderen Gäste hatten es sich inzwischen im Salon bequem gemacht, während sich die Polizisten in einer Reihe vor ihnen postierten. Alles wirkte inszeniert, als befände man sich im letzten Akt eines Bühnenstückes. Abwegig war das nicht. Nur, dass nicht Moblier Regie führte, sondern die Polizei selbst.

Steinmann übernahm als leitender Ermittler der Sylter Mordkommission das Wort und wirkte nervös. Immerhin war das zu Erwartende ein Wagnis, hatte man doch nur Vermutungen und keine Beweise. »Ich möchte Sie gerne um etwas bitten«, begann er schließlich, als verkündete er die Umsatzzahlen einer Firma, welche schlechter ausgefallen waren, als erwartet, und die beschönigt werden sollten. »Wir müssen jetzt Hand in Hand arbeiten. Herr Koppolew, würden Sie bitte ein Foto betrachten und mir mitteilen, um wen es sich dabei handelt?«

Koppolew schwieg und dachte nach. »Pochemu?«

»*Warum?* Um den Tod eines geliebten Menschen zu rächen«, schoss es aus Steinmann heraus, ohne den Oligarchen zu blamieren.

Der Russe begann zu schweigen. Die Sekunden, in denen er sich damit Zeit ließ, brachte Steinmann an seine Grenzen. Dass er schwitzte, war nicht zu verbergen. Von Selzers entscheidendem Hinweis hatte er bislang keine Ahnung.

»Gut, zeigen Sie es!«, sagte Koppolew unvermittelt.

Nadine ging zu ihm hinüber und hielt das Handy vor seine Augen. Wortlos starrte sie ihn an, während er kurz schluckte und zu nicken begann. »Ja, das ist sie.«

»Mila Nilström?«, ergänzte Steinmann mit strenger Miene.

»Ja, das ist Mila.«

In der Zwischenzeit hielt Selzer seinen Blick auf die übrigen Gäste gerichtet und schaute einen nach dem anderen an. Das Entsetzen war allen ins Gesicht geschrieben, bis auf eine Person.

»Herr Koppolew, benutzte ihre Exfrau ein Parfüm, sagen wir mal ein sehr intensives?«, wollte Nadine wissen und sah ein kurzes Lächeln über das Antlitz des Russen huschen, der sogleich Antwort gab. »Ja, es stank wie Mottenkugeln. Aber sie liebte den Geruch.«

Nadine bedankte sich. Endlich realisierte sich ihr Albtraum, in dem sich die Bilder daraus zu entwickeln begannen. *Also doch. Demnach haben die beiden mir die K.-o.-Tropfen verpasst. Nur wieso?* Immerhin meinte sie, jetzt zu wissen, warum man Mila Nilström ermordet hatte. Nur passte zu der Geschichte nicht der Tod von Sascha. Dass die Schwedin den Russen getötet hatte, hielt Nadine für denkbar. Doch wer hatte sie umgebracht? Und was war das Motiv? Hatte man es womöglich mit zwei unterschiedlichen Beweggründen zu tun? Der der eifersüchtigen Gattin und der einer … Nur den Gedankengang spann sie nicht weiter. Oder gab es am Ende doch nur eine Spur?

»Also«, fing Steinmann an, »wir gehen davon aus, dass es sich bei den Mordopfern um Mila Nilström und Sascha Minnowitsch handelt. Weiterhin wissen wir, dass Frau Andres«, sein Blick wanderte zu ihr, »mit den beiden im Restaurant Gosch sowie in der Sansibar gesehen wurde. Dafür gibt es Zeugen«, behauptete er. »Vermutlich verabreichte man ihr ebenso K.-o.-Tropfen. Nun frage ich mich, warum das Ganze, zumal man einander wohl erst kennengelernt hatte. Haben Sie eine Idee?«, wandte er sich in die Runde der Anwesenden.

Koppolew schaute irritiert. Woher wusste die Exfrau,

dass er mit dem Freund nach Sylt gereist war? Sascha mied das Haus des Kunsthändlers, gerade aus diesem Grund. Eine Beziehung zwischen ihr und Sascha schloss er kategorisch aus. Nur wieso traf man sich dann? Und genau diese Frage stellte er den Polizisten.

»Darauf weiß ich leider keine Antwort«, meinte Steinmann und fügte an: »Wir finden das heraus.« Plötzlich vernahm man ein auffälliges Räuspern. Jemand schien sich zu Wort zu melden.

Alle schauten einander an und suchten den Ursprung des Hustens, bis die Blicke auf Charlotte Kaufmann fielen.

»Wenn ich etwas sagen dürfte«, lenkte sie geschickt ein, schluckte und erhob sich behäbig von ihrer Sitzgelegenheit. Langsam schritt sie einen nach dem anderen ab, schaute die Leute an und ging weiter. Erst dann postierte sie sich neben dem Ordnungshüter und sah mit einem kurzen Nicken in die Runde der Zuhörer. »Ich heiße Charlotte Kaufmann. Was ich jetzt sage, wird einige von Ihnen enttäuschen. Meine Begleitung und ich wissen kaum etwas über die Malerei, aber wie man Verbrechen aufklärt, schon. Unter einem Vorwand haben wir uns dann hier eingeschlichen. Dafür möchte ich mich in aller Form bei Herrn Moblier entschuldigen, wobei ich der Überzeugung bin, dass Sie von Anfang wussten, dass wir keine Kunstkenner sind. Sie erwiesen uns zu rasch Ihre Gunst. Immerhin ist das Bild, was Sie verkaufen wollen, von unschätzbarem Wert. Aber lassen wir das. Es wurde eine Frage gestellt, auf die ich gerne antworten möchte.« Charlotte schaute streng, als erwarte sie die Aufmerksamkeit aller. »Ich hatte das Vergnügen, mich mit dem Kellner vom Restaurant Gosch zu unterhalten. Unter vier Augen erzählte dieser, dass er den Eindruck gewann, dass Frau Nilström und Herr Minnowitsch wenig vertraut wirkten. Womit auszuschließen ist, dass die beiden eine

Affäre hatten.«

Koppolew fiel ein Stein vom Herzen. Sascha war ihm demnach treu gewesen.

Charlotte fühlte sich in ihrem Element. »Und jetzt bekommt die Angelegenheit einen sehr merkwürdigen Verlauf. Das war am Montag vergangener Woche. Und am Dienstagmorgen lag Herr Minnowitsch nackt neben meiner Freundin Nadine Andres dann im Bett. Wir wissen inzwischen, dass sich beide nicht näher gekommen sind.«

»Was heißt hier wir?«, unterbrach sie Alina Tschekow.

Maria, die die ganze Zeit wie auf Kohlen gesessen hatte und endlich ebenso ihren Kommentar abgeben wollte, preschte von ihrem Sessel hoch und pirschte geradewegs zu ihrer Bekannten. »Also, wenn ick dann och mal wat zum Besten jeben darf. Wir, Charlotte und meine Wenigkeit, haben schon so manchen Täter zur Strecke jebracht.« Maria stieg zur Höchstform auf. Obwohl sie nicht unvermögend war, freute es sie, den Herrschaften ihre Meinung zu geigen. Immerhin ging es ihnen glänzend und man jammerte auf hohem Niveau. »Also, lassen Sie jetzt meine Freundin weitererzählen?«

Charlotte bedankte sich bei Maria mit einem vertrauten Nicken und holte erneut aus: »Wir wissen weiterhin, dass Herr Minnowitsch vergiftet wurde.«

In diesem Moment wurde es Steinmann zu bunt. Eine Rentnerin, die seinen Fall löste, war ihm bislang nicht untergekommen. Mochte sein, dass man im Süden des Landes anders damit umging. Hier im Norden ermittelte immer noch die Kriminalpolizei und nicht irgendwelche alten Damen. »Gut, wenn ich dann wieder meine Arbeit machen dürfte«, unterbrach er sie und heimste ihren rügenden Blick ein. »Das ist wahr. Es ist davon auszugehen, dass Frau Nilström Herrn Minnowitsch das Gift verabreicht hat.«

Ein Raunen ging durch die Menge.

Jemand sagte laut »Mila?« Und eine Frauenstimme wiederholte es.

Steinmann nickte abgehackt. »Der Hintergrund ist nicht bekannt. Wir ermitteln diesbezüglich weiter.«

»Mhm, wenn sie zu einem Mord fähig war, warum nicht zu einem zweiten?«, kam es von Marc Blomberg, der sich bislang zurückgehalten hatte.

Selzer schaute den ehemaligen Tennisprofi herausfordernd an und dachte über seine Worte nach. *Wieso fragt er das?* »Ich verstehe Sie nicht«, sagte er bewusst provozierend.

Alle Blicke richteten sich auf Blomberg, dem das sichtlich missfiel. Dennoch versuchte er zu lächeln.

19. Ab ins Gefängnis

Nadine wusste nur eines, entweder sie ignorierte Blombergs Frage oder sie stellte ihn zur Rede. In diesem Spiel konnte sie nur gewinnen, daher legte sie die Karten offen. »Wenn sich alles derart leicht klären ließe, wären wir fehl am Platz. Denkbar erscheint es. Ich spinne den Faden mal weiter«, sagte sie und schlug die Arme vor der Brust ineinander, während ihre Augen auf den Extennisprofi gerichtet waren. »Wir gehen davon aus, dass Mila Nilström Sascha Minnowitsch vorsätzlich ermordet hat. Lassen Sie mich bitte erklären, warum. Wie Sie alle wissen«, dabei schaute die Kriminalistin einen nach dem anderen an, »war Frau Nilström hier zu Gast. Nicht, wie Sie, verehrte Damen und Herren, vielleicht vermutet haben, als zahlungskräftige Mitbieterin, sondern als Köder, um Herrn Koppolew das Geld aus der Tasche zu ziehen. Mit Verlaub, jeder im Raum ist vermögend, doch nur einer von Ihnen kann sich einen da Vinci leisten. Und das wissen Sie.« Nadine kam in Fahrt und die Worte sprudelten nur so aus ihr heraus. »Die Anwesenheit von Sascha Minnowitsch bewog Mila Nilström möglicherweise zu einem Mord. Wie wir inzwischen erfahren haben, war sie mit Herrn Koppolew verheiratet. Allerdings gestand man ihr nach der Scheidung nur eine geringe Summe zu. Man nahm ihr die Tochter, steckte sie in ein Internat und überließ die Mutter dem Alkohol. Und dann trifft sie ausgerechnet auf die Person, die ihr neben dem Ehemann auch noch das Vermögen geraubt hat. Es tut mir leid, Herr Koppolew, dass ich das sagen muss. Auch Ihre zweite Ehe ist eine Farce. Sie ist nicht einmal die Unterschrift auf dem Blatt Papier wert.«

Koppolew bekam einen roten Kopf.

»Es wäre ein Leichtes gewesen, Ihre Exfrau ausreichend abzusichern. Warum das Ganze? Ich verstehe das nicht. Sie haben mit Ihrem Verhalten nicht nur sich ins Unglück gestürzt, sondern auch Ihre Tochter. Glauben Sie mir, das nagt ein Leben lang an Ihnen und ist mit keinem Geld der Welt wiedergutzumachen.«

Koppolew wurde wütend, derart dreist sprach niemand mit ihm, ansonsten hatte das Konsequenzen. Angriffslustig stand er auf und wollte auf die junge Frau losgehen, als er unerwartet innehielt, weil er begriff, dass sie recht hatte. »Vielleicht ist es gut, dass man mir mal den Kopf wäscht. Sagt man das so? Obgleich ich mir den Ton verbiete.«

Das zustimmende Kopfnicken war Antwort auf seine Frage.

»Auf Sylt ist mir einiges klar geworden. Ich sah das Geld, nicht die Menschen. Sascha zu verlieren, ist das Schlimmste, was mir passieren konnte. Ich hätte zu meiner Liebe stehen müssen, egal, was man über mich denkt. Wie soll ich ohne ihn weiterleben?«

Steinmann, der erschüttert dem Gespräch lauschte, mischte sich ein. »Dummerweise trafen Mila Nilström und Sascha Minnowitsch dann auf Frau Andres, die erst angereist war und sich auf der Insel ein paar schöne Tage machen wollte. Warum sie zur Zielscheibe wurde, wissen wir noch nicht. Anzunehmen ist, dass Mila Nilström jemandem den Mord in die Schuhe schieben wollte. Das Gift, das sie Herrn Minnowitsch verabreicht hatte, würde erst Stunden später wirken, das war ihr bekannt. Daher setzte sie sich im Restaurant bewusst an den Tisch meiner Kollegin. Was dann folgte, lässt sich schnell erklären. Zunächst tat sie ihr K.-o.-Tropfen ins Glas und wartete ab. Danach fuhr man gemeinsam zum Ferienhaus von Frau Andres, geduldete sich, bis Gift und Drink wirkten, und entkleidete sowohl sie als auch Herrn Minnowitsch. Unter den Umständen konnte das sogar eine Frau. Das Messer in seiner Brust diente als Ablenkungsmanöver. Immerhin war er vergiftet worden und das Toxin durfte nicht vor seiner Wirkung gefunden werden.«

Wow, so blöd wie der immer tut, ist er nicht. Nadine zeigte sich beeindruckt.

Koppolew nahm die Brille ab und rieb den Nasenrücken. Danach setzte er sie wieder auf und hörte neben sich Maria Schulz fragen: »Dit ist janz normalet Glas?«

Zum ersten Mal an diesem Abend offenbarte sich ein Lächeln auf dem Gesicht des Russen. Erneut zog er die Brille ab, sah durch sie hindurch und fing an zu strahlen. »Irgendjemand erzählte mir, dass man mit einer Sehhilfe bessere Chancen beim Flirten hätte und mit der Zeit habe ich mich daran gewöhnt. Brillenträger sind sexy. Finden Sie nicht?«

Maria fühlte sich wie eine Tomate, weil sie spürte, wie ihr Gesicht rot anlief. »Is dit so?«, begann sie zu stottern. »Ick dachte, ach lassen wir dit. Ick trage schon lange so'n Ding, nur mit richtigem Glas. Im Alter kiekt man nicht mehr so jut, aber dass die Kerle uf mich fliegen, kann ick nun wirklich nicht behaupten. Dabei sehe ick doch noch flott aus«, sagte sie voller Überzeugung und merkte nicht einmal, wie man grinste. Maria machte sich nichts daraus. Wenn man als Rentner nicht gelernt hatte, auf die Meinung anderer zu pfeifen, wann dann?

Nur einer war nicht mit von der Partie. Michael Hard. Anständig wie er war, meldete er sich zu Wort, obwohl ein jeder redete, wie es ihm gefiel. Die Berlinerin fühlte sich geschmeichelt und schickte ihm ein freundliches Nicken, das er tief durchatmend entgegennahm. »Interessante Ausführung. Daraus ließe sich sicher ein gutes Drehbuch machen. Mich erinnert das Ganze an Hercule Poirot. Ein

Mord ist geschehen, in einer Umgebung wie dieser. Zudem haben wir einen begrenzten Kreis von Verdächtigen mit Alibi, jedoch eines ist falsch. Dem gegenüber stehen die Ermittler. Nur sind es heute zu viele. Ich würde sie auf eine Person reduzieren, dann wäre ich bereit, die Hauptrolle zu übernehmen«, bemerkte er allen Ernstes. »Gestatten Sie mir eine Bemerkung. Wer hat denn jetzt Mila Nilström ermordet? Herr Minnowitsch kann es schlecht gewesen sein.«

In weiter Ferne kläffte ein Hund.

Der Wind pfiff, als begleite er ihn, und gleichzeitig hörte es sich an, als wimmerte ein Kind. Die passende Hintergrundkulisse für Hards Ausführung.

Nadine schaute aus dem Fenster geradewegs in die Nacht. Eine Zeit, in der niemand mehr vor die Tür trat, und dennoch war ihr nach Gehen zumute. Allmählich wurde es ihr im Haus zu eng, weil die Ereignisse ihr die Kehle zuschnürten. Trotz allem war sie bereit, dem ein Ende zu setzen. »Das ist richtig. Wie formulierten Sie doch treffend? *Ein begrenzter Kreis von Verdächtigen*. Ihr Vergleich mit Agatha Christie ist nicht zu leugnen. Frau Nilström wurde Opfer eines Eifersuchtsdramas, das, wie wir wissen, bekanntlich aus einer betrogenen Ehefrau oder einem gehörnten Ehemann besteht. In unserem Fall handelt es sich um die Gattin.«

»Was sonst?«, sagte Alina Tschekow beiläufig. »Das perfekte Motiv.«

»Wenn Sie es so nennen wollen«, entgegnete Nadine und warf einen kurzen Blick aus dem Fenster, bevor sie wieder in die Runde der Anwesenden schaute. »An diesem Ort gibt es nur ein Ehepaar, was infrage käme.«

Die Anspielung zeigte Resonanz, indem Marc Blomberg wie ein Gestörter vom Sessel hochschoss und ihn kurzerhand umwarf. »Sind Sie von allen guten Geistern verlassen? Wissen Sie, mit wem Sie es zu tun haben? Meine Frau ist eine Popdiva und ich eine Tennislegende. Mir ist das zu blöd. Wir reisen ab.« Während er das sagte, zog er seine Gattin an sich heran und nahm sie in den Arm. »Lass uns die Koffer packen.« Gereizt schaute er zu Charles Moblier. »Das hat Folgen. Ich werde dafür sorgen, dass Ihre Kunstwerke ohne Beachtung bleiben, egal, wie bekannt der Meister auch ist. Ich kann mir nicht erklären, wie Sie es angestellt haben, aber der unbekannte Mitbieter bei Christie's war doch einer Ihrer Kunden. Habe ich recht?«

Moblier nickte langsam, dann schnell. »Das Gemälde sollte in Europa verbleiben«, entschuldigte er sein Tun, »und nicht die Wand eines Einzelnen schmücken.«

»Das verstehe ich nicht«, sagte Charlotte Kaufmann, die sich inzwischen wieder gesetzt hatte. »Verkauft ist verkauft.«

»Und was passierte dann?«, funkte Selzer dazwischen.

»Dann haben wir erst einmal Gras über die Sache wachsen lassen. Der da Vinci galt als verschollen«, meinte Moblier und setzte seinen Gedankengang fort: »Wenn Herr Koppolew ihn auf Sylt erstanden hätte, wäre das Bild in einem Museum wie der Ermitage ausgestellt worden und somit der ganzen Welt zugänglich gewesen.«

Charlotte schaute skeptisch. »Das konnten Sie ihm versprechen?«, wollte sie von Koppolew wissen, zu dem sie sich gedreht hatte.

»Ja. Allerdings bestand man auf eine offizielle Vorgehensweise. Daher das Treffen auf Sylt.«

Maria sah zu Moblier. »Und haben Sie den Schinken verscherbeln können?«, kam es von ihr patzig und für alle deplatziert, was man sofort mit einem Kopfschütteln signalisierte. Sie bemerkte es, zog eine Schnute und meinte sichtlich genervt, dass man seine Meinung wohl noch kundtun dürfte.

»Nein. Wann denn? Entweder geschah ein Mord oder jemand wie *Sie* störte die Auktion«, platzte es aus Moblier heraus, obwohl er sich für seine Aussage schämte.

Die Berlinerin strafte ihn mit bösem Blick ab. »Sie haben uns doch in Ihr Haus jelassen. Wir haben nicht darum jebeten.«

Steinmann unterbrach die Streithähne, versuchte zu schlichten, indem er ihnen recht gab und sie bat, Ruhe zu bewahren, weil man den Ausführungen von Frau Andres weiter zuhören wollte. »Beruhigen Sie sich und geben Sie ihr die Gelegenheit, sich zu äußern. Nehmen Sie bitte wieder Platz, Herr Blomberg. Es wird Sie gewiss interessieren, wer die Schwedin ermordet hat.«

»Nein«, spie er mit einem zynischen Lächeln aus. »Tut es nicht.«

»Halt's Maul!«, unterbrach ihn plötzlich seine Frau. »Wir wissen doch beide, dass du ein Verhältnis mit dieser Schlampe hattest«, schrie sie ihn an.

»Sei still!«

»Nein. Ich habe genug geschwiegen. Ständig die Lügerei. Wir sind schon lange keine Familie mehr.« Erbost stand sie auf und baute sich vor ihm auf. »Ich lasse nicht zu, dass du unsere Kinder bloßstellst. Jahrelang hast du mich mit deinen Affären verletzt.« Unerwartet erteilte sie ihm eine Ohrfeige, was er zum Anlass nahm, sie zu erwidern. Rücklings fiel Kate Blomberg auf den Sessel und konnte sich gerade noch daran festhalten.

»Schluss jetzt! Hinsetzen und zuhören!«, befahl Selzer und entnahm seiner Jeans ein Blatt Papier, das er entfaltete und zu lesen begann: »Geliebte Mila, ich habe ewig mit mir gehadert und bin fest entschlossen, Kate zu verlassen. Ich möchte mit dir neu anfangen. Marc.«

Blomberg hatte Tränen in den Augen. Sein Weinen war

Antwort genug.

»Wieso dann ihr Tod?«, hinterfragte Selzer, obwohl er längst ahnte, dass nicht er der Täter war, sondern seine Frau. Allerdings wollte der Konstanzer ihr die Gelegenheit bieten, sich zu äußern. »Wie haben Sie es angestellt?«

Kate Blomberg lachte laut auf. »Wie? Genau, wie sie es mochte. Ich habe ihr einen Metalldildo in den Unterleib gerammt. Immer und immer wieder. Sie sollte den Schmerz fühlen wie ich meinen.«

Die Empörung aller war unüberhörbar.

Das erklärt das fehlende Sperma, überlegte Selzer. »Hat sie sich gewehrt?«, fragte er sachlich und hatte Mühe, ruhig zu bleiben, denn eine solche Kaltblütigkeit hatte er der Frau nicht zugetraut.

»Nein, sie war gefesselt.«

»Und was geschah dann?«

»Als ich fertig war, habe ich sie in diesem Loch liegen lassen und bin gegangen.«

Nadine schaute sie erbost an. »Das Opfer hatte Wasser in den Lungen. Demzufolge muss sie ertrunken sein.«

»Ist das so? Vielleicht ist sie in der Pfütze abgesoffen. Möglicherweise hatte sie Durst. Finden Sie es heraus«, meinte Kate Blomberg schnippisch.

»Und weiter?«, fragte Nadine.

»Nichts, sie war tot. Also haben wir sie ins Auto gepackt und irgendwo ans Ufer gelegt.«

»Sie reden in der Mehrzahl«, funkte Selzer dazwischen.

»Habe ich das? Ich war alleine«, log Kate Blomberg, ohne rot zu werden, was Selzer hinterfragte. »Wenn ich mir Ihre Statur ansehe und an die von Frau Nilström denke, erscheint es mir unwahrscheinlich, dass Sie die Tote eigenhändig ins Auto verfrachtet haben. Das Opfer war zwar leicht, aber nicht für eine zierliche Person, wie Sie eine sind. Jemand muss Ihnen geholfen haben, dessen bin ich mir sicher. Und wir werden denjenigen finden, glauben Sie mir. Allerdings könnten Sie uns einiges an Arbeit ersparen, wenn wir den Namen wüssten.«

Kate Blomberg schaute verstohlen zu ihrem Mann, was nicht unbeachtet blieb.

»Ahnte ich's doch«, meinte Nadine, die fassungslos blickte. »Moment mal! Erst schreiben Sie Frau Nilström einen Liebesbrief und dann helfen Sie bei deren Ermordung? Wie pervers ist das denn?«

Blomberg rieb das Kinn und mahlte gleichzeitig mit dem Kiefer. »Ich habe ihr nicht geholfen. Kate hat es mir erzählt, als Mila bereits tot war. Wie hätte ich mich verhalten sollen? Es hat mir das Herz aus dem Leib gerissen.«

Seine Bemerkung blieb ohne Kommentar, bis die Berliner Seniorin sich äußerte. »Ick globe mein Schwein pfeift. Zumindest die Polizei rufen«, schimpfte sie, indes Charlotte die Bekannte mit finsterem Blick abstrafte. Ihr »Maria!« ließ keinen Zweifel offen.

»Is ja schon jut«, flüsterte diese zur Entschuldigung.

Blomberg stand steif vor seiner Frau und fühlte sich erbärmlich. »Ich habe viele Fehler gemacht und der größte war, eine Ehe am Leben zu halten, die keine mehr ist. Mila war zart und zerbrechlich. Man hatte das Gefühl, sie beschützen zu müssen.«

Kate schaute ihn zornig an. »Ja, das war sie. Kaum dass ich sie penetriert hatte, schoss das Blut aus ihr heraus. Dabei war es nicht einmal heftig. Wenn sie dich geliebt hat, wieso hat sie dann den Russen getötet?«, schrie Kate ihn an und wurde puterrot. Jedoch eine Antwort blieb aus, weil er sich seinen Erinnerungen hingab.

Für die Polizisten war der Fall gelöst. Dennoch hegte man einen Gedanken. Hatte am Ende die Gerechtigkeit gesiegt, da die Mörderin selbst zum Opfer wurde? Gleiches mit Gleichem vergelten, war das die Lösung?

Koppolew wusste weder, ob er sich freuen, noch, ob er weinen sollte, wenngleich ihm jene Frage durch den Kopf ging. Der Oligarch erhob sich, schritt auf Steinmann zu und unterbreitete ihm, dass er die Toten identifizieren würde. Alsdann ließ er ihn stehen, worüber sich der Kriminalist aufregte und ihn am liebsten zur Rede gestellt hätte, was die Konstanzer Kollegin jedoch zu verhindern wusste, indem sie dezent auf seine Schulter klopfte. Als er sich umdrehte, lachte sie. »Ich danke Ihnen. Ohne Sie säße ich morgen in U-Haft.« Nadine umarmte ihn und drückte ihm einen Kuss auf die Wange. »Eigentlich müsste ich nach Hause fahren, aber in Anbetracht der Situation gönne ich mir noch ein paar Tage. Immerhin habe ich von der Insel kaum etwas gesehen.«

Steinmann verzog das Gesicht zu einem triumphierenden Grinsen. »Gern geschehen. Wenn Sie mögen, zeige ich Ihnen Sylt. Dann werde ich mal den Bürgermeister von alledem in Kenntnis setzen.«

Ein warmes Gefühl breitete sich in Selzers Magen aus. Seine Kollegin war unschuldig. Es war weder eine vage Vermutung noch gab es daran etwas zu deuteln. Erleichtert wandte er sich den Gästen zu. »Wir sollten die Blombergs verhaften«, rief er Steinmann entgegen, der ihn erschrocken ansah, weil er ins Gespräch mit Nadine Andres vertieft war, was Selzer zu innig erschien.

Der Norddeutsche gab kurzerhand den Auftrag an seinen Assistenten weiter, welcher gewillt war, die Sache in die Hand zu nehmen.

Danach lief alles wie geschmiert.

Man führte die Blombergs ab, während die Damen beschlossen, vor dem Zubettgehen noch einen Sherry zu trinken, weil ohnehin niemand schlafen konnte. Währenddessen hatte sich Hard in sein Zimmer zurückgezogen, um das Erlebte niederzuschreiben.

***

Vierzehn Tage später

Es war ein normaler Montag, wie Nadine ihn mochte. Ruhig und langsam in die Woche startend. Sie ließ ihren Blick durch das Büro schweifen. Schön war es hier. Rechts am Fenster standen die Zimmerpflanzen, die von Hufnagel fürsorglich betreut wurden, und die sich mit regem Wachstum dafür bedankten. Der Raum wirkte verwaist, obwohl es nach neun war. Eigentlich hätten die Kollegen längst anwesend sein müssen. Unerwartet ging die Tür auf. Selzer steckte den Kopf ins Zimmer, um einen guten Morgen zu wünschen, und verschwand wieder.

Hä, was war das jetzt? Kommt der oder geht der? Nadine schüttelte ungläubig den Kopf und scrollte durch die eingegangenen Mails. *Nichts von Bedeutung*, meinte sie. Versonnen schaute sie aus dem Fenster und freute sich über die Oktobersonne, die ins Büro strahlte. *Wie wird es Steinmann ergehen? Wäre er nicht gewesen … Und was ist mit Koppolew? Er hat alles verloren, was ihm am Herzen lag. Als ich ihn bei der Identifizierung der Leichen fragte, was die Tätowierung an Saschas Hals bedeuten würde, meinte er, dass man in manchen Kulturen den Blitz als eine vom Himmel herunterstoßende Schlange ansehe. Ein himmlischer Phallus, der wie Sonnenstrahlen* Funke des Lebens *sei und genauso* Feuer des Himmels. *Sascha mochte wohl diese Ambivalenz, weil sie seinem Dasein entsprach.*

Das Telefon klingelte.

Noch in Gedanken nahm Nadine ab und meldete sich mit Namen. Dass Charlotte auf der anderen Leitung sprach, bekam sie erst nach einigen Worten mit, derart vertieft war sie.

»Na Kindchen, wie geht es dir denn?«

»Ach Charly, schön dass du anrufst. Und habt ihr euch wieder eingelebt?«

»Ja ja, uns geht's gut. Und selbst? Hätte ich geahnt, wie sich das entwickeln würde, ich hätte dich nie gebeten, nach Sylt zu kommen. Es tut mir so leid.«

Nadine seufzte. »Gott sei Dank hat alles ein gutes Ende genommen. Man hat mir sogar eine Woche Sonderurlaub gegeben. Wo ich den allerdings verbringen werde, weiß ich noch nicht.«

Charlotte schmunzelte. »Wie wär's mit Sylt? Dort soll es ganz schön sein.«

Die junge Frau hatte die Spitzfindigkeit verstanden und bemerkte ebenso ironisch: »Und wieder inoffiziell ermitteln?«, was bei den Damen ein herzliches Lachen erzeugte.

Nachdem man aufgelegt hatte, schwelgte Nadine in Erinnerungen, bis die Tür aufgerissen wurde, sie erschrak und Hübner eintreten sah. »Morgen.«

»Guten Tag«, sagte sie verstimmt, erhob sich und verließ das Büro. Auf dem Flur grüßte sie einen Kollegen aus dem Nebenbüro, weiter hinten eine Kollegin. *Gott sei Dank hat mich der Alltag zurück, wenn er manchmal auch nichtig erscheint.*

ENDE

Nachwort

Sylt – ländlich und urban, modern und traditionell.

Kaum ein anderes Reiseziel in Deutschland ist von solcher Vielfalt wie die Frieseninsel. Vom beschaulichen Morsum über das geschichtsträchtige Kapitänsdorf Keitum bis hin zum belebten Inselzentrum Westerland hat jede Region ihren ganz individuellen Reiz und ist von einzigartiger Schönheit.

Am Strand liegen oder sich sportlich betätigen, Shoppen gehen beziehungsweise die idyllische Natur genießen. Sylt ist immer eine Reise wert, die Sie hoffentlich in angenehmerer Atmosphäre verbringen werden wie in dem vorangegangenen Krimi.

Ich widme das Buch jenen, die einen eifersüchtigen Menschen erdulden müssen. Misstrauen ist Beziehungsgift. Toleranz im Leben bedeutet Rücksicht in der Liebe.

Könntest DU in die Zukunft schauen,
würdest DU es tun?

Jeder von uns hat mit diesem Gedanken gespielt. Doch was bringt es? In das Kommende zu sehen, bedeutet, nicht nur Positives zu entdecken.

Liebe Leserin, lieber Leser,

herzlichen Dank, dass Sie dieses Buch gekauft haben. Ich hoffe, dass Sie beim Lesen genauso viel Spaß hatten wie ich beim Schreiben. Zu jeder Jahreszeit hat ein Urlaub am Bodensee seinen eigenen Charme – erleben Sie es selbst!

Wenn Ihnen meine Krimis gefallen, habe ich noch eine Bitte an Sie. Als verlagsunabhängige Autorin kümmere ich mich auch um das Marketing meiner Bücher. Daher bin ich auf Ihre Unterstützung angewiesen. Sie helfen mir, wenn Sie meine Bücher bei Amazon bewerten, über sie sprechen und sie weiterempfehlen. Twittern Sie über das Buch, erwähnen Sie es auf Facebook oder anderen Plattformen.

Ich belohne meine treuen Leserinnen und Leser bei jeder Neuerscheinung, indem sie das E-Book für einige Zeit zu einem sehr günstigen Preis erwerben können. Sie erfahren von diesen Aktionen auf meinen Seiten im Internet.

Wünschen Sie weitere Informationen über mich und meine Bücher? Besuchen Sie mich doch einmal unter:

janette.john@web.de
www.janettejohn.de
instagram/janettejohn_bodenseekrimi
www.facebook.com/Janette-John-KrimiAutorin-

In jedem Fall freue ich mich und wünsche Ihnen alles Gute!

Herzliche Grüße vom Bodensee
Ihre Janette John

Über die Autorin

Janette John, ein Kind der Endsechziger, ist in Berlin aufgewachsen, hat dort studiert und ging danach beruflich ins Ausland. Nach ihrer Rückkehr war sie für ein paar Jahre in der Werbebranche tätig und etablierte sich schließlich im Vertriebswesen. Heute lebt sie mit ihrer Familie am Bodensee und verschwindet von Zeit zu Zeit in den Großstadttrubel ihrer Kindheit.

Fasziniert von spektakulären Kunstrauben, verzwickten Morden und interessant inszenierten Filmen präsentierte sie erfolgreich mit *Mit mörderischem Kalkül* ihren Thriller-Auftakt und ging mit den darauffolgenden Büchern weiter ihrer kriminellen Fantasie nach, die schon in frühester Jugend begonnen hat.

Leseprobe. Brief ohne Absender (Kripo Bodensee 9)

Notstand im Alter

Missstände

Skandale

Pflegenotstand

Monatliche Heimkosten von 3.300 € je nach Bundesland

In der deutschen Altenpflegebranche lässt sich die Liste dieser Zustände beliebig fortführen. Manch Heimbetreiber erzielt Gewinne, indem er am Personal spart und weniger ausgebildete Pfleger einstellt, als die Pflegekassen und Heimbewohner bezahlen.

Um 15.58 Uhr klingelte das Telefon in der Polizeidienststelle Cottbus und eine junge Beamtin mit dunklem Haar, gebunden zum Zopf, meldete sich. Mit klarem Blick schaute sie durch die Brille und fragte den Teilnehmer nach seinem Anliegen, der seinerseits langsam und gewählt zu sprechen begann: »Meine Frau ist tot und ich werde auch gleich sterben. Bitte schicken Sie jemanden in die Odenwaldstraße 10a, dritter Stock.«

Kurzes Schweigen.

»Nennen Sie mir bitte Ihren Namen!«

»Anton Schubert.« Der Mann mit dem schütteren grauen Haar stockte kurz. Er hatte sich während des Sprechens zu seiner toten Frau auf das gemachte Bett gesetzt und sah sie dabei liebevoll an. »Und Annegret Schubert.«

»Gut, Herr Schubert, wie ist Ihre Gattin gestorben?«,

wollte die Polizistin wissen und begann, auf der Tastatur ihres Computers zu tippen.

»Sie hat Schlaftabletten genommen.«

»Suizid?«, fragte sie erstaunt nach und blieb dennoch sachlich.

»Ja«, tönte es schwach mit einem hörbaren Schlucken. »Ich bin müde. Wissen Sie, es ging einfach nicht mehr. Für uns war es die beste Lösung. Ständig andere um Hilfe bitten, das hält auf Dauer keiner aus. Was ist das noch für ein Leben? Hören Sie, es war unsere Entscheidung, das müssen Sie mir glauben.« Er gähnte, sodass man es gut mitbekam. Dennoch zweifelte Schubert an seiner Handlung, ob sie die richtige war. *Oh je, ich habe meiner Tochter keinen Abschiedsbrief hinterlassen. Wie soll sie uns das jemals verzeihen? Ich muss ihr unbedingt noch* … Herr Schubert kämpfte gegen die Müdigkeit an. Die Augenlider wurden schwach und sie wollten partout zufallen.

»Herr Schubert??? Sind Sie noch dran? Gleich wird eine Streife zu Ihnen kommen. Bleiben Sie bitte wach!«

Schubert kehrte in sich, überlegte, ob er nicht doch … Nein, der Entschluss war gefasst worden, lange vor diesem Gespräch. Was würde es ändern? Nichts. Annegret war tot und ohne sie hatte all das keinen Sinn mehr. Wie auch? Der Kampf gegen ihre Krankheit war mühsam geworden und die Ersparnisse längst aufgebraucht. Wovon hätten sie eine Weiterbehandlung bezahlen sollen? Und zu Eigentum hatten sie es nie gebracht. Ihre kleine Zweizimmerwohnung war gemütlich eingerichtet, es fehlte ihnen an nichts. »Was sagten Sie? Jaja, ich bin noch wach. Bitte warten Sie mit dem Kommen. Ich benötige etwas Zeit, sonst macht das alles keinen Sinn. Ich habe Sie angerufen, damit wir keine Woche hier liegen müssen. Wissen Sie, als eine Nachbarin aus dem Nebeneingang vor einem Jahr verstarb, wurde sie erst Tage später gefunden. Ihre Katze miaute entsetzlich und dazu kam der unangenehme Geruch von Verwesung. Nein, gute Frau, so möchte ich nicht sterben. Man hat ja Verantwortung seinen Mitmenschen gegenüber. Und bis unsere Tochter hier auftaucht, das kann dauern. Sie besucht uns nur noch selten, aber sie kommt. Das Mädel hat ja ihr eigenes Leben.« Der Alte hielt inne.

»Ja Herr Schubert, sprechen Sie ruhig weiter. Ich höre Ihnen zu«, versuchte die Polizistin, den Senior bei der Stange zu halten. Hauptsache, er schlief nicht ein.

»Ach, ich erzähl mal wieder zu viel. Ich weiß. Es redet doch sonst keiner mit mir. Und Annegret ist tot.« Er presste Luft aus dem Mund, als hätte er einen Berg bestiegen und zu seiner Freude den Gipfel erklommen.

»Sie erwähnten eine Tochter. Wie kann man sie erreichen?«

Schubert beugte sich nach vorne und stützte sich mit der Hand auf dem Schenkel ab. *Anne liegt da, als würde sie schlafen. Oh Gott, was habe ich getan?* Das schlechte Gewissen übermannte ihn. *Wenn ich noch länger mit der Dame telefoniere, komme ich womöglich von meinem Vorhaben ab. Ich muss das sofort beenden, sonst stehen die Ordnungshüter vor der Tür und ich überlebe das Ganze.* »Ich lege einen Zettel auf den Tisch. Dort steht drauf, wen man benachrichtigen soll. Es ist alles organisiert. Keiner braucht für unser Begräbnis aufzukommen. Ein hübscher Grabstein ist bereits bestellt. Weißer Carrara-Marmor, den mochte Annegret so. Kennen Sie sicher, oder?«

Die Polizistin nickte stumm, indes dem Mann der Telefonhörer aus der Hand glitt und zu Boden rutschte. Ihr lautes »Herr Schubert???« blieb ungehört, weil er inzwischen auf den Teppich gefallen war.

1. Konstanz, Sommer 1954

Er stellte das Fahrrad an die Stallwand und wischte sich den Schweiß von der Stirn. Sein Blick fiel hinüber auf die andere Seite direkt zum Wald, hinter dem sich die Gebirgszüge der Schweizer Alpen bilderbuchmäßig abzeichneten. Der Himmel war großflächig blau, dass man hätte meinen können, man schaute auf das Meer.

Ein kurzer Moment, in dem er innehielt, verweilte und in die Stille hörte. Aus der Ferne vernahm er die Stimmen seiner Kinder. Zu vier hatten sie es inzwischen gebracht, das fünfte war unterwegs. Helga, seine Frau, hatte er gerade ins Krankenhaus gefahren und viel Zeit zum Verschnaufen blieb ihm nicht. Die Arbeit auf dem Hof machte sich nicht von selbst. *Hätte sie doch nur besser aufgepasst.* Er war Ende dreißig und fühlte sich bereits wie ein Greis. Ein weiteres Maul stopfen, wie sollte das gehen? Den Krieg hatte er gesund überstanden, während ihn die Erinnerung an die schreckliche Zeit hatte hart werden lassen. Gefühlskalt nannte es Helga, gleichfalls litten die Kinder unter den Gewaltausbrüchen. Schon der kleinste Widerspruch ließ ihn verbal aufbrausen und die Hand gegen sie erheben. Danach tat es ihm leid und am nächsten Tag erinnerte er sich an nichts mehr. Und ausgerechnet jetzt bekam sie wieder ein Kind.

Erneut drang das Lachen an ihn heran, deutlicher als zuvor. Es hatte etwas Feenhaftes, als wäre es nicht von dieser Welt. In seinem Geiste gehörte es einem übersinnlichen Wesen, eines, das ihn mit sich nahm an einen Ort voller Anmut, denn inzwischen war ihm all das hier verhasst. Erst der Krieg und das unsägliche Leid und dann die vielen Entbehrungen. Dabei erging es ihnen jetzt gut. Sie hatten alles, was man benötigte. Das Gemüse bauten sie selbst an und die wenigen Kühe und Hühner versorgten sie mit dem Notwendigsten.

Wind kam auf und durchdrang die Äste. Für einen kurzen Augenblick schaute er zum Himmel und fühlte sich wie am Meer. Erneut vernahm er das Lachen, das von irgendwoher zu ihm drang. Plötzlich fuhr er zusammen, weil direkt vor ihm zwei Mädchen spielten, etwa im Alter seiner Tochter. Die Zwölfjährige rannte den beiden hinterher, während er ihnen nachsah. Hübsch waren sie, mit ihren Zöpfen, den geblümten Kleidchen und so unbeschwert, wie es Kinder nur sein konnten. Und nichts deutete darauf hin, dass der Krieg erst seit ein paar Jahren vorbei war.

Langsam schritt er auf das Bauerngehöft zu, grüßte die Mädchen, bis eine von ihnen, die wohl Ältere, zu ihm eilte und um Wasser bat. *Die mit dem Lachen?,* fragte er sich und vernahm in ihrer Stimme jenen Wohlklang, der ihm noch immer in den Ohren lag.

Anton Weise bat sie ins Haus und führte sie in die Küche. Der Nierentisch mit passenden Stühlen wirkte modern, während das alte Küchenbüfett aus den Dreißigerjahren, solide gebaut und wuchtig, den Charme von Ewigkeit vermittelte.

Der Bauer reichte ihr das gewünschte Wasser, das sie gierig trank und dem ein neugieriges Umschauen folgte. Unerwartet griff sie nach dem Buch, welches auf dem Tisch lag. »Die Bibel?«, fragte sie und ließ den Mann nicht aus den Augen.

Weise nahm das Buch mit dem schwarzen Umschlag an sich und drückte es gegen die Brust. »Meine Frau hat heute Morgen noch darin gelesen und sich für die Geburt unseres Kindes Gottes Beistand gesucht. Wieso fragst du?« Er schaute in ihre dunkelbraunen Knopfaugen, die ihn listig beobachteten.

»Weil wir daheim keine mehr haben. Mutter glaubt nicht mehr an Gott, seit Vater im Krieg geblieben ist. Viele meiner Verwandten kamen im Konzentrationslager um. Nur wir sind noch übrig.« Sie schniefte und versuchte, die Tränen zurückzuhalten.

Obwohl er es nicht wollte, legte er seine Hand auf die ihre. »Ja, der Krieg hat allen zu schaffen gemacht. Schlimme Geschichte, das mit deinem Vater.«

Die Kleine nickte verhalten. »Mama hat immer gesagt, wir sollen an das Gute im Menschen glauben, und Papa hat sie machen lassen. Und jetzt ist er tot. Deshalb glaubt sie nicht mehr an Gott.«

»Verstehe«, antwortete Weise knapp. »Verrätst du mir deinen Namen?«

»Ava.«

»Schöner Name und wo wohnt ihr, Ava?«

»Bei den Benders. Wir haben dort zwei kleine Zimmer bekommen.«

»Bei den Benders, also? Nette Leute. Dann wohnst du nur einen Katzensprung von uns entfernt.«

»Mhm. Wie spät ist es eigentlich?«

Weise schaute auf die verzierte Standuhr und vernahm das leise Ticken, das er längst nicht mehr registrierte. »Vier Uhr.«

»Oh, dann habe ich noch eine Stunde, bis ich nach Hause muss.«

»Soll ich dir vielleicht aus der Bibel vorlesen? Was meinst du?«, fragte Weise nicht ganz ohne Hintergedanken.

Das Mädchen schaute ihn mit großen warmen Augen an, die so braun wie Kastanien waren und niedlich wie die eines Bären. Er genoss ihre Nähe, in einer Art, die ihm als Erwachsener nicht zustand, obwohl das Mädchen seine zerschundene Seele streichelte.

»Gut, ich schlage eine Stelle in der Bibel auf und du tippst mit dem Finger auf die Seite. Die Zeile lese ich dir dann vor. Lass uns auf die Bank setzen, dort ist es bequemer.«

Sie folgte ihm wortlos und bemerkte die Stille, die das Haus umgab.

Nachdem man sich gesetzt hatte, schlug er das Buch auf, während sie auf eine Textzeile tippte. Zunächst überflog Weise den Text und begann dann langsam zu lesen. »Hier steht: Jesus rief und sprach: Wenn jemand dürstet, so komme er zu mir und trinke!« Ungeachtet dessen fiel sein Blick auf ihre schmalen hellhäutigen Schenkel, auf die sie ihre Hände gelegt hatte und damit hin und her wippte. Ihre Haut war von vornehmer Blässe. Er verspürte das Bedürfnis, darüber hinwegzustreicheln. Worte wie: *Führe uns nicht in Versuchung* kamen ihm in den Sinn.

Die Kleine lächelte und zeigte ihr Gebiss, in dem sich eine winzige Zahnlücke zwischen den oberen Schneidezähnen zeigte. »Dann sind Sie Jesus?«

Weise sah sie überrascht an und wusste nicht, worauf sie hinauswollte. »Wie kommst du denn darauf?«, fragte er und streichelte über ihre Hand.

Ava ließ ihn zunächst gewähren, zog sie dann aber weg. »Nun, weil Sie mir zu trinken gegeben haben«, sprach sie schüchtern.

»Allmächtiger, nein. Aber der Vergleich hat etwas«, grinste er wie ein Schuljunge und berührte sie erneut, gleichfalls es Ava nicht behagte. »Ich glaube, ich sollte jetzt gehen«, meinte sie sich zusehends unwohl fühlend, bis er ihre Hand packte und sie an sich zog. »Bleib! Wir haben doch gerade erst begonnen«, sagte er und murmelte etwas von einem kleinen süßen Mädchen, und dass man gar nicht früh genug anfangen könne, Erfahrungen zu sammeln.

Ava wurde schlecht. Sie hatte Angst. Was wollte er von ihr? War es das, vor dem sie ihre Mutter immer gewarnt hatte? Dämonen zeichneten sich vor ihrem geistigen Auge ab. Sie musste raus, doch er hatte sie fest im Griff. »Lassen Sie mich los, bitte«, flehte sie ihn an. »Bitte!«

Weise wusste, dass er ungestört war. Also presste er die Kleine auf die Sitzbank, zerrte ihr Kleid hoch und begann, sie zu begrapschen, während er seine Hose öffnete. Aus Vorsicht legte er die Hand auf ihren Mund, weil sie begonnen hatte zu schreien.

Angsterfüllt starrte die Kleine aus dem Fenster, in der Hoffnung, dass jemand sie sah, wohingegen ein unbändiger Schmerz ihren Körper durchwanderte. Es kam ihr vor, als hätte sich die Hölle in ihrem Unterleib aufgetan. Tausend lodernde Flammen schossen durch sie hindurch, und sie schmeckte den beißenden Schweiß jenes Mannes, dessen Geruch sich in ihre Nase fraß und darin festklammerte. Wie eine Tätowierung, die man ins Fleisch brannte, damit man sie nie wieder loswurde. Obwohl Ava ohne Glauben an den Herrgott erzogen wurde, flehte sie ihn jetzt inständig an, dass dieses Vieh endlich von ihr abließe.

Als sich Weise dann lautstark in ihr ergoss, war es längst zu spät. Erschöpft ließ er von ihr ab. »Zieh dich an und wasch dein Gesicht!« Seine Stimme war barsch und nichts deutete darauf hin, dass er anfänglich nett gewesen war.

Die Kleine tat, was er verlangte, wusch sich heulend den Dreck weg und verließ das Haus, bis sie vom Quietschen der Tür erschrak, welches sie vor wenigen Minuten noch sehnlichst herbeigewünscht hatte. *Wieso hat mir niemand geholfen?*

Weitere Bodenseekrimis

Mit mörderischem Kalkül (Kripo Bodensee 1)

Mit mörderischem Kalkül ist der erste Bodenseethriller von Janette John und bildet den Auftakt zur Serie *Kripo Bodensee*. Lassen Sie sich mit Spannung und Humor an den Bodensee entführen. Viel Spaß beim Lesen wünscht Ihnen Janette John!

Wenn du glaubst, du könntest deine Vergangenheit
einfach so hinter dir lassen, dann hast du dich geirrt!
Sie ist wie ein Geschwür, entweder sie frisst dich auf
oder du lernst, mit ihr zu leben. *Janette John*

Was würdest **DU** tun,
wenn man **DIR** sagt, dein Kind sei nach der Geburt verstorben,
aber **IHM** sagt, du wärst nach der Geburt verstorben,

und man der **WELT** sagt, du hättest dein Kind ermordet?
Würdest **DU** kämpfen?

Westberlin 1966. Die tragischen Ereignisse einer jungen Frau, die ihr Kind bei der Geburt unter mysteriösen Umständen verloren hat, erschüttern die Stadt. Doch die Dinge überschlagen sich und mit ihnen die Nachrichten in den Zeitungen. Während die einen von einem verhängnisvollen Unfalltod sprechen, zerreißen sich die anderen die Mäuler und schreien Mord. Doch nichts ist so, wie es scheint!

Konstanz heute. In einem luxuriösen Seniorenstift wird einer der Heiminsassen tot aufgefunden. Das Alter des Mannes sowie die äußeren Umstände sprechen für Herzversagen. Sein Tod jedoch, ausgelöst durch Schlangengift, entpuppt sich als perfider Plan. Berlin heute. Auf offener Straße wird ein alter Mann kaltblütig überfahren, nur vom Täter fehlt jede Spur.

Die junge Konstanzer Polizistin Nadine Andres und ihr neuer, etwas unfreiwillig ermittelnder Chef Rudolf Hufnagel geraten in einen Strudel dunkler Geheimnisse mit Wurzeln, die bis zurück in die Sechzigerjahre reichen. Bei ihren Ermittlungen decken sie düstere Familienzerwürfnisse auf: Mord und Korruption sind hier keine Tabus.

Per Deadline Mord (Kripo Bodensee 2)

Per Deadline Mord ist der zweite Bodenseethriller von Janette John. Lassen Sie sich mit Spannung und Humor an den Bodensee entführen. Viel Spaß beim Lesen wünscht Ihnen Janette John!

Das Leben ist wie die Tastatur eines Klaviers.
Entweder spielt es in leisen oder auch in lauten
Tönen. Mal in Weiß, mal in Schwarz und mal
irgendwo dazwischen.
Janette John

Stell **DIR** vor, ein geliebter Mensch ist krank
und nur **EIN** Spenderorgan rettet jetzt noch sein
Leben!
Doch **DIE** Warteliste ist zu lang.

Was würdest **DU** tun?

Heidelberg 2001. Im Universitätsklinikum Heidelberg stirbt die Mutter zweier Kinder aufgrund eines angeborenen Herzfehlers. Das zu erwartende Spenderherz blieb aus.

Konstanz heute. Mitten am helllichten Tag fällt eine junge Studentin vom Konstanzer Münster. Alles deutet auf Selbstmord, wenn es nicht eine Reihe ähnlicher Fälle in den letzten Jahren deutschlandweit gegeben hätte. Die Frauen waren jung, rothaarig, feengleich und schön. Warum traf es gerade sie?

Deutschland heute. Zum Teil arme und mittellose Menschen sterben eines natürlichen Todes. Merkwürdig sind nur das Alter sowie die Todesursache. Waren sie womöglich Ersatzteillager für bessergestellte Todkranke?

Die junge Polizistin Nadine Andres und ihr Team geraten in die mafiösen Strukturen einer in Europa agierenden Vereinigung von Organhändlern. Mit solch einem Ausmaß an krimineller Energie hatten selbst sie nicht gerechnet. Besteht etwa eine Verbindung zwischen diesen scheinbar unterschiedlichen Ereignissen? Und wenn ja, worin?

Sein anderes Ich (Kripo Bodensee 3)

Sein anderes Ich ist der dritte Bodenseekrimi von Janette John. Lassen Sie sich mit Spannung und Humor an den Bodensee entführen. Viel Spaß beim Lesen wünscht Ihnen Janette John!

Man trifft sich im Leben immer zweimal. Vielleicht am Anfang.
Vielleicht aber auch am Ende.
Janette John

Was denkst **DU**?
Wie würde **DEIN** Leben wohl verlaufen,
ohne das Wissen um **DEINE** Eltern?

Freiburg im Breisgau 1988. Anlässlich ihrer bevorstehenden Sommerferien feiert eine Gruppe von Teenagern ausgelassen eine Party, während hinter verschlossenen Türen ein fünfzehnjähriges Mädchen brutal vergewaltigt wird. Sie wird schwanger, verschwindet spurlos und taucht ein Jahr später wieder auf.

Konstanz heute. Eine Hitzewelle ergießt sich über die Stadt. Freibäder platzen aus allen Nähten. Eisdielen haben Hochkonjunktur. Doch der Sommer ist trügerisch. In einem abgelegenen Waldstück wird der nackte Körper einer jungen Prostituierten gefunden. Ihr Gesicht ist entstellt und von Maden zerfressen.

In den Wochen danach werden in der Nähe des Fundorts zwei weitere Leichen gefunden, wieder sind sie nackt.

Das Konstanzer Kripoteam um Daniel Selzer macht sich an die Aufklärung der Morde, die zwar erschüttern, zunächst aber keine Erwähnung in den Medien finden. Bleibt die Frage, wieso hat sich der Täter so grausam an den Frauen vergangen? Und was hat es mit den Zigarettenrückständen sowie Hundehaaren an den Toten auf sich?

Kaum 24 Stunden (Kripo Bodensee 4)

Kaum 24 Stunden ist der vierte Bodensee(kurz)krimi von Janette John. Lassen Sie sich mit Spannung und Humor an den Bodensee entführen. Viel Spaß beim Lesen wünscht Ihnen Janette John!

Drum quäle nie einen anderen zum Scherz, denn er fühlt wie du den Schmerz.
Janette John

Stell **DIR** vor, man demütigt Dich,
KEINER hilft Dir und
ALLE schauen zu!
Würde es **DICH** verändern?

Kurz vor Weihnachten wird im Konstanzer Stadtgarten die Leiche einer jungen Frau gefunden. In ihrem weißen Nachthemd, den weit von sich gestreckten Armen und Beinen gleicht sie einem Schneeengel. Zudem ist sie voller Blut. Die Darstellung des Engels wirft Fragen auf. Warum wurde sie gerade hier abgelegt und vor allem, wer hat sie so bestialisch sterben lassen?

Während die junge Polizistin Nadine Andres und ihre Kollegen die Ruhe kurz vor Weihnachten genießen und sich gedanklich schon in den Ferien befinden, kommt ihnen der Fall, kaum 24 Stunden vor Heiligabend, gänzlich ungelegen. Mit vollem Einsatz und unter Zeitdruck begeben sie sich an die Aufklärung des Mordes, der sich zunächst als klassische Beziehungstat herausstellt. Allerdings machen die Kripobeamten einen entscheidenden Fehler, erkennen nicht die wahren Hintergründe dieser bedauerlichen Geschichte aus Demütigung und Hass, die Jahre zuvor ihren Anfang nahm.

Zeit voller Zorn (Kripo Bodensee 5)

Zeit voller Zorn ist der fünfte Bodenseekrimi von Janette John. Lassen Sie sich mit Spannung und Humor an den Bodensee entführen. Viel Spaß beim Lesen wünscht Ihnen Janette John!

Es gibt zwei Möglichkeiten, wie das Leid einen prägen kann. Entweder es festigt den Charakter oder es zerstört das Wesen.
Janette John

Angenommen der Kummer zerfrisst DICH,
wie würdest DU damit umgehen?
Ihn zulassen oder sich IHM zur Wehr setzen?

Kurz vor Weihnachten wird im Konstanzer Stadtgarten die Leiche einer jungen Frau gefunden. In ihrem weißen Nachthemd, den weit von sich gestreckten Armen und Beinen gleicht sie einem Schneeengel. Zudem ist sie voller Blut. Die Darstellung des Engels wirft Fragen auf. Warum wurde sie hier abgelegt und vor allem, wer hat sie derart bestialisch sterben lassen? Schnell scheint der Fall gelöst. Nur handelt es sich bei dem mutmaßlichen Täter auch um den richtigen?

Etwa zwei Wochen danach wird im Beichtstuhl einer Kirche der Leichnam einer Rentnerin gefunden. Genau wie die Tote im Stadtgarten ist auch sie nur mit weißer Nachtwäsche bekleidet. Wenig später schlägt der Täter ein drittes Mal zu. Erneut trifft es eine Frau und wieder trägt sie dasselbe Gewand.

Welches Schicksal verbindet die drei Opfer und warum findet man sie derart angezogen vor? Hat man es möglicherweise mit einem Ritualmord mit religiös angehauchtem Hintergrund zu tun?

Die Konstanzer Kripobeamten um Daniel Selzer jagen ein Phantom. Wer ist es, der die Frauen auf diese Weise ermordet und aus welchem Grund?

Kein Mord verjährt (Kripo Bodensee 6)

Kein Mord verjährt ist der sechste Bodenseekrimi von Janette John. Lassen Sie sich mit Spannung und Humor an den Bodensee entführen. Viel Spaß beim Lesen wünscht Ihnen Janette John!

Die Seele eines Kindes ist so klar wie das Wasser.
Wird sie beschmutzt, leidet man ein Leben lang.
Janette John

Angenommen **DEIN** Kind verschwindet spurlos.
Und Tag für Tag verfolgen **DICH** die gleichen Fragen.
Wo ist es? Geht es ihm gut?
Würdest **DU** daran zugrunde gehen?

Konstanz 2014. Als Linda Wendel am Abend von ihrer Schicht nach Hause zurückkehrt, ist ihr zehnjähriger Sohn wie vom Erdboden verschwunden. Sie glaubt, der Kleine hätte sich nur versteckt, denn es gibt weder Anzeichen für einen Einbruch noch für einen Unfall. Der Junge bleibt verschollen. Selbst eine groß angelegte Suchaktion der Polizei zeichnet keinen Erfolg.

Konstanz Jahre später. In einer Kiesgrube finden Arbeiter einen Schädel sowie die Stoffreste eines Schlafanzuges. Ein Abgleich mit dem Gebiss bringt schließlich die traurige Wahrheit ans Licht. Es ist Tim, der vermisste Junge von Linda Wendel. Doch wie ist er dorthin gekommen? Und was hat sich damals tatsächlich ereignet?

Als plötzlich eine junge Frau aus ihrer Wohnung, unweit der von Familie Wendel, verschwindet und keine Spuren hinterlässt, wird die Konstanzer Kriminalpolizei hellhörig. Besteht etwa ein Zusammenhang zwischen den beiden Fällen und wenn ja, welcher?

Der 14. Februar (Kripo Bodensee 7)

Der 14. Februar ist der siebente Bodenseekrimi von Janette John. Lassen Sie sich mit Spannung und Humor an den Bodensee entführen. Viel Spaß beim Lesen wünscht Ihnen Janette John!

Wo die Liebe wohnt,
ist auch das Glück nicht fern
Janette John

Wie würdest **DU** handeln,
wenn **DIR** dein Liebstes genommen wird
und **DU** daran fast zugrunde gehst?

Als am 14. Februar in Konstanz eine junge Frau unerwartet stirbt, geraten die Bewohner der Stadt in Panik, weil eine seltsame Nachricht in den sozialen Medien die Runde macht. Wenig später kündigt der Verfasser eine weitere Tote an, die vom süßen Duft seiner Rose gekostet hat. Anfangs hält man ihn noch für einen Spinner und die Zeilen für eine Fake News. Doch nachdem sich die Meldungen überschlagen, entwickelt sich der Tag der Liebe zum Fiasko. Hunderte von Blumensträußen wurden gekauft und unzählige Frauen haben daran gerochen.

Als dann in den Nachmittagsstunden eine weitere Tote beklagt wird, nimmt das Unheil seinen Lauf.

Daniel Selzer, von der Konstanzer Kripo, hat ebenfalls eine Rose gekauft. Beim Gedanken an die merkwürdigen Ereignisse wird selbst ihm angst und bange. Gehört etwa auch seine Rose zu den todbringenden Blumen?

Wenn Hoffnung stirbt (Kripo Bodensee 8)

Wenn Hoffnung stirbt ist der achte Bodenseekrimi von Janette John. Lassen Sie sich mit Spannung und Humor an den Bodensee entführen. Viel Spaß beim Lesen wünscht Ihnen Janette John!

Wer liebt, verzeiht.
Wer es nicht tut, wird es ein Leben lang bedauern.
Janette John

Was würdest **DU** antworten,
wenn man **DICH** fragt,
wie definierst **DU** Glück?

Als am 14. Februar in Konstanz eine junge Frau

unerwartet stirbt, geraten die Bewohner der Stadt in Panik, weil ihr Tod in einem der sozialen Netzwerke angekündigt worden ist. Schon wenig später liest man von einem weiteren Opfer.

Allzu schnell ist ein Verdächtiger gefasst. Doch ein Motiv lässt sich nicht finden. Nachdem sich die Nachricht bewahrheitet und man seltsame Zeichnungen an den vorausgesagten Toten findet, beginnt die Jagd nach einem Phantom.

Die Konstanzer Polizei steht vor einem Rätsel. Wer steckt hinter den Morden, die scheinbar miteinander verflochten sind?

Brief ohne Absender (Kripo Bodensee 9)

Brief ohne Absender ist der neunte Bodenseekrimi von Janette John. Lassen Sie sich mit Spannung und Humor an den Bodensee entführen. Viel Spaß beim Lesen wünscht Ihnen Janette John!

Besser Falten vom Leben, als Falten von Sorgen.
Janette John

Wenn DU eine Zeitreise machen würdest,
und DICH im Alter wiederfändest,
wie würde es DIR dann ergehen?

Als die Rentnerin Charlotte Kaufmann eines Tages einen Brief ihrer Freundin Ava Goldberg in den Händen hält, ist sie zunächst hocherfreut. Doch zwei

Dinge stören sie daran. Zum einen enthält er keinen Absender und zum anderen ist Ava seit acht Jahren tot.

Und noch etwas erscheint merkwürdig. Wenig später findet man zwei Seniorinnen tot auf, auf deren Haut Worte aus Avas Brief geschrieben stehen. Nur was hat das eine mit dem anderen zu tun? Kennt Charlotte den Mörder und wenn ja, woher?

Printed in Germany
by Amazon Distribution
GmbH, Leipzig

21628003R00143